polar

VERLAG

David L. Ulin

# Die Frau, die schrie

Aus dem Amerikanischen von Kathrin Bielfeldt
Herausgegeben von Wolfgang Franßen

Polar Verlag

**Originaltitel: Thirteen Question Method**


Deutsche Erstausgabe, 1. Auflage 2025
Aus dem Amerikanischen von Kathrin Bielfeldt
Mit einem Nachwort von Chris Harding Thornton © 2024
übersetzt von Peter Hammans © 2024


www.polar-verlag.de



Lektorat: Peter Hammans
Korrektorat: Andreas März
Umschlaggestaltung: Robert Neth, Britta Kuhlmann
Coverfoto: © Sara / Adobe Stock
Autorenfoto: © Noah Ulin
Satz/Layout: Martina Stolzmann
Gesetzt aus Adobe Garamond PostScript, InDesign

Druck und Bindung: CPI Books GmbH, Ulm, Deutschland

ISBN: 978-3-910918-14-6

*Für Mark Haskell Smith*

*The thirteen question method is the one to use.*
Chuck Berry

# Question Number One: Do You Want To Have Fun?

Die Frau auf der gegenüberliegenden Seite des Innenhofs schrie. Flatternde Bänder der Tobsucht, wie das Geheul eines Kojoten. Als es begann, saß ich im Wohnzimmer auf dem Sofa, die Füße unter mich gezogen. Einen kurzen Moment klang ihre Stimme wie die eines Beutejägers, und mein Herz machte vor Adrenalin einen Satz, als sei ich selbst die Beute. Dann erkannte ich die Modulationen, den Tonfall und das ausgefeilte Auf und Ab.

Es war ein Samstagabend Ende Juli und das Wetter fühlte sich schon seit Tagen tropisch an. Drückende, schwüle Hitze stieg in schimmernden Wellen vom Asphalt auf. Draußen in den Canyons versengten Flächenbrände das trockene Gestrüpp. Kontrolle war ein Wort aus einem anderen Sprachschatz. Die Leute behaupten, der Herbst sei die Brandsaison Südkaliforniens, doch ich finde den Sommer am fiesesten. Heute Abend war die Luft jedoch klar, und meine Fenster standen offen. Nun stand ich vom Sofa auf, durchquerte das Zimmer und schloss mich ein. Ließ etwas Musik laufen. Das Problem mit der Frau war nicht, dass sie schrie, sondern dass ich das Schreien schon kannte.

Ich wusste, wer sie war. So ungefähr. Zumindest vom Gesicht her. Eckig, aber auch mondförmig – jedes Mal, wenn sie mir auffiel, sah sie anders aus. Gut schulterlanges Haar, braun mit verblichenen blauen Strähnen. Sie lebte allein, in dem Bungalow gegenüber, auf der anderen Seite des Innenhofs. Mitte dreißig, nur ein paar Jahre jünger als ich. Schlank, aber mit vollen Hüften und leichtem Schwung darin, schick gekleidet, in eng anliegenden Jeans und knöchelhohen Stiefeln.

Mir fallen solche Sachen auf, besonders die Stiefel …

Zu behaupten, sie hätte mich bemerkt, wäre übertrieben.

Nein, das stimmt nicht, ich bin sicher, dass sie mich bemerkt hat, so wie man Leute bemerkt, die man entweder nicht kennt oder die einem nicht sonderlich wichtig sind. Ich war nur ein Typ, der in einem der anderen Bungalows wohnte, unauffällig, früh ergraut. Ich war hier eingezogen, nachdem meine Ehe implodiert war, im Windschatten jenes Sturms. Ich war auf der Suche gewesen … nicht nach einem Zuhause oder irgendeinem Gefühl von Zugehörigkeit, sondern nur nach einem Ort, an dem ich landen konnte.

Dieser Bungalow war die erste Behausung, die ich mir angesehen hatte: Schlafzimmer, Wohnzimmer, mit einer Küche auf der anderen Seite einer halbhohen Wand, Küchentresen, ein paar Hocker. Ich habe das gesamte Mobiliar übernommen – Sofa, Bett, Sessel, Couchtisch –, alles an einem einzigen Nachmittag. Ich wollte es einfach nur hinter mir haben und mich nicht damit belasten.

In den letzten Wochen oder Monaten meiner Ehe hatte ich mich genauso gefühlt; ich wollte sie einfach nur hinter mir lassen, was immer sie war. *Should I Stay Or Should I Go,* wie in diesem alten Clash-Song, den ich, weiß ich noch, Jahrzehnte nach seinem Erscheinen, in dem Jahr, in dem ich zwanzig wurde, viel gehört habe. Ich war frisch mit der Frau zusammen, die ich später geheiratet habe. Dieser Teil meines Lebens war nun vorüber. In diesem Bungalow wartete ich nun, wartete auf eine Zukunft, die nie kommen würde.

Die Musik, die über meine Lautsprecher knurrte, waren frühe Klassiker: Little Walter, Memphis Minnie, Bessie Smith. Meine Frau hatte mich ständig gerügt, ich würde in der Vergangenheit leben. *Warum hörst du keine Musik aus diesem Jahrhundert?*, fragte sie, nicht immer freundlich, doch die Wahrheit war, dass ich mich nach Beruhigung sehnte. Alte Musik hielt keine Überraschungen bereit; ich kannte jeden Riff, jede Note, jede Schwankung in den Tonhöhen. Alte Musik brachte ihre eigenen, vertrauten Bilder mit, ebenso ausgeformt wie Erinnerungen.

Doch wenn, so wie jetzt, eine Aufnahme wie *How Many More Years* von Howlin' Wolf aus meinem Mix lief, konnte das auch ein zweifelhafter Segen sein. Das war das Lied, das ich immer, mit wütenden Tränen, im Auto geschmettert hatte, wenn ich an meine Frau dachte, während sich vor meinem inneren Auge ein Bild aufbaute. Das ist die andere Sache mit alter Musik, in ihr liegen unsere Erinnerungen verschlüsselt, unsere Waswärewenns, was man getan haben könnte oder wollte, die Zeilen, von denen wir einst geglaubt hatten, sie sprächen uns aus der Seele. *How many more years,* wie viele Jahre noch … was für ein Scheißwitz. Wir konnten noch nicht mal unser Eheversprechen halten.

Aber, was hatte ich denn erwartet? Es war ja nicht nur sie, es war ja auch ich, und in dem Song ging es ja sowieso nicht darum, jemanden zu lieben, sondern darum, wie es sich anfühlt, nicht geliebt zu werden. Vielleicht hat er mich deswegen angesprochen, weil es mir beim Mitsingen erlaubte, mir vorzustellen, dass ich mich in diesem Kreislauf von Bedauern und Schuldzuweisung befände, so wie es der Sänger immer vor sich hin singt. Und was meine Ex-Frau angeht, na ja … sie passt nicht so recht in die Gleichung. Mit ihr hätte es kein Bedauern, keine Schuldzuweisung und kein *Warten* gegeben.

Eines Tages war es vorbei, und *wir* waren fertig miteinander.

Was auch immer, das sind alte Kamellen, Schnee von gestern. Ein weiterer Aspekt meines Lebens, den ich nicht kontrollieren konnte. Das Lied endete, wie das eben immer so ist, und in der plötzlichen Stille wurde ich mir einer tieferen Stille bewusst: Die Frau gegenüber im Hof hatte aufgehört zu schreien, gab überhaupt keinen Laut mehr von sich. Die Luft in meinem Wohnzimmer war still und dick, als hätte man eine Decke über die Nacht gelegt. Ich spürte Schweißperlen unter meinen Achseln und hinten im Nacken. Als ich zum Fenster ging, fühlte ich mich ein wenig benommen, und mir kam in den Sinn, es wieder zu öffnen. Bevor ich ein Fenster hochschieben konnte, bemerkte ich ein schlurfendes Geräusch, als würde ein kleines Tier irgendwo wühlen oder sich verstecken; und während ich noch da stand, klopfte es leise an meiner Tür.

Ich sah auf die Uhr – halb zehn abends. Ich durchquerte das Zimmer, als watete ich durch einen Sumpf. Plötzlich wurde ich mir einer so tiefen Erschöpfung bewusst, dass ich kaum noch aufrecht stehen konnte. Ich machte einen Schritt, dann noch einen, das Klopfen im Hintergrund wie ein pulsierendes Blinklicht. An der Tür atmete ich tief durch und fuhr mir mit den Fingern durchs Haar. Ohne zu fragen oder durch den Türspion zu schauen, wusste ich, wer es war, und tatsächlich, als ich den Riegel zurückgeschoben hatte, stand sie dort. Die Frau von gegenüber. Ihr zweifarbiges Haar hing wie eine Kapuze über die Augen, eine Maske, eine Art Schutz, als wolle sie sich verstecken.

Zunächst mal war sie hübsch. Ich hatte sie nie aus der Nähe gesehen, oder zumindest nie nah genug, hatte nie die Flecken Lavendel in ihren haselnussbraunen Augen gesehen, deren Lider mit Kajal geschminkt waren. Ihre Hand war erhoben, die Finger zu einer losen Faust geballt, als hätte ich sie mitten in einem Klopfen erwischt. Sie trug schwarzen Nagellack, gesplittert und zerfranst.

»Hallo«, sagte ich. »Kann ich Ihnen helfen?«

»Ich …«, antwortete sie, und ihre Stimme verstummte, als hätte sie kein Wort gesagt.

In der Ferne hörte man eine Sirene, Polizei, Krankenwagen oder Feuerwehr, die ihr Heulen mit Doppler-Effekt gegen die Berge warfen. Das Gebäude lag in Hollywood, auf der Südseite Franklins, kurz unter dem Magic Castle. Nicht lange nachdem ich eingezogen war, hatte es eine Pandemie von Autobränden gegeben. In einer Nacht brannten einundzwanzig Wagen, in der nächsten achtzehn, und jedes Mal, wenn ich jetzt eine Sirene hörte, dachte ich wieder zurück an jene verzweifelten Stunden, in denen die Streifenwagen kreuz und quer durch die Nachbarschaft fuhren und der Himmel nach Kerosin stank oder Zigarettenbenzin. Der Typ, den die Cops verhaftet hatten, sagte, er hätte es nicht getan, doch er hatte eine Menge Scheiß durchgemacht, eine Trennung, den Verlust eines Angehörigen, ich weiß nicht mehr genau. Irgendwann konnte er gehen und verschwand wieder in der Stadt, als wäre er nie daraus hervorgekommen.

Die Frau von gegenüber sah mir nicht in die Augen.

»Sie wohnen auf der anderen Seite des Hofes, nicht wahr?«, fragte ich und deutete in Richtung ihres Bungalows. Sie nickte, sah mich aber immer noch nicht an. »Gibt es etwas ...«, fuhr ich fort, und jetzt schaute sie auf und schüttelte kurz und heftig den Kopf, wobei ihre Augen im Licht des Wohnzimmers funkelten. »Wollen Sie reinkommen?«, fragte ich.

In der Wohnung sah sie sich vorsichtig um, wie ein wachsames Tier, bevor sie sich wieder mir zuwandte. »Ich möchte mich entschuldigen«, begann sie, ihre Stimme tonlos und fließend, mit einem kehligen Raspeln. Ich sah sie an, als wüsste ich nicht, was sie meinte; sie hob die Augenbrauen und schenkte mir denselben Blick wie ich ihr. »Ich weiß, dass Sie mich gehört haben«, fuhr sie fort. »Ich habe gesehen, wie Ihre Fenster hinuntergeschoben wurden. Ich konnte nicht anders. Haben Sie nie das Bedürfnis zu schreien?«

Nie das Bedürfnis zu schreien? Mein ganzes Leben fühlte sich so an. Aber wie konnte ich das jemandem erklären, den ich gerade erst kennengelernt hatte? Egal. Aber was war mit letzter Woche oder der Woche davor? Das hier war ja schließlich keine einmalige Angelegenheit.

Ich fühlte mich wie gelähmt, als könnte ich für immer in diesem

Zimmer in dieser Position verharren. Wenn es zu brennen begänne, oder die Berge bei einem Erdbeben oder in einer Schlammlawine herunterfließen würden, fände man uns hier, immer noch an der Tür stehend. Es würde aussehen, als wären wir ein Paar, aber dem wäre nicht so. Nur zwei separate Leben, parallel gelebt. Wie konnte jemand ahnen, dass wir uns erst in diesem Moment kennengelernt hatten, dass wir kaum ein paar Worte miteinander gesprochen hatten, bevor die Wände einstürzten?

Und doch, was, wenn all das Chaos, diese Kakophonie, nicht zur Verwüstung führte, sondern zu einem Ausweg, einer unerwarteten Freiheit? Was, wenn es uns freisetzen könnte? Wie das alte Black-Spiritual-Versprechen: *Mein Kerker erbebte, und meine Ketten fielen ab.*

Das war es, was ich mir wünschte.

Ein neuer Song setzte ein, diesmal von Elmore James, *The Sky Is Crying*, ein weiteres Black Spiritual. Beim ersten scharfen Beißen der Slide-Gitarre kräuselte sich ihr Mund zu etwas wie einem Grinsen. Ich hatte keine Ahnung, was wir da taten, doch es fühlte sich so an, als hätten wir einen gemeinsamen Nenner gefunden, als hätten wir eine Übereinkunft getroffen.

»Warum setzen Sie sich nicht?«, sagte ich. Und dann: »Ich schreie nicht gern.«

»Einer von denen, hm? Stauen es lieber auf.«

»Ich staue nichts auf.«

»Ach ja? Sie konnten diese Fenster doch gar nicht schnell genug runterkriegen.«

»Wenn Sie so aufgebracht waren, warum haben Sie dann auf mein Fenster geguckt? Ich könnte einen falschen Eindruck bekommen, wissen Sie? Annehmen, dieses ganze Geschrei wäre … ich weiß nicht … eine Show.«

»Es ist keine Show, so viel kann ich Ihnen versichern. Aber danke für Ihre Anteilnahme.«

»Hey«, sagte ich. »Verstehen Sie das nicht falsch, aber Sie sind schließlich hierhergekommen, nicht umgekehrt.«

Einen Moment lang sagte sie gar nichts. Dann, langsam fing sie an zu lachen. Die Laute waren ihrem Kreischen nicht unähnlich: ein Rieseln, das sich aufbaute, je lauter sie wurde. Darunter konnte ich ein verstörtes Flüstern hören und mir vorstellen, wie es den Fesseln der Zurückhaltung entglitt. Sie ging weiter in die Wohnung hinein und rieb sich mit dem Handballen die Augen.

»Was muss 'ne Frau tun, um hier was zu trinken zu bekommen?«, fragte sie, und als sie das tat, begriff ich, dass sie, was auch immer sonst noch in diesem Augenblick passierte, zugleich eine Rolle spielte.

Ich ging zum Schrank und holte eine Flasche heraus: Maker's Mark. Ich war ein Mann der einfachen Freuden; wenn ich trank, dann Bourbon. Kein Schickimicki. Nicht dass ich ein großer Trinker gewesen wäre, obwohl das davon abhängt, wie man groß definierte. Da ich nicht arbeitete, waren die Geisterstunden immer weiter vorgerückt, von sechs auf fünf auf halb fünf, allerdings nicht jeden Tag. Ich hatte an diesem Abend versucht, es locker angehen zu lassen. Ich hatte mir ausgemalt, wie es wäre, produktiv zu sein, obwohl ich keine Vorstellung hatte, wie ich das zuwege bringen sollte. Ich war schlapp und hatte eine kleine Wampe. Wenn ich darüber nachdachte, wohin mein Weg mich führen könnte, fiel es mir schwer, mir eine Welt größer als dieses Zimmer vorzustellen.

Ich holte Gläser heraus, Eis, und stellte alles auf den Couchtisch, ein trauriges kleines Ensemble. Sie lächelte wieder, und die Lippen kräuselten sich zu etwas wie einem Fragezeichen, als wäre sie nicht sicher, ob sie bleiben sollte. Dann ließ sie ein paar Eiswürfel in ein Glas fallen und goss einen ordentlichen Schuss Whiskey darüber.

»Nehmen Sie keinen?«, fragte sie, doch ich war noch nicht sicher, und nachdem sie ein paar Sekunden gewartet hatte, hob sie ihr Glas in meine Richtung und nahm einen tiefen Zug.

Und ich wusste, dass ich etwas sagen sollte, aber was gab es da überhaupt zu sagen? Hier saßen wir, in meiner Wohnung, zwei Fremde, zusammengebracht durch die räumliche Nähe, die nichts gemeinsam hatten, außer der Tatsache, dass wir beide in derselben Bungalow-Anlage lebten. Alles, was ich über sie wusste, war, dass sie eine Brüllerin war. Das war nichts, oder vielleicht alles. Wie auch immer, jetzt, wo wir hier saßen, war es vielleicht eine gute Idee, das herauszufinden.

»Das war nicht das erste Mal, dass ich Sie schreien gehört habe«, sagte ich mit einer Stimme, so ausdruckslos und kontrolliert wie ein Metronom.

»Nein.«

»Möchten Sie mir erzählen, was passiert ist?«

»Ich weiß nicht.«

Sie sah mich an, mit haarverdeckten Augen; ich gab nach und schenkte mir einen Drink ein. Nur ein oder zwei fingerbreit, anständig, obwohl das hier nichts mit Anstand zu tun hatte.

»Sie müssen sich nicht entschuldigen«, sagte ich, oder vielleicht dachte ich es auch nur – aber, wie dem auch sei, etwas löste sich. Sie nahm einen weiteren Schluck Whiskey und begann zu sprechen, Worte, die wie das tiefe Summen von Moskitos klangen, schwer einzuordnen und doch ganz deutlich.

»Mein Vater ist gestorben«, sagte sie.

»Das tut mir leid.«

»Ist ein paar Monate her.« Sie schenkte sich noch etwas Whiskey ein und trank erneut, als würde sie Kraft schöpfen. »Ich mochte ihn nicht.« Sie hob den Blick, um meine Reaktion einzuschätzen. »Was ich meine ist, wir standen uns nicht nahe.«

Ich wusste, was sie meinte; mir ging es mit meinen Eltern genauso, obwohl ich das nicht erwähnte. Ich reagierte nicht, saß einfach nur da, wartete ab und versuchte, neutral zu wirken, so als wäre ich gar nicht da.

»Er hat mir eine Menge Geld hinterlassen«, fuhr sie fort, »doch seine Frau ficht das Testament an.«

*Geld?,* dachte ich, sagte aber nur: »Ihre Mutter?«

»Nein, sie ist auch schon tot. Ist gestorben, als ich fünfzehn war. Ich spreche von seiner zweiten Frau.«

»Muss kompliziert sein«, meinte ich, bemühte mich um einen ausdruckslosen Tonfall und sah ihr in die Augen.

»Kompliziert beschreibt es nicht einmal annähernd. Sie behauptet, dass ihr alles zusteht. Sagt, er wäre dabei gewesen, sein Testament umzuschreiben, und hätte geplant, mich zu enterben. Das lässt sie durch ihre Rechtsanwälte ausrichten, und dann ruft sie mich an und sagt es mir selbst noch mal. Damit hat das Schreien angefangen.«

Sie grinste mich an, mit ihren dunklen Augen, die Mundwinkel leicht heruntergezogen, nur einen Tick schlampig. Ich spürte das Verlangen aufflackern wie eine Flamme. Es begann mitten im Magen, bereitete sich dann in einer Welle über meine Brust aus, bis in die Finger, wie eine Art Strom oder Ekzem. Es war schon so lange her, seit ich mit irgendwem zusammen gewesen war. Das letzte Mal mit meiner Frau war in jeder Hinsicht ein Fiasko gewesen. Und hier saß sie nun, die Frau von gegenüber, einen Meter entfernt, in meinem eigenen Wohnzimmer, und der Duft ihres Parfums – blumig, leicht, knapp über der Schwelle, sodass man ihn wahrnahm – erfüllte die Luft zwischen uns wie der Gesang einer Sirene. Sie sah mich an, als wartete sie auf eine Reaktion. Sie sah mich an, als wäre es ein Test. *Warum erzählen Sie mir das alles?,* wollte ich sie fragen, aber dann hatte ich eine … ich weiß nicht, wie man das nennen soll, keine richtige Vorahnung, eher eine Warnung. *Nicht,* dachte ich, *tu's nicht.* »Ich kenne noch nicht einmal Ihren Namen«, sagte ich.

Da lachte sie wieder, es klang heiter, doch mit etwas gemischt, einem Hauch Wehmut, oder vielleicht Verzweiflung. »Corrina«, antwortete sie. »Wie der alte Song von Bob Wills.«

Bob Wills? Das hatte ich nicht erwartet. Es war, als sähe ich sie in einem neuen Licht. Ich kannte diese Aufnahme, hatte sie schon viele Male gehört. Und mir kam kurz der Gedanke, ich könnte sie ihr vorspielen, wie zum Beweis, doch verwarf ihn genauso schnell wieder.

Mittlerweile war Elmore James von Robert Johnson abgelöst worden und nun lief der Song *Kind Hearted Woman*. Ich lauschte einen Moment dem leisen Klagen seines Gesangs und dem stetigen Klirren der Gitarre. Dieser Song war in einem Hotelzimmer aufgenommen worden, kurz bevor Johnson an Syphilis starb oder von dem eifersüchtigen Freund einer Geliebten vergiftet wurde oder Satan an der Weggabelung auftauchte, um seine Seele zu beanspruchen. Alles davon inzwischen im Nebel der Mythen oder Geschichten verloren. Die Geschichte mit der Weggabelung hatte mir nie gefallen, nicht weil ich nicht an den Teufel glaubte – obwohl dem so war –, sondern weil es Johnson nicht genug Handlungsfähigkeit verlieh. Es machte ihn zu einem passiven Empfänger seines eigenen Schicksals.

Seine Seele zu verkaufen war zu einfach. So simpel war das Leben nicht.

»Und, was wirst du jetzt tun, Corrina?«, fragte ich, als würden wir uns schon lange kennen, als wären wir alte Freunde. Die Frage lag da zwischen uns auf dem Tisch, neben dem Eis und den Gläsern, wie etwas, das man sich teilte.

»Ich weiß nicht«, sagte sie. »Vermutlich könnte ich sie jederzeit umbringen. Oder sie umbringen lassen.« Sie verstummte und sah mich direkt an, die Augen so klar wie fließendes Wasser. Dann hob sie lässig das Glas, als wolle sie anstoßen, oder wie zum Gruß.

Und vielleicht hätte ich da etwas sagen sollen. Nein, überhaupt kein Vielleicht. Doch da stand etwas im Raum zwischen uns, mehr als nur Schweigen, als wäre ein Fehdehandschuh geworfen worden. Ich hatte genug Erfahrung, um die Sache ernst zu nehmen; wir kannten einander nicht, und vermutlich hatte sie getrunken, oder Drogen genommen, bevor sie zu mir gekommen war. Doch es gibt Augenblicke, in denen es eine Rolle spielt, ob man etwas sagt oder nicht, und dieser Augenblick fühlte sich so an. *Machen Sie Scherze? Sie machen doch Scherze.* So etwas hätte ich sagen können. Oder: *Das ist nicht lustig, darüber macht man keine Witze.* Als der Augenblick sich in die Länge zog, verdunstete die Möglichkeit, ihn auszufüllen, und alles, was blieb, machte mich zum Komplizen.

Komplizen? Ja, weil ich weder die Richtung noch das kollektive Bewusstsein verändert hatte. Stattdessen gab meine Unfähigkeit oder Unwilligkeit zu antworten dem Moment eine Form und verwandelte ihn in etwas anderes, als er gewesen war, etwas, das sie und ich nun teilten.

Nicht dass ich annahm, es würde sich etwas daraus ergeben; so wirkte sie nicht. Sie redete nur, ließ ihren Frust ab, schließlich waren wir ja verantwortungsbewusste Individuen. Wir saßen an einem Samstagabend in meinem Wohnzimmer und tranken zusammen etwas, wie die Leute überall in der Stadt. Ich wedelte mit dem Maker's in ihre Richtung und bot einen weiteren Schluck an. Als ich ihr Glas füllte, stellte ich mir vor, wie es laufen könnte, nicht die Ermordung, sondern der Rest. Aus der Nähe sah man, dass ihre Jeans hauteng saßen. Sie trug eine dünne Bluse über einem hellen Tank-Top, das beinahe hautfarben war. Wenn ich blinzelte, konnte ich sie mir fast ohne vorstellen, hatte beinahe vor Augen, wie wir uns ins Schlafzimmer bewegten und ich ihr jeden Fetzen auszog, bis auf die Stiefel. Ich sah beinahe vor mir, wie ihr Haar über mein Gesicht hing, während ihr Körper sich hob und senkte. Beinahe, beinahe, beinahe … ich konnte es beinahe sehen, doch irgendetwas, auf das ich nicht so recht meinen

Finger legen konnte, hielt mich zurück. Ich dachte weiter an ihre Haut, die an der Kinnpartie so sanft war. Es war lange her, seit ich eine Frau dort berührt hatte.

Dann schlingerte sie, oder rülpste, eine Unterbrechung in meinem Augenwinkel. Das Bild, nie ganz aufgebaut, verblasste, und ich war wieder in meinem Wohnzimmer.

»Bad?«, fragte sie, und bevor ich antworten konnte, hatte sie sich schon in Bewegung gesetzt, als wäre sie zuvor schon einmal dort gewesen. In gewisser Weise war sie das natürlich auch; die Bungalows waren alle gleich geschnitten. Als ich sie beobachtete, schlingerte sie erneut, taumelig, und stürzte durchs Zimmer. Durch die Badezimmertür hindurch konnte ich sie würgen hören. Es war wie das Würgen eines Motors, der stotterte, sich fing und wieder stotterte. Ich wollte helfen, ihr zumindest das Haar halten, wenn ich schon nichts anderes tun konnte, doch das fühlte sich unerträglich intim an. Es war noch keine Stunde her, seit sie an meiner Tür aufgetaucht war.

Es gibt eine Grenze zwischen Vorstellung und Realität, zwischen dem, was wir uns wünschen, und dem, wer wir sind. Was sie gesagt hatte, saß auf der einen Seite dieser Grenze, genau wie all das, was ich gedacht hatte; keines dieser Dinge würde je passieren, nicht an diesem Abend und auch an keinem weiteren.

Dort befand ich mich jetzt, in einer Art Niemandsland, weder intim noch distanziert, in welchem ich zu viel über sie wusste und doch nicht genug. Sie hatte nicht nach mir gefragt, und würde das auch nicht, wurde mir klar, als sie aus dem Badezimmer kam, immer noch ein wenig schwankend, mit feuchtem Haar und verschmiertem Kajal unter den geröteten Augen. Das war in Ordnung; es gab nichts, was sie über mich wissen musste. Ich wartete nur, besetzte diesen Raum, diese Umgebung und schindete Zeit. Jeder Moment, jede Reihe von Handlungen, war so bedeutungslos wie die nächste. Egal was passierte, morgen würde ich aufwachen und es wäre Sonntag, und ich würde mich wieder der gähnenden Leere von allem gegenübersehen. Nichts zu tun und alle Zeit der Welt, um es zu tun, bis die Zeit sich zusammenschob und in sich selbst zusammenfaltete, wie die Implosion einer Supernova, aus der ein schwarzes Loch entstand.

»Tut mir leid«, sagte sie. »Ich sollte dann mal gehen.« Und dann: »Ich habe das Badezimmer sauber gemacht so gut es ging.«

»Machen Sie sich deswegen keine Gedanken. Passiert jedem mal«, erklärte ich ihr, obwohl ich es in Wahrheit gar nicht wissen wollte.

Sie stand einen Moment still da, als würde sie über etwas nachdenken. Dann hatte sie offensichtlich einen Entschluss gefasst. »Was ich vorhin da gesagt habe?«, fing sie an, mit schriller Stimme, halb Feststellung, halb Frage. »Sie wissen, dass ich das nicht ernst gemeint habe, oder?«

»Was Sie vorhin gesagt haben?«, fragte ich, als würde ich mich nicht erinnern, bis sie mich mit hochgezogenen Augenbrauen wieder ansah. »In Ordnung«, sagte ich. »Ich merk's mir.«

»Manchmal rede ich einfach Scheiße. Ich wollte das noch nicht mal.«

Ich nickte, doch ein Teil von mir konnte sie immer noch in die Nacht hinausschreien hören.

»Wie auch immer«, fuhr sie fort, »danke für Ihre Gastfreundschaft. Vielleicht können wir das irgendwann mal wiederholen.«

Ich sah zu, wie sie ein Stück zur Tür torkelte. Und jedes Verlangen, das ich gehabt haben könnte, fühlte sich nun verflüchtigt und fern an. Die Tür öffnete und schloss sich wie das Tor zu einer anderen Welt. Ich war wieder allein, und der einzige Hinweis, dass sie hier gewesen war, waren das leere Glas auf dem Tisch und das, was mich im Badezimmer erwarten mochte. Ich saß einen Moment still da, als würde ich mich sammeln, und ging dann in die Küche, um einen Wischmopp zu holen.

Im Badezimmer war es nicht schlimm, obwohl es roch: leicht bitter, leicht süßlich. Ich schaltete das Licht an sowie die Abluft, und das Surren des winzigen Ventilators durchschnitt die Stille der Nacht. Sie hatte sich bemüht, das musste ich ihr lassen; der Boden und die Toilette waren sauber. Mitten im Raum lag feucht und zusammengeknüllt mein Duschtuch, mit Streifen von etwas, das aussah wie Schokolade oder Matsch.

Ich ging zurück in die Küche, holte einen Müllbeutel und packte das Handtuch hinein. Ich dachte kurz darüber nach, es in den Wäschekorb zu stecken, wollte es aber nicht mit meiner anderen Kleidung vermengen. Ich ließ es liegen, wischte dann den Boden und reinigte alle Oberflächen mit Desinfektionsmittel. Der Geruch hing noch in der Luft, wurde jedoch schwächer und vermischte sich mit dem Duft des antiseptischen Reinigers.

Nachdem ich fertig war, nahm ich die Mülltüte, trat hinaus in den Hof und ging zum hinteren Tor, wo die Mülltonnen standen. Der Himmel über der Sicherheitsbeleuchtung war bedeckt und wie in Gaze gehüllt. Die Hitze fühlte sich beklemmend und kratzig an, und mir fiel das Atmen schwer. Von irgendwo trieb ein Hauch von Rauch herüber, oder von einer Flamme, wie ein subtiler Unterton. Irgendwo hörte ich den sanften Klang einer Gitarre, doch es war zu leise, um die Melodie zu erkennen. *Warum hörst du keine Musik aus diesem Jahrhundert?* … nein, das hatte ich jetzt alles hinter mir.

Ich ließ den Müllbeutel fallen und schloss den Müllcontainer, als würde ich ein Beweisstück verstauen. Dann kehrte ich in meine Wohnung zurück, wusch mir die Hände und schenkte mir einen Drink ein. Es langsam anzugehen – eine weitere Entscheidung, die ich offensichtlich fallen gelassen hatte. Der Bourbon brannte etwas im Abgang, doch das Gefühl verebbte, und ich trank das Glas noch im Stehen aus und schenkte mir dann nach.

Die Stereoanlage spielte wieder Howlin' Wolf, der knurrte, er sei ein »Back Door Man«. Ich wusste noch, wie ich das Lied das erste Mal gehört hatte, in einer Coverversion der Doors, den seltsamen Kitzel, jemanden davon singen zu hören. Es war ein typischer Blues, diese Zweideutigkeiten, verschlüsselten Botschaften, die danach schrien, laut herausposaunt zu werden, weil der Schlüssel direkt vor einem lag und lächerlich einfach zu knacken war. *Wang dang doodle; squeeze my lemon till the juice runs down my leg* – drück meine Zitrone, bis mir der Saft das Bein hinunterläuft. Das war es gewesen, was mich zuerst zu dieser Musik hingezogen hatte, der Eindruck, dass sie gleichermaßen grenzüberschreitend und alltäglich war. Was wir uns alle wünschten, einen Konnex herzustellen, und sei er auch geringfügig, und dann schnell wieder weg, Trost für die Einsamkeit, am Leben zu sein. Das hatte ich mit meiner Frau, oder etwas in der Art, bis alles den Bach runterging. Das letzte Mal, als wir zusammen waren, meine Zitrone reif und klebrig, ihr Honigtopf, ihr Distelkuchen. Nun war ich allein, mit nichts als Erinnerungen. Und diese Erinnerungen … sie waren weniger ein Trost als eher eine Reihe von Vorwürfen. Was war passiert? Ich wusste, was passiert war, wollte jedoch nicht weiter in die Tiefe gehen. Nur eine weitere vermasselte Chance, noch etwas, das nicht geklappt hatte. Wie die Frau heute Abend, ihr unerwarteter Besuch und die gleichermaßen unerwartete Art, wie sie wieder verschwand.

Ich mochte keinen Song übers Vögeln hören; das erinnerte mich nur daran, was ich alles verloren hatte. Also klickte ich durch die Playlist, bis ich den Anfang einer weiteren Aufnahme hörte, Chuck Berrys *Thirteen Question Method.*

Was für eine seltsame Platte das war, so schräg, so unerwartet, kein echter Rock'n'Roll, keine Ballade, sondern irgendwo im Grenzbereich dazwischen. Ich hatte immer schon eine Schwäche dafür: ein Song aufgebaut auf Fragen, einer Reihe von Vermutungen, eher ein Ruf als eine Antwort. Vielleicht war es dieses lässige

Gitarrenspiel, das so anders war als Berrys typischer Klang. Damals, als er noch bereit war, etwas anderes auszuprobieren, bevor er in die Routine verfiel, den Erwartungen zu entsprechen, als Musik noch keine Zwangsjacke war, sondern Kunst. Vielleicht war es dieser Text, so offen und sehnsuchtsvoll, der keine Geschichte anbot, sondern Poesie. Alles war möglich, das war das indirekte Versprechen, und es machte mir Hoffnung, obwohl ich begriff, dass es eine Lüge war.

Nachdem das Lied vorbei war, stellte ich die Musik aus und öffnete zur Nacht die Fenster. Zwischen der Luft drinnen und draußen bestand kein Unterschied, beide waren dick und still und wie verseucht, die Art von Luft, die einen krank machen konnte. Morgen war ein neuer Tag und ich wusste nicht, was passieren würde. Wie bei jedem neuen Tag.

Ich schaltete das Licht aus und stand dort in der Dunkelheit, hingerissen von den Schatten. Ich fühlte mich so verloren, dass ich eine Minute brauchte, vielleicht auch länger, bis ich begriff, dass die Frau von gegenüber wieder angefangen hatte zu schreien.

## Question Number Two: What To Do?

Meine Ehe war von Anfang an beschissen. Ich sage das nicht aus Selbstmitleid und will auch kein Mitgefühl. Es war einfach so, und das ist alles, was uns bleibt, wenn alles aus und vorbei ist, egal welche Lügen wir uns einreden. Wenn ich nicht der Katalysator war, dann war ich lange Zeit der willige Teilnehmer. Einfacher kann ich es nicht ausdrücken.

Aber meine Frau hat auch ihren Teil dazu beigetragen. Nicht in dem Sinn, wie jeder immer einen Teil in dem eigenen Zusammenbruch oder dem seines Partners spielt, sondern auf ganz besondere Weise. Es war letztendlich ihre Idee gewesen. Nicht das Ende, sondern das andere. Die Sache, die uns in das unheimliche Tal unserer Scheidung führte, war (wie konnte es anders sein?) Sex.

Meine Frau war, schlicht ausgedrückt, abenteuerlustig. Das war vom ersten Augenblick an, als ich sie sah, ein Teil der Anziehungskraft. Sie war einer dieser Menschen, die von anderen bemerkt werden, und ich … ich war ein Mitläufer. Wie wir uns kennengelernt haben, ist angesichts dessen, wie alles gelaufen ist, unwichtig. An diesem ersten Abend hatten wir getrunken; und als wir dann schließlich bei ihr landeten, war es, als hätte ich mich selbst gefunden. Sie war wild, sie war nackt, und wir blieben wach bis zum Morgengrauen, das ist alles, was ich darüber erzählen möchte, und es hat nichts mit dem zu tun, woran ich mich erinnere, sondern mit dem, was ich immer noch gern schützen möchte. Ich sehe es alles vor mir, alles, was je passiert ist, alle Stadien von ihr mit zwanzig, achtundzwanzig und dreiunddreißig. Mir gefiel, wie sie aussah, ihre Ambitionen, und dass sie Geld verdiente. Ich mochte ihre

Neigung, die Kontrolle zu übernehmen und mich in ihrem Kielwasser mitzunehmen. Es war, als müsste ich keine Entscheidungen fällen, als müsse ich sie nur begleiten. So kam es, dass wir heirateten, dass wir in Kalifornien landeten, und so kam auch das Ende, in einem langen letzten Akt, der sich unausweichlich anfühlte, mit einem anderen Mann in unserem Bett.

*Ein anderer Mann in unserem Bett.* Und sollte das heißen, dass es ihre Idee war? Nein, nur eine Art, die Langeweile zu vertreiben, obwohl, wer war gelangweilt wovon? Vom ganzen Leben, genau davon, eine Art, die Langeweile abzuwehren, sich, wenn wir Glück hatten, einen Moment lang vor der Unausweichlichkeit der geschlossenen Kiste zu verstecken. Manchmal stelle ich sie mir so vor, auf dem Rücken, die Hände auf der Brust gefaltet, die Augen geschlossen, die Blässe ihrer Haut, die wächsernen Lippen, wie gedehntes Toffee, nicht so künstlich, wie ich es mir ausgemalt habe oder als hätte ich sie mir ausgedacht. Was den Sex anging, so stimmte das schon – sie ging von Anfang an gern an die Grenzen: Bondage, Fantasy. An einem Samstag ließ sie sich von mir ans Bett fesseln und dort zurücklassen, während ich eine Liste von Aufgaben abarbeitete, die sie mir gegeben hatte, Wäsche, Abwasch, das Wohnzimmer saugen. Als ich schließlich zu ihr ins Bett kam, war sie so aufgegeilt, wie ich sie noch nie gesehen hatte, obwohl sie nicht losgebunden werden wollte. Also … reicht das an Informationen? Selbst wenn ich nur das erzähle, fühle ich mich schmutzig, obwohl ich mich zu Anfang bei ihr nicht schmutzig fühlte. Ja, schmutzig wie ein Betrug, als würde ich Geheimnisse aus der Schule ausplaudern. Sex war für uns wie eine Verschwörung, etwas, das man herausholen konnte, wenn wir allein waren und es willens war, offenbart zu werden. Ich bin kein prüder Mensch, ich bin das Gegenteil eines Kavaliers, und das, was wir uns antaten und miteinander taten, hatte nichts mit Prüderie zu tun. Dennoch möchte ich diese Geheimnisse, obwohl ich sie nicht mehr kenne, für mich behalten.

Wie dem auch sei, ein anderer Mann in unserem Bett. Gibt nicht viel darüber zu sagen, außer dass es, kurz nachdem wir nach Los Angeles gezogen waren, eine ihrer Fantasien war. Wir wohnten in einem Apartmentkomplex in North Hollywood, ähnlich dem hier. Nebenan wohnte ein Paar, das auf Partnertausch stand, und eines Abends kam meine Frau errötet herein. Sie war dem Ehemann begegnet, und er hatte ihr Fotos von seiner Frau gezeigt. Ich war zu überrascht, um verärgert zu sein, oder vielleicht hatte ich es auch die ganze Zeit vermutet. Sie schlug nicht vor, wir sollten mit ihm schlafen, oder mit ihnen, obwohl diese Tür eindeutig aufgestoßen worden war. *Besser,* sagte sie, *nicht das eigene Nest beschmutzen.* Danach wurde sie zunehmend hartnäckiger, redete oft davon im Bett und außerhalb. Es begann mit ein paar Ausflügen in teure Stripclubs, wo sie für einen Tänzer in einem Privatzimmer bezahlte. An dem Abend, an dem wir diese letzte Grenze überschritten, nahmen wir uns eine Suite in einem Hotel. Der andere Mann war eine angeheuerte Hilfe; sie wollte keine Bindung, keine Komplikationen, nichts, was zu ihr zurückzuverfolgen war. Es begann mit Cocktails, dann Tanz; sie wollte, dass ich zusehe. Nach ungefähr einer Stunde, als ich am Bettende saß, meine Frau vor mir ausgebreitet, die Augen geschlossen, die Lippen in einer Grimasse aus Schuldgefühl und Ekstase verzogen, wusste ich, dass wir unseren Rubikon überschritten hatten.

Sonntag wachte ich mit einem Kater auf. Sonnenstrahlen linsten wie Flecken um die Säume meiner Schlafzimmervorhänge. Meine Augen fühlten sich trocken an, als wäre sämtliche Flüssigkeit ausgelaufen. Mein Kopf pochte mit jedem Blutstoß wie zum Bersten.

Ich sah mich im Zimmer um und versuchte, mich zu erinnern. Auf dem Nachttisch stand ein halb leeres Glas Maker's Mark. Seinen Drink mit ins Bett zu nehmen, ist nie gut, aber ich hatte keine Ahnung, wie ich selbst dorthin gekommen war. Das Letzte, woran ich mich erinnerte, war, dass ich das Badezimmer gereinigt und den Müll rausgebracht hatte.

*Sag mir, Corrina, wo bist du so lange gewesen?*

Und dann fiel mir auch das wieder ein. Das Geräusch ihres Schreiens und die Unterhaltung, die wir geführt hatten.

Unterhaltung? Wohl kaum. Eher ein paar Bemerkungen. Wie das Glas Whiskey, ein Beispiel, dem man folgen sollte. Immer häufiger stellte ich fest, dass ich Zeit verliere oder Erinnerungen, dass ich aufwachte, wie jetzt gerade, ohne eine Ahnung, was am Abend zuvor passiert war. Kein Blackout. Eher eine Art Dämmerung, die man auch inneren Nebel nennen könnte. Es war der Alkohol, natürlich war er das, aber nicht nur – oder sollte ich sagen, dass es noch etwas anderes war? Wie dem auch sei, oft stellte ich fest, dass ich morgens versuchte, Teile zusammenzusetzen, und auf meinem Handy und dem Computer nach irgendwelchen Hinweisen suchte. Es war beunruhigend, so durchs Leben zu gehen. Als bestünden wir nur aus einer Reihe von Spuren, Müll und Hinweisen. Manchmal kontrollierte ich meinen Browser-Verlauf und fand Einkäufe, meistens Musik, Zeug, über das ich im Internet gestolpert war, eine Ernte merkwürdiger Früchte. Manchmal war das, was ich fand, dunkler, wie die Reste eines geisterhaften Traums. Ich fühlte mich, als würde ich einen Fingerabdruck ansehen, den mein Unterbewusstsein zurückgelassen hatte, mein Selbst, das ich war, wenn ich nicht zugegen war. Doch es war auch Zeug, das ich nicht ansehen mochte, eine Seite an mir, von der ich nichts wissen wollte. Mehr als einmal durchfuhr mich beim Durchblättern des Browser-Verlaufs eine derartig zähflüssige Welle des Abscheus, dass ich meinte zu ertrinken: Scham war es nicht, denn Scham war tilgbar, sondern etwas Umfassenderes, Perverseres. Demütigung vielleicht, oder Degradierung, so, wie ich mich in dem Hotelzimmer gefühlt hatte. Sich mit den Beweisen zu konfrontieren fühlte sich an, als würde ich mir im Spiegel selbst in die Augen sehen, doch der Blick, der mir begegnete, war leer. Meist denke ich nicht darüber nach, wie ich hier gelandet bin; oder in meiner Ehe, in meinem Leben. Es spielt keine Rolle, wer wir waren oder wer wir sein werden, nur, wer wir sind. Aber diese Spuren, die beunruhigten mich, und nicht nur, weil sie etwas gekostet hatten. Nein, sie beunruhigten mich, weil sie nicht auf eine Hoffnung hinwiesen, sondern auf das Gegenteil, eine Reihe von Symptomen, eine Erinnerung daran, dass hier etwas vor sich ging, und zwar mehr, als oberflächlich zu sehen war.

Ich rieb mir die Augen, versuchte, mich zu fokussieren, und spürte, wie sie brannten, weil sie so trocken waren. Meinem Laptop schenkte ich keinen Blick; wenn ich am Vorabend irgendetwas getan hatte, ließ ich das besser ruhen. Langsam zog ich mich hoch, zuerst in einen tiefen Buckel, dann die Füße auf den Boden. Meine Glieder waren schwer, fast schon geschwollen, als wäre ich geschlagen worden oder tausend Meilen gerannt.

Im Badezimmer kam mehr und mehr zurück, Bröckchen und Teile kamen angetrieben, wie sie aussah und gerochen hatte. Ihre blaue Haarsträhne hatte irgendetwas an sich, das mir nicht aus dem Kopf ging. Nicht dass ich irgendetwas von ihr wollte oder überhaupt etwas mit ihr zu tun haben wollte, aber wir beide wohnten hier, im Hof gegenüber voneinander, und ich hatte das Gefühl, dass Dinge unvollendet in der Luft hingen. Unvollendet? Eher: noch gar nicht begonnen hatten, das Flüstern von etwas in der Luft, einem Spannungsfeld, die Zygote einer Idee. Ich kannte mal einen Jungen an der Highschool, den wir Zygote nannten, weil seine Gesichtszüge so undifferenziert waren; und genau das war hier auch der Fall. Ja, Zygote – noch nicht einmal embryonal, und wenn ich irgendetwas in der Sache zu sagen hatte, dann würde das auch so bleiben. Aber ich wusste bereits, dass ich den Punkt, an dem ich glaubte, dass es nur ein weiteres Hirngespinst war, längst überschritten hatte.

Als ich angezogen war, hörte ich ein Klopfen; ich brauchte nicht nachzusehen. Ich ließ sie warten, während ich mein Haar kämmte, das noch nass vom Duschen war, und zog einen Gürtel durch die Schlaufen meiner Hose. Wenn ich solch kleinen Details Beachtung schenken konnte, dachte ich, würde sich auch alles andere richten. Sie würde vielleicht weggehen, oder ich würde aufwachen und feststellen, dass alles nur ein Traum war, dass ich nie nach Kalifornien gekommen und meine Frau immer noch bei mir war. Das Klopfen hörte nicht auf, und nach einer weiteren Minute ging ich zur Tür. Sie trug Shorts und ein Tanktop, und als ich die Tür öffnete, schob sie sich an mir vorbei, als würde ich nicht dort stehen.

Als wäre dies ihre Wohnung und nicht meine.

»Ich weiß nicht, was passiert ist«, sagte sie, nachdem sie ins Wohnzimmer gegangen war. Ohne Einleitung. Es war, als würde sie genau da weitermachen, wo sie gegangen war. Und warum auch nicht? Die Überbleibsel des Vorabends strahlten immer noch eine geisterhafte Präsenz aus, als wäre der Abend nie zu Ende gegangen. Auf dem Tisch, die Flasche – die ich dankenswerterweise verschlossen hatte – und ihr Glas. Sie bemerkte es nicht, oder wirkte, als würde sie es nicht bemerken; sie sah mich direkt an. Sie trug wieder Kajal und leuchtend roten Lippenstift. Ihr Mund bewegte sich, sie sagte etwas, etwas, dass ich nicht hörte …

»Wie bitte?«

Sie fuhr sich mit der Hand durchs Haar. »Normalerweise verliere ich nicht so die Kontrolle …«

»Was ist mit dem Schreien?«, fragte ich.

Einen Moment lang antworte sie nicht, und die Luft zwischen uns war zäh vor Hitze. Der Geruch von Erbrochenem war durch den frischeren Duft von Seife und Shampoo ersetzt worden, und ein Hauch von Frangipani hing in der Morgenbrise. Es war, als könnte alles passieren, Tragödie oder Transzendenz … und ihr Mund verzog sich zu einem Grinsen.

»Ach, das«, lachte sie. »Was ich meinte, ist: Normalerweise verliere ich nicht die Kontrolle, wenn ich bei jemandem zu Hause bin.«

»Gut zu wissen«, sagte ich und lachte ebenfalls. »Das werde ich mir merken.«

»Wie auch immer, ich wollte es wiedergutmachen. Haben Sie zum Frühstück schon etwas vor?«

Frühstück? Darüber hatte ich noch nicht mal nachgedacht. Ich war froh, dass ich überhaupt aufrecht stand. Als ich ihr das sagte, nickte sie, als wäre das entschieden.

»Kommen Sie«, sagte sie. »Ich lade Sie ein. Alles, was Sie möchten.«

Wir landeten im Farmers Market, in einer Sitzecke des Dupar's. Sie fuhr uns in ihrem Prius hin, den sie draußen auf der Straße parkte. Es war Sonntag, viele Menschen waren unterwegs, aber nicht so viele, dass wir warten mussten. Ich war schon lange nicht dort gewesen, hatte den Ort ganz vergessen. Wir saßen einander gegenüber, bestellten Eier und Kaffee, und ich spürte, wie das Koffein den Nebel in meinem Gehirn durchschnitt wie ein stumpfes Messer. Hier gab es keinen Kaffee aus einer kleinen Privatrösterei, sondern nur die Spülwasserbrühe eines Diners, die so nichtssagend war wie der Ausdruck, den ich auf mein Gesicht zu kleben versuchte. Ich dachte an den Vorabend, versuchte, die fehlenden Teile zu rekonstruieren, und mein Plan war, ihr das Reden zu überlassen, bis ich genauer wusste, wo ich stand.

»Ich liebe dieses Lokal, es verändert sich nie«, sagte sie, nachdem wir bedient worden waren. »Ich bin immer mit meinem Dad hergekommen.«

Ich sah sie mit leerem Blick an und wartete ab, wohin das führen würde.

»Er mochte Lokale wie dieses: Diner, Hamburger-Buden. Wir sind immer zu Tommy's gegangen und zu Cassell's … das echte

Los Angeles, hat er es genannt, das die Touristen nie zu Gesicht bekommen.«

Ich versuchte, sie mir vorzustellen, ein junges Mädchen, das die Hand eines älteren Mannes hielt, doch dann verschwamm das Bild. Ich konnte mir sein Gesicht, seinen Körper nicht vorstellen; er war für mich nur eine Wolke, aus dem Bild getilgt, durchscheinend wie ein Geist.

»Nachdem meine Mutter gestorben war«, ... ihre Stimme verdunstete zu einem Flüstern ... »als er versuchte, ein guter Vater zu sein. Doch er eignete sich nicht dafür. Wir haben einander nie wirklich kennengelernt. Doch wir waren alles, was wir hatten. Was wir immer taten, war, essen zu gehen, Fritten und Burger, und zu tun, als hätte sich nichts verändert. So zu tun, als würde sie auf uns warten, wenn wir nach Hause kommen und uns die Last abnehmen. Die Last, herauszufinden, wie wir miteinander klarkommen sollten.«

»Das tut mir leid«, krächzte ich mit vom Nichtgebrauch rauer Stimme.

»Ist schon lange her«, sagte sie, während ihr Blick sich auf etwas oberhalb meiner Schulter in mittlerer Ferne fokussierte.

»Wie auch immer«, fuhr sie fort, »nach einer Weile ließ das alles nach. Wir hörten auf, es zu versuchen, und dann ... na ja, dann hat mein Vater wieder geheiratet.«

»Ihre Stiefmutter.«

»Ja.« Sie lachte, ihr Mund ein roter Schlitz. »Die böse alte Hexe.«

Ich wartete darauf, dass sie weitersprach, aber wie es schien, war es das. Ich schaufelte mir etwas Ei in den Mund, trank noch mehr Kaffee und zählte die Sekunden – fünf, zehn, zwanzig, sechzig –, während die Stille sich zwischen uns aufblähte, als säße sie mit am Tisch.

»Wie ist er gestorben?«, fragte ich schließlich, als es schien, sie würde nie mehr den Mund aufmachen. Selbst als ich es sagte, fragte ich mich, ob es nur darum ging, ob genau das die Absicht gewesen war, sie mich dorthin bugsiert hatte.

»Mein Vater?«, sagte sie. »Er hatte einen Herzinfarkt. Vor drei Monaten. Fünfundsechzig Jahre alt. War keinen einzigen Tag in seinem Leben krank. Passt das nicht genau ins Klischee? Bis er einfach tot umfiel.«

Auf irgendetwas kaute ich herum, ein Informationsschnipsel, eine lang zurückliegende Erinnerung oder eine Ahnung. Heute wirkte sie wehmütig, traurig wegen ihres Vaters – nur dass ich nicht sicher war, ob es auch stimmte. *Wir standen uns nicht nahe … ich mochte ihn nicht.* Hatte sie das gestern Abend nicht gesagt? Und genau in dieser Sitznische, einen Teller mit Eiern vor mir, bekam ich das Gefühl, Wasser würde sich über mir schließen, als wäre ich untergetaucht. Ich dachte an Shakespeare: *Es gibt mehr Dinge zwischen Himmel und Erde … als Eure Schulweisheit sich träumen lässt.* Eine Anspielung auf so vieles und doch nichts, auf die Unmöglichkeit, das Universum zu kontrollieren. So fühlte ich mich, während ich dort hockte. Mehr Dinge zwischen Himmel und Erde … und hier saß ich nun, nur eines davon und sie ein weiteres, und ihre Absichten waren mir schleierhaft. Mir kam der Gedanke, dass sie auf etwas zusteuerte, dass sie eine eigene Agenda ins Spiel gebracht hatte, in die ich gegen meinen Willen hineingezogen wurde. Aber dennoch, der Wille – was war das schon? Wusste ich das? Es war so viel erforderlich gewesen, nur um hierherzukommen und ihr am Tisch gegenüberzusitzen. Sie redete wieder, ich konnte sie hören, begriff aber nicht, was sie meinte. Hatte sie ihn geliebt? Hatte sie ihn gehasst? Waren das die richtigen oder notwendigen Fragen? Könnte es sein, dass es komplizierter war, dass die Antwort »beides« lautete?

Wie sich herausstellte, musste ich nicht lange warten, um es herauszufinden.

Sie lächelte, als wüsste sie, was ich dachte. Dann, in einer merkwürdigen, formalen Geste, streckte sie eine Hand aus und legte sie auf meine. Ich fuhr zusammen; es war lange her, dass ich von jemand anderes außer mir selbst berührt worden war. Sie lachte, tätschelte mir die Hand und sagte: »Keine Sorge, so ist es nicht gemeint.«

Ich musste noch verwirrter ausgesehen haben, als ich es war, denn bevor sie weitersprach, zog sie ihre Hand weg. »Ich hatte gehofft, Sie könnten mir vielleicht einen Gefallen tun.«

Und wieder wartete ich ab und ließ sie die Führung übernehmen. Ich hatte Schwierigkeiten, klar zu denken, und der Ort, an dem wir uns befanden, ergab keinen Sinn. Ihre Lippen bewegten sich. Ich versuchte, mich nur darauf zu konzentrieren, die Form ihrer Worte zu erfassen, die sie sagte, und deren Code zu knacken. Ein paar Sätze drangen zu mir durch: *Sie anheuern, meine Stiefmutter unter die Lupe nehmen; hören, was sie vorhat.*

»Warten Sie, was?«, fragte ich. »Was sagten Sie da gerade?«

Ich musste die Situation dringend entschleunigen.

»Ich will Sie anheuern«, wiederholte sie, dehnte die Worte und betonte jede Silbe, als spräche sie mit einem Kind oder einem Idioten, »damit Sie meine Stiefmutter unter die Lupe nehmen und herausfinden, was sie vorhat.«

Ich versuchte ihr zu erklären, dass das nicht zu meinen üblichen Aufgaben gehörte, nichts war, was ich je gemacht hätte und nichts mit damit zu tun hatte, wer ich war. Ich war nicht sicher, ob die Worte irgendeinen Sinn ergaben. Während ich sprach, verzog sich ihr Gesicht zu einem ironischen Grinsen.

»Sie brauchen doch vermutlich das Geld«, sagte sie. »Sie scheinen keinen Job zu haben.«

»Nein, schätze ich. Eigentlich nicht.« Mir gefiel nicht, dass sie mich beobachtete.

»Ich würde Ihnen zweihundert Dollar zahlen, damit Sie hingehen und mit ihr reden.«

»Mit ihr reden?« Wieder war es, als weigerten sich ihre Worte, bei mir anzukommen, als spräche sie eine Sprache, die ich nie gelernt hatte.

»Nur reden. Ich muss es wissen. Mein Vater hat mir Unterhalt gezahlt. Jeden Monat. Momentan werden die Zahlungen aus seinem Nachlass weitergeführt. Aber sie versucht, das zu unterbinden. Hat ihre Anwälte darauf angesetzt. Es ist alles Teil davon, mich von dem Erbe auszuschließen.« Sie machte eine Pause, trank einen Schluck Kaffee und setzte dann die Tasse mit einer derart bedächtigen Geste ab, so präzise, dass es beinahe rührend wirkte, als würde ihr ganzes Leben davon abhängen, dass die Tasse richtig stand. »Nachdem sie geheiratet hatten, habe ich aufgehört, ihn zu besuchen. Nicht dass ich vorher oft da gewesen wäre. Sie machte es … schwierig. Verlangte ständig nach seiner Aufmerksamkeit. Als würde sie versuchen, uns auseinanderzubringen.«

»Wo wohnt sie denn?«, fragte ich, um Land zu gewinnen. Ich war nicht sicher, ob ich in die Sache hineingezogen werden wollte.

»Benedict Canyon«, sagte sie. »In dem Haus, in dem ich aufgewachsen bin.« Sie hielt inne. »Sie versucht, mir alles wegzunehmen. Wenn sie gewinnt, bleibt mir gar nichts mehr.«

Und genau da hätte ich aussteigen sollen, in dem Augenblick, als sie das Gewinnen ins Spiel brachte, es so ausdrückte. Es war ein Wettstreit – oder schlimmer, ein Kampf – und ein Teil davon zu werden bedeutete, dass ich mich für eine Seite entscheiden musste. Aber zweihundert Dollar? Nur, um zu reden? Sie hatte recht, ich hatte schon eine ganze Weile nicht gearbeitet. Ich besaß ein bisschen Geld, einen Notgroschen, wenn man so wollte. Es war nicht viel, doch es hatte gereicht, um zu leben, ohne dabei in Schwierigkeiten zu geraten. Es hatte gereicht, um in Ruhe gelassen zu werden. Nun jedoch schwand es langsam, und es war nicht so, als hätte ich sonst noch etwas am Start.

»Okay«, sagte ich. »Ich kann morgen hinfahren. Wie lautet ihre Nummer?«

»Nein, nein«, zischte sie und lehnte sich so weit über den Tisch, dass ihr Kopf dicht vor meinem war. Ihre Gesichtszüge verschwammen zu einer Masse aus Fleischfarben; ich konnte sie nicht unterscheiden. »Ohne Vorwarnung, sie soll nicht wissen, dass Sie kommen. Morgens spielt sie immer Tennis, kommt gegen Mittag vom Platz, dann erwischen Sie sie unvorbereitet.«

*Kommt vom Platz … coming off the court.* Als ich wieder in meiner Wohnung war, nachdem Corrina mich abgesetzt hatte, ging mir ständig dieser Satz durch den Kopf. Es war wie der Refrain in einem Bluessong, der gleichzeitig an so vieles erinnerte. Natürlich an den Tennisplatz, den *Tenniscourt*, aber auch an den Gerichtssaal, den *Courtroom*, auf den dieses Familiendrama vermutlich zusteuerte, wenn es dort nicht schon gelandet war. Aber mehr noch an die verschiedenen Schichten des Konflikts – Geld, Liebe, Verlust und Privilegien –, Los Angeles nicht unähnlich.

Die Leute behaupten, Los Angeles sei oberflächlich, doch das stimmt nicht. Klar, es hat seinen Protz und Glitzer, tiefergelegte Wagen und Villen auf Bergen, Werbetafeln und Botox und das echt traurige Gehetze der Promis, all dieser Leute, die versuchen, berühmt zu werden. Doch das ist nur eine Facette, eine Deckschicht. Die wahre Stadt entfaltet sich in Apartment-Komplexen und Bungalow-Anlagen, in Wohnvierteln, die sich über Bergrücken und Tieflandgebiete hinweg ausbreiten, in vier Millionen Menschen, die versuchen, über den Tag zu kommen. Selbst die Reichen … auch sie essen und scheißen und atmen und sehnen sich nach etwas: Liebe oder Lust oder Seelenverwandtschaften, nach irgendeiner Bedeutung in der dumpfen Parade der Stunden. Ich war genauso, allein in einem Leben, von dem ich nicht behaupten konnte, es mir ausgesucht zu haben, obwohl es auch nicht stimmte, dass dem nicht so war. Und Corrina, das arme, kleine, reiche Mädchen, das sich immer noch nach der Zuneigung ihres Daddys sehnte, obwohl er tot war und das Thema durch, selbst wenn ihr Herz noch voller Geister war. *Kommt vom Platz* – es war, als hätte ein Spiel geendet, wäre aber dennoch nicht wirklich vorbei, als wären wir alle in den Nachwirkungen gefangen. Oder, nein, nicht Nachwirkungen, sondern in der Überleitung, in einem nicht definierten Moment, der weder hier noch dort war.

Als ich jünger war, interessierte ich mich irgendwann für ein Wesen, Tulpa genannt, eine Manifestation des Geistes. Tulpas existieren nicht, oder, anders ausgedrückt, nicht wirklich – obwohl, wer weiß? Ich kann mich nicht mehr erinnern, wann ich davon gehört hatte, doch die Idee war, dass ein buddhistischer Mönch oder heiliger Mann eine Tulpa ins Dasein träumte, damit er physische Erleichterung oder Befriedigung erlangen konnte, ohne sein Gelöbnis zu brechen. Das fasziniert mich – Erleichterung ohne Schuld, ohne Nachwirkungen –, und ich fragte mich: Wie real konnte Einbildung werden? Spielte es eine Rolle, ob etwas, irgendetwas da war, passiert war, wenn wir glaubten, dass es so sei? Die Antwort lautet natürlich, nein; man sehe sich nur um. Los Angeles mochte ja eine richtige Stadt sein, mit richtigen Menschen, aber einige dieser Menschen … nun, sagen wir mal, dass es eine unüberwindbare Lücke zwischen dem gibt, was sie denken, das passiert, und der Situation am Boden. Zurück zu diesen Tulpas. Wie sich herausstellte, sind sie nicht leicht zu kontrollieren. Wenn man sie sich ausreichend genug vorstellt, so sehr, dass man beginnt sie zu sehen und zu spüren, bekommen sie eine Seele, eine Eigenständigkeit. Diesen Teil erfuhr ich erst später, nachdem ich mehr über das Thema gelesen hatte; es ging überhaupt nicht um Intimität, wie ich irgendwann begriff. Das musste zu einem Zeitpunkt gewesen sein, als ich schon verheiratet war und meine Frau und ich beide angefangen hatten, nach etwas Ausschau zu halten, einem

Funken, einer verlorenen Verbindung, die, wie wir feststellten, möglicherweise nie da gewesen war. Und wieder Tulpas, als wären wir füreinander Tulpas, als hätten wir uns gegenseitig ins Dasein geträumt. Und dann, nachdem wir verkörpert waren, waren wir beide unserer Wege gegangen. Was wussten wir denn letztendlich schon von anderen Menschen, selbst (oder speziell) von jenen, die uns am nächsten standen, jenen, mit denen wir unser Leben teilten? Solche Gedanken waren mir schon früher gekommen, aber heute in der stillen Hitze der Wohnung, nachdem ich vom Frühstück zurückgekehrt war, bekam ich diese Fragen nicht mehr aus dem Kopf.

Im Haus war es schwül, doch ich öffnete die Fenster nicht; ich mochte das Gefühl, eingeschlossen zu sein. Oder besser, ich mochte es nicht, aber wünschte es mir, brauchte es, weil es eine Art war, die Welt auf Abstand zu halten. Warum hatte ich Ja gesagt, warum ließ ich mich dort hineinziehen? Es war nicht so, als würden die zweihundert Dollar in meinem Leben einen großen Unterschied machen. Ich brauchte eine Veränderung, einen echten Wandel, und das hier war nur ein Abstecher, eigentlich nur ein bisschen Voyeurismus, Neugier oder Geilheit, in die Dreidimensionalität befördert, wie ein kleiner Zeitvertreib. Was hätte ich morgen denn sonst getan? Nur hier im Wohnzimmer gesessen und geschwitzt. Ein Moment lang überkam mich ein Gefühl der Sehnsucht, das so scharf war, als hätte mich ein Messer aufgeschlitzt, doch dann verblasste es, wie es das immer tat, und wurde zu einem dumpfen Schmerz unter der Haut.

Gegenüber im Innenhof lag Corrinas Bungalow zugesperrt und dunkel da; nach dem Frühstück war sie weggefahren. Vielleicht, um einzukaufen, vielleicht war sie auch verabredet; sie hatte es mir nicht gesagt, und ich hatte nicht gefragt. Wie meine Frau … wer wusste, wo sie war und was sie tat? Wo auch immer die Toten hingehen, und was auch immer sie tun. Für mich ist sie letztendlich tot, tot in meiner Fantasie, wie etwas, das ich erfunden und dann weggeworfen habe. Wir sind alle Projektionen, Tulpas unseres eigenen Verstandes, nichts ist auf lange Sicht gesehen real. Selbst die Kontinente driften und bewegen sich auf einer See aus geschmolzenem Magma, krachen gegeneinander, formen sich neu, Materie zeugt Materie, Entropie und Energie. Wie kann die Welt tatsächlich ein richtiger Ort sein, wenn wir davon verschwinden können, wenn unser gesamtes Leben entschwindet, sich unsere Lebensentwürfe voneinander wegbewegen und auseinanderdriften? An manchen Tagen schaffe ich es nicht, irgendetwas als stabil anzusehen, mehr als nur Hitzewellen, die vom Asphalt aufsteigen, um all das, was direkt vor mir liegt, zu einer Schimäre zu verwischen.

Ich ging ins Schlafzimmer, schaute den Schrank durch und fragte mich, was ich anziehen sollte. Ich wollte Eindruck schinden, welchen, wusste ich allerdings nicht. Ich besaß einen Anzug – blau, von der Stange –, ein weißes Hemd und eine rote Krawatte. Alles hing da, neben ein paar weiteren Oberhemden, und auf dem Boden lag ein loser Haufen Schuhe und Sneakers sowie eine Schaufel in einer Plastiktüte. Die Schaufel hatte ich kurz nach meinem Einzug gekauft; ich hatte die Idee gehabt, auf dem trockenen Flecken Gebüsch neben meiner Haustür zu gärtnern. Doch ich hatte nie etwas unternommen, und nun lag die Schaufel unbenutzt hinten in meinem Schrank, wie der Ausdruck einer tot geborenen Hoffnung. Jedes Mal, wenn ich sie sah, machte mich das traurig. Aber ich konnte den Gedanken dennoch nicht aufgeben.

Einen Anzug zu tragen hatte den Vorteil, bei meinem Einsatz offiziell zu wirken, dachte ich. Doch dort als ich selbst aufzutauchen, in Khakihosen und T-Shirt, um keine großen Erwartungen zu wecken, hatte auch seine Vorteile. Was hatte ich mir nur dabei gedacht, als ich zusagte, dorthin zu fahren? Ich wusste nichts darüber. Nichts über ihre Stiefmutter, nichts über das Geld, nichts über Corrina, außer dass sie am letzten Abend und diesem Morgen die Entscheidung gefällt hatte, dass sie mich mochte, oder mich benutzen konnte, oder vielleicht beides.

Was mich betraf, fiel es mir schwer, mich an irgendetwas von ihr zu erinnern, wie sie aussah, oder an den Klang ihrer Stimme.

Ich klappte meinen Computer auf, weil ich dachte, ich könnte bei Google etwas über Corrinas Vater herausfinden, das nützlich sein könnte. Dann wurde mir klar, dass ich noch nicht einmal seinen Namen kannte. Ich hatte keine andere Wahl, als ohne Informationen dort hochzugehen. Aber vielleicht war der Sprung ins kalte Wasser ja auch besser.

Ich entschied, Anzug und Krawatte zu tragen. Der Anschein von Autorität, genau den brauchte ich. Mehr nicht. Alles andere könnte später kommen, wenn es ein Später gab. Zwischenzeitlich brauchte ich nichts weiter zu wissen.

Bevor ich von meinem Laptop aufstand, löschte ich meinen Verlauf, wobei ich darauf achtete, den Blick abzuwenden.

Den Blick abwenden, den Blick abwenden – das war der Schlüssel, um bei Verstand zu bleiben, besonders jetzt, wo ich in etwas hineingezogen wurde, was ich nicht einschätzen konnte.

»Ich kann darüber jetzt nicht nachdenken«, sagte ich laut ins leere Zimmer hinein. »Wenn ich das tue, werde ich irre. Ich denke morgen darüber nach.«

Und was auch immer mich da draußen erwartete, ich würde mich darum kümmern, wenn es anstand.

## Question Number Three: Will You Dine And Dance With Me?

Corrinas Stiefmutter war wunderschön. Das hatte ich nicht erwartet. Ich stand in meinem Anzug und der roten Krawatte auf den Eingangsstufen ihres Hauses in den Bergen. Ich war adrett, sauber, rasiert und nüchtern, und es war mir egal wer das wusste.

Haus? Es war eher ein Anwesen, das inmitten eines landschaftsgärtnerisch gestalteten Hangs lag. Diesen Teil hatte Corrina bequemerweise ausgelassen, obwohl sie es möglicherweise gar nicht so sah. Es ist schwer zu sagen, was Menschen begreifen, was sie für selbstverständlich halten. Es könnte sein, dass das hier einfach ihr Zuhause war, einfach nur das, was sie gewohnt war … allerdings befand sie sich in einer Auseinandersetzung um Geld und lebte von einem Unterhalt, der üppig genug war, dass sie so wie ich anscheinend nicht arbeiten musste. Und so großzügig, dass es etwas war, um das es sich zu kämpfen lohnte, was bei mir den Eindruck erweckte, sie wüsste, was es wert war.

Es war Mittag, und die Sonne war wie ein Vorschlaghammer, der mitten aus dem Himmel auf mich niederknallte. Ich stand da, schwitzte in meinem Anzug und meiner Krawatte und spürte, wie das Hemd hinten an meinem Rücken klebte. Die Hitze war wie eine Wolldecke, jeder kurze Atemzug fiel schwer. Ich hatte bei meiner Ankunft nach einem Tennisplatz Ausschau gehalten, hatte dem Aufprall des Balls auf den Schläger gelauscht, dem leisen Trommeln von Füßen auf Sand oder Kunstrasen. Vielleicht war ich zu spät, oder vielleicht war es zu heiß, aber auf dem Platz war niemand. Es gab eine kreisrunde Einfahrt, in deren Mitte ein Springbrunnen plätscherte, was mir etwas über Corrinas Stiefmutter und deren Prioritäten sagte. Ich klingelte an der Tür, wartete und horchte auf den Klang – ein wiederkehrendes Rasseln, wie Kirchenglocken –, der hinter der massiven Eichenhaustür widerhallte.

Als die Tür schließlich aufschwang, brauchte ich einen Moment, um mich darauf einzustellen. Ich sah nur Schwärze, wie ein Negativ, dass die Welt auslöschte. Als meine Augen sich angepasst hatten, konnte ich die Gestalt einer Frau erkennen. Kurzer Rock, ärmelloses Top, und ein Duft, der gleichermaßen süß und bitter war, wie eine Mischung aus Sandelholz und Schweiß. Wenn sie Tennis gespielt hatte, dann war das vor meinem Eintreffen gewesen. Sie hatte geduscht und sich umgezogen. Ich schwankte im Sonnenlicht, fragte mich, ob man mir eine Falle gestellt hatte, und wartete darauf, was als Nächstes passierte.

»Kann ich Ihnen helfen?«, fragte sie in einem Ton, so scharf wie eine niedersausende Klinge. Ich sah jetzt etwas klarer und konnte ihre Augen erkennen, grau wie Stahl, die mich anstarrten.

»Hallo«, sagte ich, murmelte meinen Namen und fügte hinzu, nicht stören zu wollen. Wir wussten beide, dass das eine Lüge war. Sie stand im Türrahmen, die rechte Hüfte nach außen gestemmt, als wolle sie mich blockieren, die Ellbogen angewinkelt. Ich verstellte mich, so viel war offensichtlich, aber keiner von uns beiden konnte genau sagen, was das zu bedeuten hatte. »Ihre Stieftochter hat mich gebeten, vorbeizukommen und Sie zu besuchen«, erklärte ich schließlich, und dann, nachdem sie nichts weiter sagte, fügte ich hinzu: »Corrina?«

»Ich weiß, wer meine Stieftochter ist.« Sie musterte mich kurz von oben bis unten, vom Scheitel bis zur Sohle. »Sind Sie Privatdetektiv? Denn ein Cop sind sie eindeutig nicht.«

»Nur ein Freund«, sagte ich und fragte mich, warum ich hergekommen war und wie ich mich am besten wieder verdünnisierte.

»Wie viel zahlt sie Ihnen?«

Ich sah sie wieder an und wandte dann den Blick ab. »Zweihundert.«

»Himmel«, murmelte sie schnell, als hätte ihr das Wort den Mund verbrannt und sie müsste ihn mit Spucke kühlen. »Vermutlich bekommt jeder, was er verdient.« Sie trat zur Seite und gab den Weg durch die Tür frei. »Kommen Sie doch herein.«

Die Eingangshalle erstreckte sich über zwei Etagen, war licht und von einem Gewölbe wie in einem englischen Landhaus überspannt. Beim Eintreten konnte ich sie mir genauer angucken, den Schwung ihrer Waden, die Wölbung ihrer Brust, das Haar schulterlang, dicht und glatt gebürstet, grau mit ein paar braunen Strähnen. Sie musste um die fünfundfünfzig sein, vielleicht älter, und sie war die schönste Frau, die ich je gesehen hatte. Nicht weil sie sich konserviert hatte, sondern eher im Gegenteil: kein Botox, keine Schönheitschirurgie, kein Glätten hier oder Spannen dort, nur der natürliche Höhepunkt des mittleren Alters. Ihre Pose drückte Selbstsicherheit und eine gewisse Anspruchshaltung aus, das sah ich sofort. Sie wartete nicht, sondern schloss nur die Tür und ging weiter. Folgen? Nicht folgen? Das blieb mir überlassen. Eine Minute nach unserer Begegnung hatte sie bereits die Macht übernommen; ich lag in einem Spiel im Hintertreffen, dessen Regeln mir ein Rätsel blieben.

Und ich konnte den Blick nicht von ihr abwenden, also, was sollte ich da anderes tun? Ich schlich über den schwarz-weiß gefliesten Boden, bewegte mich von einem Quadrat zum nächsten wie eine Figur in einem Schachspiel. Sie war eindeutig die Dame, bewegte sich, wie sie es für richtig hielt; und ich hätte mich gern als Springer gesehen oder als Läufer, doch ich war nur ein Bauer. Immer einen Schritt und ein Quadrat zurzeit. Als ich die Eingangshalle durchquert hatte, sah ich sie durch eine geöffnete Tür in einem kleinen Raum stehen, dessen Wände in heller Eiche getäfelt waren, und in dem schwere Ledersessel standen wie in einem

Club. Sie hatte mir den Rücken zugewandt, und als sie sich umdrehte, konnte ich sehen, dass sie sich einen Drink eingeschenkt hatte.

»Kann ich Ihnen etwas anbieten?«, fragte sie. Ihr Gesicht war glatt, ausdruckslos und gab nichts preis.

»Ich nehme das Gleiche wie Sie.«

»Dann ein Sodawasser«, sagte sie. Doch als sie mein Gesicht und die hängenden Schultern bemerkte, blieb sie stehen und sah mich an, nahm mich genau genommen das erste Mal richtig wahr. Ich konnte sehen, wie sie mich musterte, Inventur machte, als würde eine Linse enger gedreht. »Außer Sie hätten gern etwas Stärkeres?«, fügte sie hinzu, und ihre Augen glitzerten verdächtig. Sie wirkte zufrieden, als hätte sie ein Kernstück an Information herausgefunden, etwas, von dem ich nicht wollte, dass sie es wusste.

»Vermutlich könnten Sie mich überreden.«

»Wie Sie meinen«, sagte sie, als wäre etwas geklärt. Und das war es möglicherweise auch. Ich war mit der Vorstellung hergekommen, die üblichen Fragen zu stellen. Ich war hergekommen, als sei ich eine Figur aus einem Roman oder Film. Wollte sie zum Reden bringen und hören, was sie mir erzählen würde. Ob sie sich verplapperte. Ich war hergekommen, um ihr ein Schnippchen zu schlagen. Weil ich einen leichten Sieg witterte. Doch als wir uns schließlich einander gegenüber in die Clubsessel setzten, wusste ich, dass ich bereits verloren hatte.

Sie hieß Sylvia. Sylvia Glenn. Das erzählte sie mir, während sie mir gegenübersaß und wiederholt die Beine übereinanderschlug. Die meiste Zeit sah ich nur zu, wollte gehen und wollte nie mehr gehen.

»Also, woher kennen Sie Corrina?«, fragte sie, und als ich erklärte, dass wir Nachbarn in der Wohnanlage seien, nickte sie, als würde es etwas bestätigen. Jedes Wort, das ich sagte, war wie ein

Teil eines Puzzles, das sie in ihrem Kopf zusammensetzte. »Sie wollen damit also sagen«, fuhr sie fort, »dass Sie sie eigentlich gar nicht kennen, nicht richtig? Dass es eher eine Beziehung aufgrund von Gegebenheiten ist?«

Beziehung aufgrund von Gegebenheiten. Ich fühlte mich in diesem Zimmer aus Holz und Leder von der Förmlichkeit der Formulierung angezogen. Es war wie in eine rasende Fahrt talabwärts in einem Wagen ohne Bremsen, und in meinem Bauch kribbelte es wie in einem Bienenschwarm. Ich nickte, nicht sicher, was ich eingestand oder ob ich überhaupt etwas eingestand. Hier zu sein war meine eigene Entscheidung. Niemand hatte mich gezwungen. Doch sie schien etwas anderes anzudeuten, suggerierte, ohne tatsächlich zu suggerieren, oder vielleicht lag es einfach nur daran, dass ich nie gut darin gewesen war, Zeichen zu deuten.

»Hat sie Ihnen von der Erbschaft erzählt?«, fragte sie. Ich setzte zu einer Antwort an, doch sie hob eine Hand. »Vermutlich ...«, murmelte sie, und nun hakte sie Punkte ab, wie von einer Liste. »Das bedeutet also, dass sie Ihnen von mir und ihrem Vater und vom Streit um das Testament erzählt hat? Das stimmt alles. Natürlich. Ich will nicht, dass sie auch nur einen Cent bekommt.« Sie hielt inne und schaute mich fragend an, als wartete sie darauf, dass ich Corrina verteidigen würde. »Ich kann nur vermuten, was sie Ihnen erzählt hat, aber das Mädel hat nie etwas anderes getan, als ihrem Vater Geld abzunehmen. Selbst jetzt, da er tot und begraben ist. Sie kümmert sich nur um sich selbst. Ich wette, sie hat Ihnen erzählt, wie nahe sie sich standen, oder?« Ich sagte nichts, doch mein Gesicht musste mich verraten haben. »Das sagt sie immer«, fuhr sie fort, »außer wenn sie das Gegenteil behauptet. Hören Sie« – und jetzt beugte sie sich vor und sah mich durch zusammengekniffene Augen an, als würde sie ein Geheimnis mit mir teilen –, »ich kenne das Mädchen schon sehr lange, noch bevor ihre Mutter gestorben ist, und sie hat sich nie irgendetwas gewünscht. Das ist ihr Problem, alles wurde ihr immer gegeben, sie musste es sich nie erarbeiten. Deshalb ist sie so verzogen.«

»Darüber weiß ich nichts. Ich habe sie erst kürzlich kennengelernt.« Doch ich erinnerte mich noch an das Schreien, einmal pro Woche oder so, in den letzten Monaten, die Wutanfälle eines übergroßen Kindes. Ich dachte an ihre Stiefel, schick und teuer, und daran, was sie mir zahlte. Aber andererseits tat ich ja auch nichts, sonst hätte ich diesen Job nicht angenommen.

»Ich weiß, dass sie mich für eine böse Stiefmutter hält, und bis zu einem gewissen Grad hat sie recht. Zum Teufel auch, ich wohne ja sogar in einem Schloss …« und hier brach sie in ein leises Lachen aus. Der Klang war voll und kehlig, aber auch ein wenig traurig. Es hinterließ in meinem Kopf ein Bild von ihr, allein oben auf ihrem Berg, abgeschnitten von der Stadt darunter. Ich stellte sie mir nachts vor, wie sie in ihrem Vorgarten stand und noch nicht mal die Lichter unten sehen konnte. Es war hier oben wie ein Vakuum, Deep Space, ein weiterer Ort, wo man sich vor der Welt zurückziehen konnte.

»Aber die Sache ist die«, fügte Sylvia hinzu, während ihr Blick schärfer wurde und die Stimme betont und gepresst. »Ich habe nicht vor, nachzugeben. Das können Sie egoistisch nennen, und das ist es vielleicht auch – ich habe mit ihm zusammengelebt, nicht sie. Aber ich muss Ihnen auch sagen: Sie ist ein Monster im Werden. Sie hatte ihr ganzes Leben lang einen Freifahrtschein. Sie meint, die Welt existiere so, wie es ihr beliebt, zu ihrem Vergnügen. Schauen Sie sich doch an, kommen hier hoch wie ein Botenjunge.«

»Ich bin nicht ihr Botenjunge«, sagte ich, doch meine Stimme klang übellaunig, wie ein Kind, das seinen Willen nicht bekam.

»Ja klar, das sind Sie nicht«, sagte sie. »Zweihundert Dollar.« Sie musterte mich wieder von oben bis unten, und ihr Mund verzog sich zu einem schlüpfrigen Lächeln. »Da haben Sie ja echt verhandelt. Ich hoffe, es war die Mühe wert. Also, warum gehen Sie nicht wieder den Berg hinunter und sagen meiner *Stief*tochter, dass sie sich ficken soll?«

Sie ließ sich in den Sessel sinken und nahm einen Schluck Sodawasser – das Sinnbild privilegierten Charmes. Die Unterhaltung war vorüber, und es gab nichts weiter zu sagen. Also trank ich und spürte, wie sich die Hitze über meine Zunge ausbreitete. Noch ein Schluck, und die Wärme dehnte sich aus und kitzelte an den Rändern meines Gehirns.

»Wenn Sie mich nun entschuldigen würden«, sagte sie. »Außer es gibt noch etwas?«

Ich stand auf, die Hand noch um das leere Glas gewickelt, unsicher, wo ich es abstellen sollte, nun, nachdem ich ausgetrunken hatte. Ihr Gesicht war regungslos, wie in Stein gemeißelt. Ich ließ es einen Augenblick auf mich wirken. Diese hohen Wangenknochen, ihre Farbe. Die Lippen eine dünne Linie, aber doch voll, kein Lippenstift, wie ein Kunstdruck oder eine Skizze. Ihre Anwesenheit weckte ein ungewohntes Gefühl. Ich wollte es nicht wissen. Sie hatte mich gerade entlassen – und warum auch nicht? Ich verschwendete ihre Zeit, lungerte aber dennoch weiter herum. Ich senkte den Blick auf ihr dezent geschwungenes Fußgelenk, mit Sehnen, die wie Pulspunkte wirkten. Was hatte ich mir dabei gedacht? Ich war komplett unterlegen.

Gerade als ich mein Glas abstellen wollte, stand sie aus dem Sessel auf. Es war, als sähe man einem Tanz zu oder einer Blüte, die sich entfaltete, ohne Bezug zu irgendetwas außer sich selbst. Wenn wir einfach nur hierbleiben könnten, wenn dieser Moment nicht zum nächsten führen würde … etwas so Geschmeidiges und Zauberhaftes hatte ich noch nie gesehen. Und doch gleichzeitig eigenständig oder selbstgesteuert, ohne jedwede überflüssige Bewegung. Es war die Geste einer Frau, die wusste, was sie tat, was sie wollte, die nicht verloren wirkte und es nie war. Es war die Geste einer Frau, die nicht aufgeben würde, niemals, und ganz plötzlich wurde mir klar, dass sie nicht von Geburt an reich gewesen war, dass dies hier nicht ihr natürliches Lebensumfeld war. Sie hatte in frühen Jahren keine Privilegien besessen oder genossen, sondern sich stattdessen hochgekämpft, um hier zu sein. Es war etwas, für das sie hart gearbeitet hatte. Es war eine Ehe als Job.

»Lassen Sie mich das nehmen«, sagte sie und griff nach dem Glas, wobei sich ihre Finger einen flüchtigen Moment über meinen schlossen. Sie waren kühl, als wären sie nicht vollständig durchblutet, und blieben einen Hauch länger liegen, als notwendig war: kein Versehen, sondern eine Botschaft. Unsere Blicke begegneten sich; ich zählte eins, zwei, bevor ich den Blick abwandte. Das Glas glitt aus meiner Hand, doch ihre war bereits da, um es aufzufangen. Oder, nein – es war kein Auffangen, denn sie hatte es nie losgelassen.

»Ein kleiner Ratschlag, wenn ich darf.« Ihre Stimme war leise, und es lag eine Andeutung darin, ihr Gesicht keine dreißig Zentimeter von meinem entfernt. »Nehmen Sie sich vor meiner Stieftochter in Acht. Sie kann gefährlich sein. Aber vielleicht wissen Sie das ja bereits. Sie und ich, nun …«

Sie verstummte und wandte sich ab.

»Vergessen Sie's. Genug geredet. Ich vermute, Sie finden allein hinaus.«

Ich klopfte an Corrinas Tür, doch sie war nicht zu Hause. Wer wusste schon, wo sie mitten an einem Montag war? Ich hatte ihre Handynummer nicht, und sie nicht meine; sie fand das so besser. *Warum?* hatte ich gefragt, und sie hatte darauf beharrt: *Keine digitale Papierspur,* sagte sie. Ich verstand nicht, was das für eine Rolle spielen sollte, außer ihre Stiefmutter hatte recht und sie war wirklich gefährlich, was bedeutete, dass hier irgendetwas ablief, das ich nicht mitbekam.

Ich ging nach Hause, schenkte mir einen Drink ein und versuchte Stück für Stück zusammenzusetzen, was ich wusste. Doch das Gesicht ihrer Stiefmutter, Sylvia, schob ständig die anderen Gedanken beiseite. Sie hatte etwas an sich, etwas Angsteinflößendes oder zumindest Einschüchterndes, und doch fühlte ich mich zu ihr hingezogen. Sie war wie ein wildes Tier, wunderschön anzusehen, aber man wusste, dass man vorsichtig sein musste, weil sie einen jederzeit anfallen konnte.

Seien Sie vorsichtig. Das hatte sie über Corrina gesagt, das war ihre Warnung an mich gewesen. Was hieß das? Was entging mir? Corrina war verwirrt, das stimmt schon, und hatte etwas von einer verlorenen Seele. Doch ich war selbst verloren oder befand mich dazwischen … zwischen den Rissen eines Lebens, eines Universums, das einem keine Aufmerksamkeit mehr schenkte, falls es das je getan hatte. Sie wirkte weich, ja, sogar verzogen, um es mit den Worten ihrer Stiefmutter auszudrücken – aber könnte das nicht damit zu tun haben, wie sie aussah? Diese eckigen Gesichtszüge, die in der runden Fläche ihres Gesichts trieben. Es war, als wären ihre Kanten, ihre Schärfe abhängig davon, in welchem Lichtwinkel man sie betrachtete. Aus der richtigen Perspektive gesehen war sie hinreißend oder könnte es sein, obwohl das nur eine flüchtige Wirkung auf mich gehabt hatte. Ihre Stiefmutter hingegen; sie war hinreißend, ohne sich zu bemühen.

Oder vielleicht war diese Mühelosigkeit der Schlüssel.

Wie auch immer, der Besuch. Was hatte ich dort gemacht? Ich war dort eingetroffen wie in einem Roman von Raymond Chandler, in dem es um etliche Millionen ging. Doch diese ganze Welt war mir nicht vertraut. Ich wusste nicht, welche Fragen ich stellen sollte, ganz abgesehen von der Art, wie ich sie stellen sollte, weswegen sie mich vermutlich hereingebeten hatte. Ein Spiel, nur ein Spiel, das sie und Corrina spielten, Schach, bei dem viel auf dem Spiel stand, und ich eine Figur, die zuerst von der einen und dann von der anderen verschoben wurde, bis ich nicht mehr wusste, welche Richtung ich einschlagen sollte. Je länger ich darüber nachdachte, desto verärgerter wurde ich, und desto mehr fragte ich mich, ob ich benutzt worden war. Aber wie und warum? Ich wurde nicht schlau daraus. Corrina musste gewusst haben, was passieren würde. Und trotzdem hatte sie mich bezahlt, um dort hochzufahren.

Ich trank meinen Drink aus, schenkte mir einen weiteren ein und sah den Uhrzeigern an der Wand zu, wie sie im Kreis wanderten. Ich saß im Wohnzimmer und mein Blick fixierte Corrinas Haustür im Hof gegenüber. Ich hätte es nicht unbedingt ein Wachehalten genannt, obwohl es stimmte, dass ich auf ihre Rückkehr wartete. Ich zog mein Jackett aus und hängte es weg, lockerte meine Krawatte und krempelte die Ärmel auf. Ich konnte nicht sagen, warum, aber ich wollte in dieser Kleidung von ihr gesehen werden, wenn auch nur, um zu zeigen, dass ich ihren Auftrag ernst genommen hatte.

Es war bereits nach siebzehn Uhr, als ich das Klackern von Stiefelabsätzen auf dem Beton des Hofweges hörte und Corrina sah, die auf ihre Haustür zuging. Auf ihren Stufen stand ein kleiner Holzkohlegrill, eingestaubt, weil nicht benutzt. Sie trug enge Jeans und ein ärmelloses Top, wie Millionen Frauen in Hollywood. Allein wirkte sie fokussierter, entschlossener, als könne sie unbeobachtet ihr wahrhafteres Selbst zeigen. Aber was war denn überhaupt ein wahrhafteres Selbst? Existierte es? Oder schauspielerten wir uns alle ständig durchs Leben? Man schaue sich mich an, wie ich stundenlang in Krawatte und Oberhemd im Wohnzimmer sitze, als würde mir dieses Outfit etwas bringen. Wer war ich wirklich? Wie viel gaukelte ich mir vor? Ich könnte mir vorstellen, dass die Corrina, die ich durch das Fenster sah, die echte war, aber wer wusste, wie sie sich fühlte? Selbst allein zu ihrer Haustür zu gehen, war eine Darbietung – musste es sein –, ein Konstrukt, der Ausdruck eines Gesichts für die Öffentlichkeit. War sie anders, wenn sie allein in ihrer Wohnung war? Das musste wohl so sein, bei all dem Schreien, obwohl ich nicht annahm, dass ich es herausfinden würde.

Dieselben Fragen könnte man auch zu meiner Person stellen. Was tat ich hier, außer auf einen Ausgang zu warten, den ich nicht antizipieren konnte? Wann immer ich an die Zukunft dachte, an eine Welt hinter diesem Moment, war da lediglich ein weißer Fleck. Wann immer ich versuchte, hochzurechnen, mir zu überlegen, wohin mich alles führen könnte, erkannte ich den Weg nicht. Fortschritt war ein weiterer Mythos, eine weitere Illusion; der einzige mögliche Ausgang war Entropie. *Eine fehlende Ordnung oder Vorhersehbarkeit,* die schrittweise in Unordnung versank. Und beschrieb das nicht einfach *alles?* Ich dachte an die Straßen draußen, an die Franklin Avenue mit ihren Flicken und Schlaglöchern, der langsame Kollaps der Berge durch Abtragung. Manchmal, nach einem heftigen Regen, löste sich eine ganze Felszunge auf und stürzte hinunter auf Boulevards und Häuser, als bestünde die Welt nur aus Sand. Ich dachte an den Mann, den ich oft in der Gegend gesehen hatte, der in einem braunen UCLA-Sweatshirt herumlief und dessen weißes Haar fettig und zerzaust vom Kopf abstand. Er murmelte stets etwas vor sich hin und blickte finster, als wäre es eine eigene Art von Affront, überhaupt hier zu sein. Gelegentlich schien er mich zu bemerken, oder zumindest reagierte er so. Er schüttelte den Kopf, eine kleine Reihe von Schimpfworten folgte, als hätte ich ihn enttäuscht oder im Stich gelassen. Einmal hörte ich ihn sagen: »Mein Instrument.« Und einmal: »Du hast mich angelogen.« Ich wusste nicht, ob er mit mir sprach oder zu sich selbst.

Vielleicht sah er mich. Vielleicht erkannte er mich als das, was ich war. Ich dachte an diese Autos, angezündet von einem Zerstörer, einem Agenten des Chaos, dessen Chaos verstummt war. Stille … das war, was einen erwartete. Der einzige Ausgang, der diesen Namen verdiente.

Ich spürte ein Flattern in meiner Brust, eine aufsteigende Luftblase der Anspannung, spürte, wie sie aushärtete und eine feste Form annahm. Etwas in meiner Kehle, das meine Atmung blockierte, etwas, das ich nicht herunterschlucken konnte. Ich schenkte mir einen weiteren Drink ein und stellte etwas Musik an; ich musste den Kopf freibekommen. Die Musikanlage klickte und summte, wie eine sich einschaltende Klimaanlage. Dann Merle Haggard, *Sing Me Back Home,* diese gezupften Arpeggios, und der Chor mit seinen Harmonien. Der Klang war dünn, süß und sauer und dann wieder süß. Er breitete sich über den Nachmittag aus wie Honig, als wäre der Rattenfänger von Hameln in die Stadt gekommen. Haggard hatte eine Version von *Corrine, Corrina* im Stil von Wills aufgenommen. Während ich darüber nachdachte, sah ich, wie sich Corrinas Tür öffnete und ihr Oberkörper wieder auftauchte. Etwas an ihr war anders, irgendwie wirkte sie nicht entspannt. Sie reckte den Hals, und ich konnte ihre Nasenflügel flattern sehen, als wittere sie Rauch. Langsam erschien der Rest von ihr, wie ein Strichmännchen, ein Umriss, der nicht ganz dreidimensional war und über die löchrigen Grenzen der Welt glitt.

Als ich sie klopfen hörte, blieb ich still sitzen. Ich wollte ihr schließlich nicht das Gefühl vermitteln, als hätte ich wartend dagesessen. Ich trank mein Glas leer, schenkte mir dann noch einen ein und ging dann zur Tür, als wäre ich ein Büroangestellter am Ende eines langen Tages. Ich sah mich selbst, als würde sich ein Film abspulen. Hochgekrempelte Hemdsärmel, Krawatte, Tumbler, beinahe ein echter Erwachsener, die Rückblende auf einen Archetyp. Sie kicherte, als sie mich sah, und stierte ein wenig. Ich kam näher; unter dem blumigen Parfum, demselben wie neulich, nahm ich den ranzigen Geruch von Cannabis wahr.

»Haben Sie das angehabt, als Sie da oben waren?«, fragte sie lachend. »Das fand sie bestimmt wunderbar.«

»Sie hat mich direkt durchschaut. Dauerte keine Sekunde. Es ist der einzige Grund, warum sie mich hineingelassen hat.«

Meine Stimme war leise und bebte ganz leicht. Erst als ich zu sprechen anfing, wurde mir bewusst, wie wütend ich war. »Warum haben Sie mich gebeten, dorthin zu gehen? Das hatte überhaupt keinen Sinn. Das müssen Sie doch gewusst haben.« Ich sah sie an, direkt in diese geweiteten Pupillen. »Welches Spiel spielen wir hier?«

Ich wusste nicht, was ich erwartete; vermutlich gar nichts. Und ich wusste nicht, wie ich mich fühlte. Doch auf das, was passierte, war ich nicht vorbereitet. Plötzlich wurde ihr Blick schärfer, und ihre Lippen verengten sich zu einer schmalen roten Linie. »Lassen Sie uns das nicht hier draußen besprechen, ja?«, sagte sie. »Darf ich reinkommen?« Ohne die Antwort abzuwarten, schob sie sich mit dem Ellbogen an mir vorbei und betrat ein weiteres Mal mein Wohnzimmer, als würde es ihr gehören.

*Gefährlich,* dachte ich. *Sei vorsichtig.* Diese Seite von ihr hatte ich schon kennengelernt. Die Seite mit der Anspruchshaltung, die kein Nein als Antwort akzeptierte, die in ihrem Hollywood-Exil lebte, bis der Geldhahn aufgedreht wurde. Was wusste ich über sie? Nichts. Was wusste ich über ihre Vergangenheit? Nur dass ich sie gegenüber im Hof gehört hatte, all die Nächte ihrem Schreien gelauscht hatte. Und ein weiteres Mal spürte ich, wie meine Unruhe wuchs.

Was, wenn Sylvia recht hatte?

Doch nachdem sich die Tür hinter uns geschlossen hatte, sackten ihre Schultern herunter, ihr Blick verlor den Fokus, sie fläzte sich in meinen Sessel und deutete auf den Maker's. Ich ging in die Küche und holte ihr ein Glas. Es bestand keine Gefahr; das hier war nur die Frau, die sich in meinem Badezimmer übergeben hatte, ein wenig draufgängerisch, ein wenig außer Kontrolle. Sie war eine Amateurin, sie wusste nicht, was sie tat. Sie hatte gedacht, ich würde ihre Stiefmutter vielleicht einschüchtern, was nur bewies, wie unerfahren wir beide waren. Während sie an ihrem Whiskey nippte, schwiegen wir. Dann sah sie auf, als wäre ihr eingefallen, wo sie war, dass wir uns in der Gegenwart des anderen befanden, und sie fragte: »Hat sie Sie hereingelassen?«

»Ja. Ging es nicht genau darum?«

»Vermutlich.« Sie wirkte verwirrt, unsicher. »Aber es überrascht mich dennoch.«

»Wenn Sie angenommen haben, dass sie mich nicht hereinlassen würde, warum haben Sie mich dann hingeschickt?«

»Ich hatte gehofft, dass Sie sie vielleicht kurz aus der Bahn werfen würden.«

»Aus der Bahn?«

»Sie wirkt immer so verdammt selbstsicher, als hätte sie auf alles eine Antwort. Ich wollte sie aus dem Tritt bringen.«

»Aus dem Tritt habe ich sie wohl kaum gebracht«, sagte ich. »Ich habe sie noch nicht mal auf dem Tennisplatz erwischt. Sie war bereits geduscht und umgezogen, als ich eintraf. Als ich ihr erzählt habe, warum ich da wäre, hat sie gelacht.«

»Ja, aber Sie haben sie neugierig gemacht. Das müssen Sie, sonst hätte sie Ihnen die Tür vor der Nase zugeknallt.«

»Entweder das, oder sie dachte, ich wäre so unbedeutend, dass es keine Rolle spielte.«

»Es *spielt* keine Rolle«, sagte sie. »Das Einzige, was zählt, ist, dass Sie drinnen waren.«

Ich wollte sie schon fragen, warum, als ich sah, dass sie wieder abgeschweift war. Sie ließ ihre Stiefel über den Rand meines Couchtisches gleiten und schaute in ihr Glas mit der bernsteinfarbenen Flüssigkeit, als wäre es das Behältnis einer Reliquie. Was sah sie darin? Nicht die Zukunft. Und nicht die Vergangenheit, musste ich annehmen. Nur die Gegenwart, nur diesen Moment, auf dem Sofa in der Wohnung eines Fremden, in einem Gebiet, das keiner von uns beiden überschauen konnte. Ich betrachtete ihre Füße, während sie dort saß. Es war, als könnte ich nicht anders. Ich mochte diese Stiefel, ihre Form. Sie erinnerten mich an den Druck eines Absatzes gegen meine Haut.

Aber dennoch, je länger ich mit ihr zusammensaß, desto mehr wurde ich mir der anderen Gefühle bewusst, der unausgereifteren. Es war, als wäre dies eine Darbietung, eine Geste auf der Oberfläche der Haut. Die ganze Sache vermittelte mir ein ungutes Gefühl, und ich wäre am liebsten gegangen.

»Entschuldigen Sie«, sagte ich. »Ich muss nur ...« Meine Stimme verklang, und ich ging ins Badezimmer, wo ich den Toilettendeckel hinunterklappte, mich setzte und langsam bis hundert zählte, bis ich wieder gleichmäßig atmete.

Als ich zurückkehrte, saß sie aufrecht da, die Füße flach auf dem Boden. Ihr Blick war ruhig, verriet nichts, und ihre Miene war gefasst.

»Darf ich Sie etwas fragen?«, sagte ich. Sie nickte. »Es interessiert mich immer noch: Warum haben Sie mich gebeten, dorthin zu gehen?«

Ich dachte, sie würde nicht antworten, entweder das, oder sie würde mir etwas vormachen. Ihre Schultern spannten sich an, lockerten sich dann aber wieder, als würde sie ihr Missfallen vorüberziehen lassen.

»Ich bin mir nicht sicher«, sagte sie. »Ich wollte ... ich weiß nicht, ich wollte sie wissen lassen, dass ich hier draußen bin, dass ich ihr im Weg stehe.«

»Aber tun Sie das?«, fragte ich. »Haben Sie einen Anwalt? Das ist der einzige Weg, um sie zum Einlenken zu bewegen.«

»Ich hasse Anwälte«, sagte sie. »Aber, ja, ich habe einen. Es geht um so viel Geld. Ich dachte, wenn wir uns einfach zusammen hinsetzen könnten ...«

»Also wollen Sie, dass ich auf diese Art Ihre Interessen vertrete.«

»Meine Interessen vertreten? Dieser Anzug steigt Ihnen wohl zu Kopf.« Sie lachte. »Aber, ja – genau das will ich. Sehen, wie sie reagiert, wenn Sie dort aufkreuzen. Wenn sie Sie abgewiesen hätte, wäre das eine Sache. Aber sie hat Sie tatsächlich hereingelassen.«

»Also haben Sie mich benutzt.«

»Nein, nicht benutzt. Nur die Lage gepeilt.«

»Aus meiner Sicht ist es dasselbe.«

»Tut mir leid«, sagte sie. »Ich wollte nur …«

Sie verstummte, leerte ihr Glas und streckte die Hand aus, um sich nachzuschenken. Weder fragte sie noch schaute sie mich an, um zu sehen, ob ich irgendetwas zu sagen hätte. Ich musterte sie von oben bis unten, wie ihre Stiefmutter es bei mir getan hatte. Es war die umgekehrte Situation. Hier saß sie, in meinem Wohnzimmer, und trank meinen Alkohol, während ich darauf wartete, dass sie zum Punkt kam. Allmählich durchschaute ich, was sie tat, begann, unter die Oberfläche zu blicken. Ich wollte, dass sie ging, zurück in ihre eigene Wohnung. Ich wollte sie nie mehr sehen und nie mehr mit ihr reden. Das hier ging mich genauso an wie sie. Ich wollte den Rückzug antreten. Es gab einen Grund, warum ich allein lebte, einen Grund, warum ich niemanden kannte, einen Grund, warum jeder Job und jede Beziehung, die ich je hatte, in Flammen aufgegangen war. Ich redete mir gern ein, es wäre, weil ich den ganzen Scheiß durchschaut hätte, aber in Wahrheit hatte es mit mir selbst zu tun.

Sie trank noch einen Schluck Whiskey und nickte, als sei etwas entschieden. Dann richtete sie ihren stieren Blick auf mich.

»Was ich meine, ist, würden Sie sie noch mal aufsuchen? Ich zahle Ihnen weitere zweihundert Dollar.«

»Machen Sie fünfhundert draus«, sagte ich. »Und wir sind im Geschäft.«

## Question Number Four: Out The Door?

Mir ging es nicht ums Geld. So viel war es letztendlich nicht. Ich war interessiert – an Sylvia, ja, aber auch, weil ich wissen wollte, wie weit das hier alles gehen würde. Ich kannte keine Leute wie die beiden, und sie machten mich neugierig. Und wenn ich unterdessen ein bisschen Kohle verdienen konnte, umso besser. Aber hauptsächlich deswegen, weil ich, nachdem es sich langsam so anfühlte wie lebenslange Haft in der Zelle dieser Wohnung, auf den Geschmack der anderen Seite gekommen war.

Dennoch, die andere Seite … die andere Seite … die andere Seite wovon? Die andere Seite dieses Lebens. Ich drehte mich schon so lange um mich selbst, gefesselt und geknebelt von den Beschränkungen von allem, von dem ich dachte, es verstanden zu haben. Ein weiteres Konstrukt, eine weitere Darbietung. Selbst wenn ich allein war. Nun wollte ich raus. Nicht dass ich annahm, das hier würde etwas ändern. Doch es könnte ein neues Kostüm bieten, eine neue Rolle.

Und für fünfhundert Dollar tat es nicht weh. Meine Miete war bezahlt. Aber es gab keine Langzeitstrategie. Andererseits, was war denn überhaupt eine Langzeitstrategie? Die einzige Langzeitstrategie, die diesen Namen verdient hatte, endete im Grab.

Nein, es war etwas anderes, eine Art, auf der Stelle zu treten, die Zeit zu vertreiben. Vermutlich ein Weg, um zu sehen, womit ich davonkam. Ich hatte die vage Idee, sie gegeneinander auszuspielen, zu sehen, ob Sylvia und ich uns verbünden könnten. Zum Teil war das physisch gemeint; ich bekam das Bild von ihr nicht mehr aus dem Kopf. Ihre schiefergrauen Augen und diese Fußknöchel, eine

Infrastruktur eigener Art. Mir gefiel, dass sie clever war, abgebrüht und auf ihre Weise unzugänglich.

Sie machte mir ein bisschen Angst, und auch das gefiel mir.

Corrina andererseits, Corrina machte mir keine Angst. Corrina war ein Kind, das mit Spielsachen spielte. Nachdem sie eingewilligt hatte, mir die fünfhundert zu zahlen – ohne Diskussion, ich hätte das Doppelte verlangen sollen –, verbrachte sie eine weitere Stunde in meinem Wohnzimmer und trank meinen Schnaps. Es war, als hätte sie das Gefühl … ich weiß nicht, nennen wir es, Eigentümerin zu sein, als hätte sie, weil sie mich bezahlt hatte, das Recht zu allem, was sie wollte. An einem Punkt ging sie in meine Küche und begann, im Kühlschrank zu wühlen, ohne um Erlaubnis gebeten oder sie erhalten zu haben, als wäre dies ihr Zuhause. *Was machen Sie da?,* wollte ich fragen, doch die Hitze und die Mattigkeit – ich hatte keine Lust, oder vielleicht war es mir egal. Nachdem sie mit einem Teller Cracker zurückgekehrt war, sah sie sich mit suchendem Blick im Zimmer um. Dann nahm sie einen Stapel Post auf, den ich auf dem Couchtisch liegen gelassen hatte: Rechnungen und Werbung, nichts Besonderes. Aber dennoch meins.

»Entschuldigung?«, sagte ich und zeigte auf die Umschläge.

»Tut mir leid. Schlechte Angewohnheit. Das habe ich bei meinem Vater ständig getan.«

»Ich bin nicht Ihr Vater«, erwiderte ich und lächelte, um die Situation abzumildern. Sie nickte, lachte und legte die Briefe wieder hin, doch in ihren Augen lag eine gewisse Kälte – oder, genauer gesagt, Leere.

»Nein«, sagte sie schließlich. »Aber Sie werden mir bezüglich meines Vaters helfen.«

Und wieder spürte ich das Flüstern der Verschwörung. Ihr Vater? Stand der im Mittelpunkt von alldem hier? Ich dachte, es ginge um das Geld. Andererseits, wie konnte ich erwarten, dass es bei ihr um Geld ging, wenn das bei mir nicht der Fall war?

Ich wollte mehr wissen, wollte die Dynamiken verstehen. Aber ich war kein Detektiv. Das hatte Sylvia direkt durchschaut. Ich war nur der Typ ohne echte Fähigkeiten, in einer kleinen Wohnung in Hollywood, am Haken wegen irgendetwas, das ich nicht einordnen konnte. Aber ich besaß einen Computer, und jetzt kannte ich auch Corrinas Nachnamen. Nachdem sie gegangen war, tat ich, was ich schon in dem Moment hätte tun sollen, als ich sie kennenlernte: nachforschen und herausfinden, welche Informationen das liefern würde.

Es war nicht viel: in erster Linie soziale Medien. Einstellungen zum Schutz der Privatsphäre auf höchstem Niveau, was bedeutete, dass ich nicht viel sehen konnte. Ein paar Fotos: eins, vielleicht zehn Jahre alt, das Corrina in einem Uni-Sweatshirt zeigte, mit einer Gruppe anderer junger Frauen auf einem Campus, der aussah, als befände er sich in Südkalifornien, obwohl ich nicht genau sagen konnte, wo. Keine Listen, keine Zitate, keine Spenden, nicht viele Freunde oder Follower; mit ein paar Ausnahmen wirkte ihr Leben wie eine Rauchwolke.

Ihr Vater jedoch brachte mir einiges, vielleicht einiges, was ich benutzen konnte. Es gab einen Nachruf in der *Times*, kein großer, aber doch ein paar Absätze. Alles war, wie sie gesagt hatte: Tod durch Herzinfarkt mit fünfundsechzig. Er war Arzt, Sportmediziner, bis er eine künstliche Sehne erfand, ein Stück Hochleistungsgummi, das sich wie ein Kolben oder eine Strebe bewegte. Er verkaufte das Patent und war danach nie mehr als Mediziner tätig, obwohl das nicht gerade hieß, dass er in Rente gegangen war. Im Nachruf stand, er hätte sich in Immobilien versucht. Das Erbe, um das Corrina und Sylvia sich stritten, lag im Bereich von dreißig Millionen Dollar. Jede könnte ihren Teil bekommen und immer noch zufrieden sein. Der Artikel wurde von einem Foto einer Wohltätigkeitsveranstaltung illustriert: Er war ein grauhaariger, nichtssagender Mann in einem Smoking, flankiert von Magic

Johnson und Tommy Lasorda. Auf dem Computerbildschirm waren seine Gesichtszüge nicht ganz stimmig.

Sylvia, wie sich herausstellte, war Krankenschwester gewesen; so hatten sie sich kennengelernt. Ich fragte mich kurz, ob er sie auf Anhieb mochte, sich von den zarten Schwüngen dieser Fesseln angezogen fühlte, und dem spannungsgeladenen Flimmern dieser Augen. Ich stellte mir vor, wie sie im Krankenhaus oder einem Büro zusammengearbeitet hatten, und wie er nach Hause zu einer Frau zurückkehrte, die er nicht länger liebte, und zu einer abweisenden Tochter, und malte mir seine Sehnsüchte und seinen Verlust aus. Waren sie schon zusammen gewesen, bevor seine erste Frau starb? Und wie war sie überhaupt gestorben? Darüber stand nichts im Nachruf. Es hieß nur, dass er Sylvia zwei Jahre später geheiratet hatte, und dass sie bei ihm gewesen sei, als er starb. Ich klickte auf das Foto und vergrößerte es; die Details waren verpixelt. Es war so nah, dass ich ihn beinahe durch den Bildschirm hindurch berühren konnte. So fühlten sich seine Witwe und seine Tochter möglicherweise auch.

Dreißig Millionen Dollar, und hier war ich und bat um Kleingeld. Zweihundert hier, fünfhundert dort. Die übliche Geschichte meines Lebens, die Unfähigkeit, das große Ganze zu sehen und zu erkennen, was sich direkt vor meiner Nase befand. Aber dennoch, je länger ich darüber nachdachte, desto mehr Fragen begannen an mir zu nagen: Bei all dem Geld, warum wohnte Corrina dann hier? Sie bekam Unterhalt aus dem Nachlass, so viel wusste ich, doch sie war nicht erst kürzlich hergezogen. Und was auch immer jetzt mit dem Geld passierte, als er noch am Leben war, hätte sie ihren Vater um alles bitten können (oder etwa nicht?).

Ich fragte mich, wie lange sie schon hier wohnte. Ich fragte mich, wie sie es schaffte, zu bleiben. All das Geschreie … hatte sich denn niemand darüber beschwert? Der Hausverwalter schien nicht der Typ zu sein, der so etwas durchgehen ließ. Ich hatte ihn kennengelernt, als ich den Mietvertrag unterzeichnete, ein langweiliger Kerl namens John, der farblich passende Shorts und T-Shirts plus Baseballkappe trug. Er war Absolvent irgendeines Hospitality-Programms, das ihm alles beigebracht hatte, außer Gastlichkeit. Ich sah ihn fast nie, doch zu den seltenen Gelegenheiten, zu denen er in der Wohnanlage war, meckerte er stets an jemandem herum: die Gärtner, wie sie sich oder eben auch nicht um die Gartenanlage kümmerten, irgendein Mieter, der nicht pünktlich Miete gezahlt hatte. Aber dennoch war sie da, im Hof gegenüber, und schrie sich die Seele aus dem Leib. Ich fragte mich, wie viel sie – oder der Nachlass – für dieses Privileg zahlte. Vielleicht war das Teil des Deals.

Ich suchte auch nach der Klage, doch die war noch nicht vor Gericht. Es gab keine eidesstattlichen Erklärungen, keine Details, keine Informationen, die ich durchgehen konnte. Die Grenzen der Technologie: Sie beantwortet einem nur die Fragen, die man bereits zu stellen weiß. Nein, ich würde noch ein wenig graben müssen – ein Prozess, bei dem Sylvia mir helfen könnte.

Ich bat den Lyft-Fahrer, mich an der Ecke abzusetzen. Zu Fuß in einer Gegend voller Porsches und Teslas wirkte ich schwer deplatziert. Ich trug wieder Anzug und Krawatte, und es war heiß: Selbst auf dem kurzen Stück zu der kreisförmigen Einfahrt liefen mir die Schweißperlen den Rücken und die Seiten herunter. An der Tür zögerte ich, ging die Eckdaten durch und wägte die Chancen ab. Würde sie zu Hause sein? Würde sie bereit sein, mit mir zu reden? Ich war für Corrina hier, ja, für die fünfhundert Mäuse war ich ihr etwas schuldig. Aber ich war auch aus eigenem Antrieb da, um Sylvia zu sehen, und zu schauen, wie viel ich herausfinden konnte. Mir war, als würde ich meine Klientin hintergehen – obwohl keiner dieser Ausdrücke passte. *Klientin? Hintergehen?* Beides implizierte eine Beziehung, eine Form von Verbindung, die zwischen Corrina und mir nicht existierte.

Die Idee war, alles am Laufen zu halten, nie aufzuhören. Die Idee war, nicht zu viel nachzudenken, weil ich wusste, wohin das führte. Während ich dort stand, wurde mir bewusst, dass ich unterwegs war, wirklich unterwegs – so wie ich im Auto unterwegs war, unterwegs in einer anderen Gegend, in einem anderen Stadtteil, mit anderen Menschen redete –, in den vergangenen Tagen häufiger als in all den Monaten zuvor. Ich spürte, wie angespannt ich war, spürte die Unruhe wie eine Schicht auf meiner Haut. Aber das war doch nur die Hitze, oder? Hitze, ja … und all der Schweiß, der sich von außen und innen wie eine Sturzflut ergoss.

Ich klingelte an der Tür. Wieder dieser Klang wie Kirchenglocken, als würde es die Wiederkunft des Herrn verkünden. Nichts passierte, kein Fußgetrappel, kein konsterniertes Gemurmel, nur ein stilles Haus an einem stillstehenden Nachmittag. Ich wartete eine Minute, zwei Minuten, und fragte mich dabei, ob irgendwer mich sehen konnte, und was sie dabei dachten. Ich drehte auf dem Treppenabsatz langsam eine Pirouette und linste in jedes Gestrüpp und jede Ecke, doch wie zuvor sah ich keine Menschenseele.

Dann hörte ich hinter meiner Schulter das Klimpern eines Glases und spürte einen Schwall kühler Luft am Rücken. Ich drehte mich um und sah die geöffnete Eichentür und den Schachbrettboden der Eingangshalle. Vor mir stand Sylvia, in einem Kleid und Riemchensandalen; die Zehennägel zinnoberrot lackiert. Mir stockte der Atem, ich wünschte, ich wäre nicht hingegangen und wollte nur noch weg. Aber dafür war es zu spät, ich war hier, und es gab Dinge, die ich wissen musste.

»Hallo«, sagte ich.

»Ach, Sie.« Sie schnitt mir das Wort ab, mit einer Stimme so trocken wie ein Canyonfeuer.

»Ja, ich …«

»Haben Sie etwas vergessen?«

»Nein, aber ...«

»Hat meine Stieftochter Sie bezahlt, damit Sie wiederkommen?«

Ich nickte langsam, als wäre ich bei etwas erwischt worden.

»Weiter zweihundert, oder hat sie Ihr Honorar diesmal angehoben?« Sie taxierte mich ganz unverblümt, und ihr Blick glitt über mein Gesicht. »Wenn das so weitergeht, könnte es sein, dass ich mich an die Behörden wenden muss. Nicht dass Sie ein so leicht zu beeinflussendes Mädchen noch ausnutzen.«

*Leicht zu beeinflussen?*, hätte ich fast geschrien, doch bevor ich das konnte, änderte sich ihre Miene. Sie wurde nicht gerade weich, aber entspannte sich und wirkte neugierig. Ich konnte es an ihren Augen sehen, ein subtiles Glitzern, als gäbe es da etwas, das herausgefunden werden musste.

»Zur Hölle damit«, sagte sie. »Sie ist es, die auf der Lauer liegt. Möchten Sie hereinkommen?«

Sie geleitete mich durch die Eingangshalle und wieder in das Arbeitszimmer, in dem wir zuvor gesessen hatten. War ich tatsächlich erst gestern hier gewesen? Es fühlte sich an wie eine Ewigkeit. Vermutlich bedeutete das, dass ich mir mein Geld verdient hatte – zumindest für den Zeiteinsatz, wenn schon für nichts sonst. Erneut schenkte sie mir einen Drink ein und sich selbst ein Glas Sodawasser und setzte sich mir gegenüber. Sie schlug die Beine übereinander und strich den Rock glatt, als wartete sie darauf, dass ich den ersten Schritt machte.

»Ich wollte Sie nach Corrina fragen«, sagte ich. »Sie hat mir nicht viel erzählt, und ...« Meine Stimme verebbte.

»Sie versuchen herauszufinden, wo Sie stehen.«

»Ja, genau. Ich meine, Sie befinden sich in einem Streit um das Erbe.«

»Es gibt keinen Streit«, sagte Sylvia.

»Moment mal, was? Was ist mit der rechtlichen Situation?«

»Oh, ich erwarte ein Urteil. Aber einen Streit gibt es nicht.«

Ich muss verwirrt ausgesehen haben – ich war verwirrt –, weil sie Mitleid mit mir hatte.

»Was ich meine, ist«, fuhr sie fort, »dass es keinen Streit wegen des Ausgangs geben wird, der da lautet, dass sie keinen Cent bekommen wird. Wenn ich könnte, würde ich ihr jetzt direkt den Unterhalt streichen, doch es ist alles im Nachlass festgelegt. Wissen Sie, was sie mit dem Geld macht? Waren Sie je in ihrer Wohnung?«

Ich wollte schon *Nein* sagen, doch es war, als wäre ihr gerade etwas klar geworden, als hätte sie eine Idee.

»Warten Sie«, sagte sie. »Vielleicht können Sie etwas für mich tun. Sie wollen mehr über sie erfahren, aber ich brauche auch Informationen …«

Ihr Mund verzog sich zum raubtierhaftesten Lächeln, das ich je gesehen hatte.

»Das Mädel steckt in Schwierigkeiten, seit ich sie kenne. Drogen, Männer, kein Verantwortungsgefühl. Und sie ist eine Lügnerin. Sie stiehlt einem vor den eigenen Augen das Geld aus der Brieftasche und leugnet es dann, lügt einem direkt ins Gesicht. Haben Sie sie gevögelt? Sind Sie nach Hause gekommen und sie lag in Ihrem Bett?«

»Nein«, murmelte ich. »Nein, so ist das nicht. Daran bin ich nicht interessiert.«

»Das sagen Sie jetzt«, meinte sie.

»Wirklich«, erwiderte ich … obwohl die Frage weiter im Raum hing. Meine Wohnung war verschlossen, doch es dürfte nicht schwer sein, sich Zutritt zu verschaffen. Ich wusste nicht mehr, ob ich die Fenster geschlossen hatte, bevor ich wegging. Es gab nichts zu stehlen, warum also der Aufwand? Aber dann fielen mir die Suchen wieder ein, die ich unternommen hatte. Ich hatte den Verlauf nicht gelöscht. Was, wenn sie genau in diesem Augenblick meinen Computer ansah? Der Gedanke durchfuhr mich wie ein Blitz und ließ mich erstarren.

»Sie ist nur hergekommen, wenn sie Geld brauchte, hat mit den Schuldgefühlen ihres Vaters gespielt. Ich habe ihm gesagt, sie sei Mitte dreißig und sollte sich eigentlich um sich selbst kümmern können, doch er meinte, er hätte ihr die Flügel beschnitten.«

»Die Flügel beschnitten?«

»Sich nicht ausreichend um sie gekümmert, oder nicht richtig, als ihre Mutter im Sterben lag, und auch nicht in den Jahren danach. Hätte ihr nie genug Aufmerksamkeit geschenkt, sagte er immer, oder die richtige Art von Aufmerksamkeit. Er wollte immer nur woanders sein.«

»Stimmt das?«

»Vermutlich. So halb. Welchen Unterschied macht das noch? Wichtig ist, dass sie das erkannt und ihn benutzt hat, ausgenutzt hat. Solange er lebte, hat sie ihn wie eine Bank behandelt. Doch was sie nicht wusste, war, dass er es satthatte. Er war gerade dabei, sein Testament zu ändern, als er starb.«

»Also, stimmt das? Sie hat so etwas erwähnt, aber …«

»Aber Sie waren sich nicht sicher.« Sylvia sah mich zufrieden an, als hätte sich etwas bestätigt. »Ja, es stimmt, und ich bin froh, dass sie das akzeptiert. Er hatte es mit seinem Anwalt besprochen. Es gab einen Entwurf, doch er ist gestorben, noch bevor der Papierkram abgeschlossen war.«

»Besteht die Möglichkeit, einen Blick darauf zu werfen?«

Sie lachte, es klang harsch, wie Kieselsteine auf einer Glasscheibe. »Den Entwurf, meinen Sie? Nein, können Sie nicht, obwohl Sie von mir Punkte fürs Fragen bekommen. Sie haben Mumm, das gefällt mir. Aber, nur dass das klar ist: Sie sind kein Cop, Sie sind überhaupt nichts. Sie sind nur hier, weil ich gerade in großzügiger Laune bin.« Sie schwieg kurz, trank einen Schluck Wasser und sah mich wieder an. »Aber ich werde Ihnen etwas zeigen, da Sie es ja anscheinend wissen wollen.«

Sie stand auf, strich sich den Rock glatt, fuhr sich mit der Hand durchs Haar und schlängelte sich zur Tür hinaus.

»Wenn Sie noch einen Drink möchten, bedienen Sie sich.«

Nachdem sie gegangen war, wartete ich einen Moment, um sicherzugehen, dass sie nicht zurückkehrte. Dann stand ich auf, ließ mein Glas an der Bar stehen und schaute mich um. In der Ecke befand sich ein Schreibtisch, auf dem lediglich ein Computer mit Tastatur stand. Ohne groß darüber nachzudenken, was ich tat, ging ich hin und begann, die Schubladen aufzuziehen.

Die ersten beiden waren uninteressant. In der mittleren Schublade fand ich jedoch einen USB-Stick, der unter einem gelben Notizblock herausguckte. Ich nahm ihn, ließ ihn auf meinen Handteller fallen und spürte die Kante des Plastikgehäuses wie die Klinge eines winzigen Messers. Ich fragte mich, ob überhaupt etwas darauf war. Vielleicht Dokumente, die nützlich sein konnten. Oder zumindest informativ. Ich sah ihn an und wägte meine Optionen ab. Ihn mitzunehmen wäre Diebstahl. Ihn mitzunehmen würde mich weiter in die Sache hineinziehen. Doch bevor ich mich entscheiden konnte, hörte ich das Klackern ihrer Sandalen in der Eingangshalle. Ich schloss die Schublade und steckte den USB-Stick in die Tasche. Mein Herz raste, als wäre ich auf der Flucht. Als Sylvia ins Arbeitszimmer zurückkehrte, stand ich bereits wieder an der Bar und schenkte mir Bourbon ein.

»Dachte ich's mir doch«, sagte sie, beinahe wie zu sich selbst.

Ich ließ ihr Urteil an mir abperlen wie Wasser. Was kümmerte es mich, was sie oder andere dachten? Ich nahm den Drink, setzte mich wieder und beäugte den großen Umschlag, den sie in der Hand hielt. Sie beugte sich vor, zog ein dünnes Blatt Papier hervor und kredenzte es wie einen Zaubertrick. Ich nahm es entgegen. Sie grinste über beide Ohren und sagte kein Wort.

Das Formular war offiziell, ein Protokoll. Oben drüber stand:

*Antrag auf 72 Stunden Verwahrung zur Evaluierung und Behandlung.*

»5150? Maßregelvollzug?«, wollte ich wissen.

»Lesen Sie einfach.«

Es war von einem Cop ausgefüllt worden und auf den August des Vorjahres datiert. Es bezeichnete Corrina als potenzielle Gefahr für sich und andere. Die Handschrift war verwaschen – es war die Kopie einer Kopie –, doch letzten Endes war sie auf einer Party gewesen und in einen Streit geraten. Schließlich hatte sie gedroht, den Gastgeber mit einem Küchenmesser zu erstechen, und hatte sich dann im Badezimmer eingeschlossen, aus dem sie gewaltsam von der Polizei herausgeholt werden musste.

Ich versuchte, mich an den letzten August zu erinnern, doch es fiel mir schwer. Hatte ich sie zu diesem Zeitpunkt überhaupt schon bemerkt? Die Adresse auf dem Formular war diese hier, doch das konnte alles bedeuten. August, August … mir war, als wäre das komplette zurückliegende Jahr eine einzige Leere. Jetzt war beinahe wieder August. Ich fragte mich, woran ich mich in einem Jahr erinnern würde.

Ich reichte es Sylvia zurück, doch sie schüttelte den Kopf.

»Können Sie behalten«, sagte sie und ein kleines Lächeln zuckte um ihre Lippen, als hätte es schlechten Empfang. »Vielleicht hilft es Ihnen bei Ihrer … *Ermittlung*.«

Ich wollte etwas sagen, doch der USB-Stick in meiner Tasche fühlte sich an wie ein Bleigewicht, und ich wollte mich nicht verraten.

»Ich denke, was man daran sieht, ist«, sagte Sylvia, »dass sie nicht stabil ist. Sie hat uns nie verziehen, dass wir nicht gekommen sind, um sie herauszuholen, sondern sie die vollen zweiundsiebzig Stunden dort bleiben musste.«

»Sie haben sie nicht rausgeholt? Einfach dort gelassen?«

»Was hätten wir denn tun sollen?«, fragte Sylvia mich. »Beim ersten Mal haben wir ihr gesagt, es sei ihr einziger Freifahrtschein, und dass wir sie kein weiteres Mal herausholen würden.«

»Beim ersten Mal?« Ich hörte die Worte, konnte sie aber nicht nachvollziehen.

»Ja, Schlaumeier, beim ersten Mal.« Wieder brach Gelächter aus ihr heraus, ein harscher, bitterer Klang. »Sie wollen ein Detektiv sein? Dann seien Sie auch einer. Sie müssen nicht verstehen, was ich sage, Sie müssen es herausfinden.«

In meiner Wohnung warf ich das 5150-Formular und den USB-Stick auf die Kommode und ging mir einen Drink einschenken. Auf dem Weg in die Küche fiel mir ein Echo, ein Flüstern wieder ein … *Sind Sie nach Hause gekommen und sie lag in Ihrem Bett?* Ich sah unter der Matratze nach und öffnete den Kleiderschrank, blätterte die aufgehängten Hemden durch und ließ meine Hand über das oberste Regal gleiten. Beim Anblick der Schaufel fühlte ich mich verloren, doch dafür hatte ich jetzt keine Zeit. Im Badezimmer zog ich den Duschvorhang zurück und überprüfte danach die Küche und das Wohnzimmer. Mein Puls war erhöht: Er raste nicht, aber befand sich in schnellem Galopp. Ich überprüfte die Fenster, vergewisserte mich, dass sie verschlossen waren, und zog dann die Vorhänge vor. Ich ließ das Licht aus, wodurch der Raum zu einer Collage aus Grautönen wurde, Grau, das dunklerem Grau wich. Es war, als blicke man auf ein Zeitraffer-Foto der letzten paar Tage, auf eine vertraute Gegend, die ungewohnt verschwommen war. Alle Wege und Pfade, an denen ich mich erkannte, waren bis zur Unkenntlichkeit verzerrt worden.

Was tat ich da? Es hatte als ein Gefallen angefangen … wider besseres Wissen, aber dennoch. Ich hatte gewusst, dass sie unausgeglichen war – das merkte man am Schreien –, aber jetzt wurde das Wasser auf alle möglichen Arten tiefer. Sylvia, die mich zu ihrem Vorteil nutzte und dabei noch nicht mal subtil vorging, sondern mir Teilinformationen gab und dabei meine Unfähigkeit verspottete, sie zu summieren. Und was war mit dem USB-Stick? Was hatte mir *der* zu erzählen? Würde ich irgendetwas erfahren, das ich wissen wollte?

Ich ging zurück ins Schlafzimmer, holte den Stick und steckte ihn in meinen Computer. Es dauerte einen Moment, bevor das Symbol erschien. Die Datei war nicht benannt, sondern trug nur den Namen des Herstellers. Auf ihr war nichts weiter als ein einzelner Ordner mit einem Dutzend JPEGs. Die Bilder waren lediglich nummeriert, sonst nichts.

Ich beschloss, sie mir nacheinander anzusehen. Ich wusste nicht, was mich erwartete, doch als ich auf das erste Bild klickte, stellte ich fest, wie ich erneut untertauchte. Es war ein Foto von Corrinas Vater; ich erkannte ihn wegen des Fotos in der *Times* wieder. Er war nackt, trug einen Ballknebel und war in kniender Position auf dem Bett festgebunden. Das zweite Bild zeigte Sylvia mit Maske und Korsett, eine neunschwänzige Katze in der Hand. Man konnte ihre Augen kaum erkennen. Auf dem dritten Foto schlug sie ihn. Die weiteren Bilder waren dann die restlichen Schritte: Nahaufnahme seines Hinterns, gitterartig von roten Streifen bedeckt, die aussahen wie Schnüre, ein weiteres Foto seines Gesichts, das wirken sollte wie eine Grimasse der Erregung, wenn nicht sogar des Schmerzes. Ich wollte seine Augen sehen, doch sie waren geschlossen; sein Mund jedoch war, selbst mit dem Knebel, zu einem Lächeln verzerrt. Als ich ihn so ansah, überkam mich die Wut. Was für ein Scheißamateur. Er hatte zu viel Spaß dabei, den Entwürdigten zu spielen. Er verstand nicht, dass es genau um diese Erniedrigung und die Schande ging. Ich wusste mehr als nur ein bisschen darüber. Ich wollte mich schlecht fühlen, aber meistens fühlte ich überhaupt nichts. Aber was das hier anging, war es alles so klinisch, so inszeniert, so nullachtfünfzehn – die Abfolge der Fotos, eins nach dem anderen, zu einer Erzählung zusammengestellt, die ich nachvollziehen konnte, und dann, vielleicht, verscheuchen könnte. Ich blätterte durch die restlichen Bilder; die einzige Überraschung war das Letzte. Da sah sein Gesicht aus, als wäre er erwürgt worden, als bekäme er kaum Luft.

Was hielt ich davon? Und was sollte ich jetzt mit dem USB-Stick tun, nachdem er nun einmal hier war? Es war ein Beweis, natürlich, aber wovon? Ich wusste es nicht. Und ich musste ihn wieder zurückbringen, bevor sie bemerkte, dass er verschwunden war, so viel war klar. Nebenbei, ohne große Absicht, kopierte ich die Bilder auf meine Festplatte.

Ich weiß nicht, was ich mir dabei dachte, oder ob ich überhaupt etwas dachte. Und ich weiß nicht, ob es irgendetwas mit meinem Trinken zu tun hatte, obwohl ich den ganzen Tag schon langsam und stetig trank. Doch ich zog den USB-Stick wieder heraus und versteckte ihn, gemeinsam mit dem 5150-Formular in der obersten Schublade meiner Kommode, unter den Socken und der Unterwäsche. Dann ging ich ins Internet und suchte nach anderen Bildern wie denen, die ich gesehen hatte. Während meiner Suche war es dunkel geworden, und das Grau war in ein Schwarz übergegangen, in der mein Bildschirm der einzige Lichtschimmer war. Zufällig gab es eine Reihe von Fetisch-Seiten, die die Ausstattung für solche Sachen anboten. Zufällig? Wie ich bereits wusste. Ja, aber ich hatte ihnen nie viel Aufmerksamkeit geschenkt. Diese besondere Vorliebe teilte ich nicht; mein Geschmack war … wählerischer, könnte man sagen. Spezieller. Für meinen Geschmack … oder einiges davon, gab es keine Internetseiten. Meistens fanden sie im Alleinsein statt, Erleichterung als eine Sache des Geistes, nicht des Körpers, was zur Natur des Internets passte. Schließlich fand ich eine Seite mit einer Mitgliedergemeinschaft, auf der ich die Bilder für die Öffentlichkeit hochlud.

Ich wusste, dass es falsch war, was ich tat. Ich wusste, dass es nicht gut für mich war. Ich wusste, dass die Bilder dort nichts zu suchen hatten, und dass zivilisierte Menschen sich nicht so benahmen. Ich wusste, dass es mich anfällig für Gefahren machte, keine physischen Gefahren, obwohl, das vielleicht auch, sondern Gefahren für den Geist, die Seele. Aber, was bedeuteten diese Worte denn? *Zivilisiert? Seele?* Sie waren wie Telegramme aus einem anderen Jahrhundert. Ich glaubte nicht an sie und sah auch keinen Sinn in ihnen. Sie waren alle nur etwas, das man sich überstreifte, wie mein Anzug und die rote Krawatte. *Zivilisiert* wie was? Wie eine Villa im Benedict Canyon mit einem holzgetäfelten Arbeitszimmer, das aussah wie etwas aus einem Film mit seinen Schlafzimmerspielchen im Obergeschoss? *Seele* wie was? Wie die Qual, sich in den Schlaf zu schreien? Nein, das hier war eine Herausforderung, eine Provokation. Es war das Abschälen der Oberfläche, um den Tumult darunter freizulegen.

Da war aber noch etwas anderes. Ich konnte meinen Finger nicht drauflegen – zumindest, bis ich die Bilder ein letztes Mal durchgegangen war. Auf ein paar Fotos war Corrinas Vater allein, doch die meisten zeigten ihn und Sylvia. Und dann wurde es mir schlagartig klar: Wenn sie beide im Bild waren, wer hatte dann die Fotos geschossen? Es hätte mit Selbstauslöser sein können, doch das schien nicht zu stimmen. Irgendetwas war mit dem Winkel, der bei jedem Foto anders war, als hätte jemand die Kamera in der Hand gehalten. Wieder ging ich die Fotos durch und suchte nach einem Hinweis. Ich vergrößerte die Aufnahmen und beugte mich dicht vor den Computerbildschirm. Es fühlte sich an, als wäre ich derjenige, der die Bilder schoss, den Kopf unter der Fotografenhaube einer uralten Kamera und wir alle irgendwo in einem Studio. Sicher war es so passiert; ich hatte alte Pornofotos gesehen, manche sogar von 1850, all diese jungen Körper, die sich in und aus all den vertrauten Verrenkungen drehten, nur dass sie und alle, die sie je gekannt hatten, inzwischen auf ewig tot waren. Wenn wir uns solche Bilder angesehen hatten, historisch oder aktuell, hatten wir immer daran gedacht, was auf dem Bild zu sehen war und nicht, wer hinter der Linse stand. Aber dieser Fotograf, wer er oder sie auch war, war eine Schlüsselfigur in diesem Mix. Wie konnte ich es herausfinden? Ich hatte keine Ahnung, bis auf die zunehmende Erkenntnis, dass mir alles über den Kopf wuchs.

Ich klappte den Laptop zu und kam aus dem Schlafzimmer. Ich fühlte mich unruhig, krude. Ich zog die Vorhänge zurück, stand in der Dunkelheit und sah quer über den Hof; Corrinas Wohnung war ebenfalls dunkel. Langsam und leise schob ich das Fenster ein Stück auf. Die Luft fühlte sich lau an und bewegte sich kaum – drinnen wie draußen.

Ich drehte mich um, schenkte mir einen neuen Drink ein und setzte mich, ohne vorher das Licht einzuschalten. Nach einer Weile stand ich auf und ging ins Bad. Als ich wieder zurückkehrte, hatte die Frau gegenüber wieder zu schreien angefangen.

# Question Number Five: Don't Give Me No Jive?

Möglicherweise suchte ich einen Weg, um es allen heimzuzahlen, oder vielleicht war es mir auch egal. Möglicherweise versuchte ich, die Linie zwischen Wirklichkeit und Einbildung nachzuziehen. Oder diese Linie verschwimmen zu lassen. Was waren diese Bilder? Würde irgendwer sie bemerken? Einerseits waren sie so real, wie etwas nur sein konnte, Fotos, unbearbeitet, so schien es zumindest. Was sie darstellten, oder was sie aufgezeichnet hatten, hatte tatsächlich stattgefunden. Andererseits waren sie indirekt, waren es Posen, Sylvia und ihr Mann, die ein weiteres Set an Rollen spielten. Darüber, ob und welche Rollen sie spielten, wenn sie nicht vor der Kamera standen … nun, darüber vermochte ich nichts zu sagen.

Und was war mit der Person, die die Fotos geschossen hatte? Komplize oder Teilnehmer? Bei der Frage wäre ich am liebsten wieder hoch auf den Berg zu Sylvia gegangen und hätte eine gründliche Suche durchgeführt, wusste jedoch, dass ich so etwas nie tun würde. Das würde Planung erfordern, Gerissenheit und List, und wenn überhaupt, dann stellte ich lediglich fest, wie wenig ich konnte.

Ja, wie wenig, und das in allen Bereichen. Ich hatte siebenhundert Dollar angenommen, weil sie wie Gratis-Geld wirkten, wie ein Gehalt fürs beifällige Nicken. Es stand tatsächlich viel auf dem Spiel, wirklich, dreißig Millionen Dollar, aber was bedeutete mir das? Nichts. Es war ein Jux, eine Rolle, eine Fantasie, etwas, um die einsamen Stunden zu füllen, um sich die Zeit zu vertreiben. Was spielte es für eine Rolle, ob Corrina oder Sylvia das Geld bekam?

Was spielte es für eine Rolle, dass sie nicht teilen konnten? Was spielte es für eine Rolle, dass ich irgendwie zwischen ihnen in der Luft hing, hineingezogen von der einen und, umgekehrt, von der anderen, eine Figur in einem Spiel, von dem nur sie wussten, wie man es spielt?

Nein, dachte ich, während ich nach wie vor in der stillen Luft des Wohnzimmers saß, und so wenig Geräusche und Bewegung erzeugte, dass nicht mal ich sagen konnte, ob ich am Leben war. Ich ließ das Licht ausgeschaltet und lauschte der Nacht, wie sie sich über alles senkte, dem Geräusch des Verkehrs, der auf der Franklin Avenue vorüber zischte, dem Klang von Corrinas Kreischen, das in Geschluchze überging. War ich der Einzige, fragte ich mich, der das bemerkte? War ich der Einzige, der beunruhigt war? So musste es doch sein, oder? Alle von uns waren so abgestumpft, dass wir sie kaum noch hörten? Man sehe mich an – ich blieb tatenlos, und ich kannte sie, ich arbeitete für sie, ich war, auf meine Art, der Hüter ihrer Geheimnisse. Hüter ihrer Geheimnisse, ja, obwohl zumindest ein Geheimnis dabei war, das sie nicht mit mir geteilt hatte. Außer … außer … außer was? Ich konnte meinen Finger nicht darauf legen, aber da war etwas an dem Schreien, an ihrem Verhalten, das ich nicht verstand. Komplizenschaft? Das könnte sein. Aber Komplizenschaft zwischen wem und wem?

In Wahrheit war ich nun der Komplize von beiden, Corrina und Sylvia, und hatte einen Fuß in jedem Lager. Jedem Lager? Eher in jedem Kleiderschrank, jedem Schlafzimmer, in jeder versteckten heimlichen Schublade. Es gab da mehr offenzulegen, so viel wusste ich nun, genauso wie ich wusste, dass ich nur das finden würde, von dem sie wollten, dass ich es fand. Ich hatte den Kontrollpunkt bereits überschritten, war ihren Launen ausgeliefert, genau wie in meiner Ehe, genau wie immer und überall.

Meine Ehe … davon wollte ich mich fernhalten, wollte nicht in die Vergangenheit zurückfallen. Alles hing davon ab, in der Gegenwart zu bleiben, davon, mich selbst von dem abzulenken, was ich wusste, was ich getan hatte, wer ich gewesen war oder wo. Meine Frau: Wo war sie jetzt? Besser zu vergessen, dass ich sie je gekannt hatte, dass sie je meine Fantasie oder mein Herz besetzt hatte. Doch wenn ich die Augen schloss, stieg ihr Bild vor mir auf wie eine widerliche Rose. Nicht nur irgendein Gesicht, sondern ihr Gesicht mit diesem Mann hinter ihr, der Erfüllung ihrer Fantasien. Der Wendepunkt? Vielleicht. Obwohl es genau genommen keinen Wendepunkt gab, es gibt nie einen. Nur eine Reihe von Entscheidungen, die gefällt wurden – oder unausgeführt blieben, ein Schwimmen mit dem Strom. Ihre wilde Art, und wie sie redete, erregte mich, das gebe ich zu. Erregte mich, bis die Zeit kam, den nächsten Schritt zu tun, als die Erregung in Verzweiflung umschlug. Auch da war ich Komplize gewesen, obwohl ich, wie sich herausstellte, in diesem Fall der Gelackmeierte war. Und die Sache war die, ich wusste es noch nicht mal, ich kannte nicht mal mich selbst.

Das war der Teil, den ich nicht verarbeiten konnte, dass ich so falschgelegen hatte, so verdammt ahnungslos war in allem, was mich betraf.

Dennoch merkte ich, wie mich das selbst heute noch aufwühlte. Ich konnte die Last spüren, mein Verlangen und meine Erniedrigung, den körperlichen Sog, wie eine Schwere unter der Gürtellinie. Ich spürte, wie mein Widerstand ins Schwanken geriet. Ich wollte das hier nicht mehr. Andererseits, wen kümmerte es eigentlich, was ich tat und was nicht? Wen kümmerte es, was ich besaß und was nicht? Ich war lediglich ein weiterer Organismus, unbekannt, unbemerkt, dessen Fleisch bereits begonnen hatte, durch den bevorstehenden Verfall zu verrotten.

Ohne das Licht einzuschalten, stand ich auf und schlüpfte ins Schlafzimmer. Ich loggte mich auf der Seite ein, auf der ich die

Bilder des USB-Sticks gepostet hatte. Ich war gar nicht auf der Suche nach ihnen, doch bevor ich auf die Suche nach anderen Bildern klicken konnte, wurde ich mit etwas konfrontiert, das meinen Atem gefrieren ließ. Da waren sie, Sylvia und ihr Ehemann; eines der Bilder, die ich gepostet hatte, befand sich ganz oben auf der Homepage, als Artikelbild. Ich lud die Seite erneut, um mich zu vergewissern, doch es blieb so. Jemand hatte einen Tag drangesetzt oder eine Schlagzeile, doch darauf achtete ich kaum. Nein, viel wichtiger waren die Zahlen: Das Foto hatte bereits mehr als tausend Likes.

Ich musste den USB-Stick zurückbringen, das war das Wichtigste. Bevor Sylvia feststellte, dass er verschwunden war. Ich ging zum Fenster, doch Corrinas Wohnung lag nun dunkel und still da. Der Himmel war inzwischen auch dunkel – komplett, ohne Sterne –, oder vielleicht sah es durch den Filter des nächtlichen Schimmers der Stadt auch nur so aus.

Ich hatte keine Möglichkeit, mit Sylvia in Kontakt zu treten, doch das war egal. Das hier war ein Problem, für das es nur eine Lösung gab: Wenn ich den USB-Stick heimlich zurückbringen wollte, musste ich ihn selbst hinbringen. Warum auch nicht? Sylvia hatte mir gesagt, ich könnte ihr helfen. Ich könnte ein Gespräch nutzen, um mir ein weiteres Mal Zutritt zum Haus zu verschaffen. Ich könnte sagen, dass ich mir Sorgen um Corrina machte, dass es sich anhören würde, als drehe sie jetzt vollständig durch. Obwohl ich sie momentan nicht hören konnte, zweifelte ich nicht daran, dass sie schon bald wieder anfangen würde zu schreien. Mit etwas Glück wäre ich zu diesem Zeitpunkt schon aus dem Haus, auf dem Weg den Berg hoch, oder irgendwo in einer anderen besseren Welt als dieser.

Ich klappte den Laptop zu. Mit den geschlossenen Fenstern und der Nacht draußen war es, als ob das Dasein weggefallen sei. Ich wusste noch, wie ich mich als Kind an kleinen, dunklen Orten sicher gefühlt hatte, als könnte ich, wenn ich tief genug hineinkrabbelte, den neugierigen Augen Gottes entgehen. Vielleicht würde es reichen, damit dieses Arschloch mich vergaß, mich beschützte und die Zeit anhielt. Je kleiner der Ort, desto besser, je weniger Fenster, desto stiller und ruhiger die Luft. Es war, als hätte ich mich selbst entfernt. Es war, als wäre ich ausradiert worden.

Was sollte ich tun? Die Entscheidung lag bei mir. Nicht dass es seit dem Augenblick, an dem ich Corrina das erste Mal in meine Wohnung gelassen hatte, je anders gewesen wäre. Ich schaltete das Licht an und suchte nach einer dunklen Hose, einem Pullover und Handschuhen. Ich schnappte mir ein Paar Sneaker und zog sie an. Im Spiegel sah ich aus wie eine Art halbherziger Hipster, ganz in dunklen Farben und geraden Linien. Ich steckte den USB-Stick ein, verließ die Wohnung und folgte dem Weg raus auf die Franklin, wo ich mich bei Lyft einloggte und auf meinen Wagen wartete.

Wieder ließ ich mich absetzen, bevor wir das Haus erreichten, ungefähr einen Kilometer bergabwärts. Ich wartete, bis die Rücklichter verschwunden waren wie Bläschen in einem Champagnerglas und begann dann mit dem Aufstieg. Es herrschte nicht viel Verkehr, und jedes Mal, wenn ich einen Motor lauter werden hörte, zog ich den Kopf ein und wandte mich von der Straße ab. Ich wusste immer noch nicht, was ich da machte, aber wann hatte ich je gewusst, was ich tat? Wenn ich wüsste, was ich tat, wäre ich nicht in dunkle Farben gekleidet, würde nicht nachdenken … worüber? Einen Einbruch? Irgendeine Konfrontation? Ich hatte keine Ahnung, was ich vorfinden würde.

Die Nacht war still, es kühlte ab, doch mir war heiß. Nicht vor Anstrengung – zumindest nicht ganz –, sondern von allem anderen. Was immer ich in meinem Leben schon getan hatte, das hier gehörte nicht dazu. Ich hatte noch nie etwas gestohlen, musste es noch nie zurückgeben, war noch nie am Rand eines fremden

Grundstücks herumgeschlichen wie ein Stalker in einer schlechten Fernsehshow. Alles, was ich wusste, hatte ich mir irgendwie zusammengereimt: die dunkle Kleidung, die Stille, der Schutz der Nacht … aber dennoch, wessen Spiel spielte ich hier? Jetzt mein eigenes. Das hier war meine Entscheidung, obwohl ich nicht erklären konnte, was ich entschieden hatte. Ich hielt meinen Kopf nach unten gerichtet und ging den Hang hoch. In der Luft lag ein ganz leichter Geruch von Rauch. Die meisten Häuser standen ein Stück zurückgesetzt, hinter Hecken und großen Rasenflächen; das Licht aus ihren Fenstern schaffte es nicht bis zur Straße. Weiter oben stand Sylvias Steinhaufen in der abendlichen Dunkelheit, wie eine Art Wrack oder Ruine, eher eine Ausgrabungsstätte als ein Haus.

Als ich ihre Einfahrt erreichte, blieb ich stehen und lauschte auf das Wasser des Brunnens. Es fühlte sich an wie eine zum Leben erwachte Erinnerung. Das Haus war still und verrammelt. Ich war nicht sicher, was ich tun sollte. Wenn ich eine Telefonnummer gehabt hätte, wäre ich versucht gewesen, anzurufen. Doch Corrina hatte recht, das wäre dumm: einen solchen Fingerabdruck zu hinterlassen. Der Überwachungsstaat, das war der größte Verrat, nicht dass wir von der Regierung überwacht wurden (wann waren wir mal nicht von der Regierung überwacht worden?), sondern dass wir uns nun gegenseitig überwachten. Es war fast unmöglich, unbeobachtet zu bleiben, obwohl das Paradox darin bestand, dass uns das, hoffte ich, noch anonymer machte. Wie sollte man all diese Informationen sichten? Wie bekam man Zugang dazu, woher sollte man sie kennen? Der beruhigende Gedanke, dass, was immer ich tat, kaufte oder hochlud, zu gering war, um bemerkt zu werden, spendete mir einen perversen Trost – oder war es Rechtfertigung? Es war die virtuelle Version davon, sich in kleinen Räumen zu verstecken. Ich hatte Leute gekannt, die das Gegenteil von mir waren, die sich nach Überwachung sehnten, als würde das Auge

Gottes auf sie hinabsehen, um sie zu schützen. Das Gefühl teilte ich nicht. Ich konnte mir nicht vorstellen, dass Gott sich auch nur einen Scheißdreck dafür interessierte, außer vielleicht, um mich zu verarschen. Bestenfalls glaubte ich gern, dass wir Gott oder dem Universum egal waren. Ich glaubte gern, dass er sich überhaupt nicht für uns interessierte. Ich wollte glauben, dass Gott, wenn er existierte, wichtigere Probleme hatte. Ich wollte glauben, dass Gott, wenn er existierte, uns geschaffen hatte und dann weitergezogen war. Ich war mir bezüglich nichts davon sicher, außer dass das Universum sich häufig bewusst bösartig anfühlte. Aber wie auch immer, Gott stand uns nicht zur Seite. Das ist es, womit die Menschen ungern konfrontiert sind, dass das Universum kalt war, wenn überhaupt, dann isolierend, dass wir grundlos lebten und starben, dass niemand kam, um uns zu helfen, und niemand die Punkte zählte.

Ich sah mich kurz um und drehte meinen Kopf wie ein Periskop. Auch hier niemand, keiner auf dem Gelände. Ich schlüpfte auf die ausgedehnte Rasenfläche des Vorgartens und zwang mich, meine Bewegungen unter Kontrolle und klein zu halten. Nicht loszurennen. Jetzt, da ich hier war, fühlte ich mich von der Anonymität im Stich gelassen; zum ersten Mal und ganz plötzlich wurde mir bewusst, dass ich keine Ahnung hatte, welche Sicherheitsvorkehrungen für dieses Haus getroffen worden waren. Es könnten Kameras sein, Sensoren, und eine Sicherheitsfirma konnte genau in diesem Moment eine Nachricht erhalten, Wagen wurden losgeschickt und Sicherheitsleute waren auf dem Weg. Einen kurzen Moment lang wäre ich beinah umgekehrt, aber es war zu spät. Wenn es Kameras gab, hätten sie bereits ein Bild von mir gemacht, also war das Thema eh durch. Als ich das Haus erreichte, wo ich wie ein Schatten an den Wänden klebte, körperlos, als wäre ich woanders, fühlte ich mich sofort besser. Und es fühlte sich so an, als sei ich in einem Traum oder in einer Art Videospiel, als würde ich von außen manipuliert. Eigentlich hätte ich mich davor hüten sollen, es an der Haustür zu versuchen, doch nachdem ich durchgeatmet und das schrille Trommeln von Blut hinter meiner Stirn beruhigt hatte, stieg ich die Stufen hoch und versuchte es trotzdem mit dem Türgriff. Die Tür war verschlossen, und hinter den Bleiglasfenstern konnte ich nichts erkennen, nur milchiges Grau. Wusste sie von dem USB-Stick? Wartete sie dort drinnen bereits auf mich? War jemand bei ihr, oder war sie allein? Einen Moment platzte das Bild von ihr in diesem Aufzug, in Strapsen und Korsett, in mein Gehirn herein, als würde es dort eingebrannt, und ich spürte, wie der Stoß, einem Elektroschock gleich, durch meinen Körper schoss. *Nicht jetzt,* dachte ich, *gib acht* – obwohl, bestand das Problem nicht gerade darin, dass ich nicht *genug* achtgegeben hatte?

Ich schlich seitlich um das Haus herum und hinten in den Garten. Hier befanden sich eine lange Veranda und eine Reihe von Panoramafenstern, deren Verandatüren in ein riesiges Wohnzimmer führten. Ich drückte mein Gesicht an die Scheibe und versuchte, mir den Grundriss vorzustellen. An der gegenüberliegenden Wand befand sich ein Paar weitere Glastüren, die eindeutig zur Eingangshalle führten. Der Raum verkörperte all das, was uns trennte – nicht nur die Größe und der Komfort (zwei Sofas, zwei Ohrensessel und Ottomane, alles um einen Couchtisch herum arrangiert, der die Fläche einer Limousine hatte, sondern auch die Tatsache, dass sie ihn mir nie gezeigt hatte, mich nie hatte wissen lassen, dass es ihn gab. Es war, als sei ich es nicht wert oder wichtig genug. Einen kurzen Moment brachte mich das auf die Palme; für wen hielt sie sich eigentlich? Ich war kein guter Gegner. Und als ich so in der tiefer werdenden Nacht stand, wurde mir mit trostloser Deutlichkeit bewusst: Ich war überhaupt kein Gegner.

Ich hatte auf ein offenes Fenster gehofft, eine Einbruchstelle, auf die Art Leichtfertigkeit, die in meiner Vorstellung die monströs

Reichen kennzeichnete, welche Dinge und Kreaturen zerschlugen und sich dann in ihr Geld und oder ihre ausgedehnte Leichtfertigkeit zurückzogen, oder was immer sie zusammenhielt, und andere Menschen die Sauerei aufräumen ließen, die sie angerichtet hatten. Doch das war eine Illusion, nicht wahr, wie so vieles, was ich mir gern einredete. Sylvia war das Gegenteil von leichtfertig, sie war berechnend, durchtrieben, steckte den Rahmen ab und entschied, aus welchem Winkel sie angriff. Sie hatte ihre Stieftochter auf frischer Tat ertappt, obwohl da etwas fehlte, etwas unter der Oberfläche, etwas zwischen den beiden, das mir noch nicht klar war. Und sie hatte mich auch, hatte mich da, wo sie es wollte; ich zappelte in der Luft, war verwirrt, aus dem Lot, und verhielt mich dumm. Ich war der Leichtfertige, nicht sie.

Leichtfertig? Ja, denn wie sollte man sie sonst nennen, meine Entscheidung, ohne einen Plan herzukommen? Ich stand auf ihrer Veranda, in einer Finsternis so dunkel wie der Tod, und hatte das Gefühl, im Ozean zu versinken, als wäre all dieser Himmel Wasser, das über mir aufragte. Es war tief, weswegen ich kaum etwas erkennen konnte, und von nirgendwo drang ein Licht herein. Ich spürte, dass Gefahren lauerten, doch ich wusste weder wo noch was sie waren. Und diese Last, der Druck von all den Kubikmetern Wasserstoff und Sauerstoff, trieb die letzten Reste Luft aus meiner Brust.

Ich versuchte, mich zu beruhigen, doch mein Herz raste. Ich ging in die Hocke, das Gesicht in den Händen. Ich atmete, langsam, ein und aus, ein und aus, ein Rhythmus wie ein Mantra, die Stille wie ein Schrei. Ich musste hier weg, doch was tat ich dann mit dem USB-Stick? Wie gab ich ihn zurück? Ich dachte darüber nach, ihn einfach auf der Veranda oder neben der Haustür fallenzulassen, doch das wäre ein falscher Zug. Besonders wenn Überwachungskameras existierten, könnte man das direkt wieder zu mir zurückverfolgen.

Ich atmete wieder durch und merkte, wie die Panik etwas abebbte. Sie war noch da, hatte mich jedoch nicht mehr in der Zange, und ich war in der Lage, eine kurze Einschätzung des Hauses vorzunehmen. Es war riesig, hatte drei Stockwerke, mit Erkern, Seitenflügeln und Dachtraufen, wie eine Klippenwand oder eine Reihe Berggipfel. Ich hatte nicht erwartet, dass es im Erdgeschoss irgendeinen Punkt gab, um einzudringen, sondern, wenn oben ein Fenster offen stünde, ich vielleicht auf diese Weise hineinkäme. Der erste und zweite Stock jedoch zeigte mir ein Gesicht, das so verschlossen und undurchschaubar war, wie ich mich selbst gern in den Augen der Welt gesehen hätte. Ich zwang mich, weiter ums Haus zu gehen, hielt mich dabei immer in den Schatten, langsam und still, jeder Schritt genau bemessen. Nichts, keine Bresche, keine Lücke und auch sonst keine Stelle, um einzudringen. Es war eine vollständig gepanzerte Außenhaut. Als ich zum Arbeitszimmer kam, das ich durch die bleiverglasten Herrenhausfenster sehen konnte, blieb ich stehen. Drinnen standen die Clubsessel, wo sie und ich gesessen hatten, und die quadratische Form des Schreibtisches. Ich drückte gegen die Fenster, doch sie klapperten nicht mal. Keines gab nach. Ich sah mich im Landschaftsgarten auf der Suche nach einem Stein um, doch das Anwesen war makellos … und davon abgesehen, würde das das Ziel verfehlen, unentdeckt zu bleiben.

Also fällte ich die einzige Entscheidung, die mir blieb. Ich drehte mich um und kehrte nach Hause zurück. Hintenrum zur Vorderseite des Hauses, die Einfahrt hinunter und hinaus auf den Benedict Canyon Drive, dem ich gut zwei Kilometer bergabwärts folgte, bis ich zum Sunset und dem Beverly Hills Hotel kam. Ich ging in die Polo Lounge, als wäre ich ein Gast, und bestellte einen Maker's auf Eis. Als ich ausgetrunken hatte, trank ich einen weiteren. Dann bestellte ich mir ein Lyft und ging nach draußen, um darauf zu warten, der USB-Stick in meiner Tasche so schwer wie ein Anker oder ein Mühlstein.

Bei meiner Rückkehr lag die Wohnung still da. Es herrschte nächtliche Stille, eine leichte Brise ging, nicht unbedingt kühlend, aber besänftigend wie ein Streicheln. Ich schloss die Tür auf, warf die Schlüssel auf den Couchtisch und schaltete das Licht nicht ein. Nicht dass ich mich versteckte, es hatte keinen Sinn, mich zu verstecken, da ich nirgendwo mehr hinging, doch ich wollte in der Dunkelheit verbleiben, wie ein Schatten oder ein Geist. In der Dunkelheit war es, als wäre ich nicht richtig anwesend; in der Dunkelheit war es, als wäre ich nie gewesen. Ich, ich selbst und alle anderen; in der Dunkelheit war es, als hätte sich eine Sonnenfinsternis über uns alle gelegt. Es gab hier nichts weiter als Empfindung, ein Auflösen in Partikel, der seltsame Effekt des fehlenden Lichts, der wirkte wie eine Collage. Die Dunkelheit war so dicht, dass sie sich wie ein Vorhang anfühlte, was bedeutete, dass ich die Arme vor mir ausstrecken musste, um ihn zur Seite zu schieben, um eine Stelle, einen Durchgang für mich freizumachen.

Schweigend tastete ich mich zur Küche vor, fand eine Flasche Whiskey im Schrank und schenkte mir ein Glas ein. Ich nahm einen Schluck und spürte, wie die Brise durch die Fenster hereindrang, die ich in der Nacht offen gelassen hatte. Der Alkohol sickerte wie Sirup von den Schultern herab, durch mich hindurch. Ich spürte eine Lockerung, ein Eindicken, als wären meine Glieder von Gelee umgeben, ein Schwall von etwas – Hitze – in der Abkühlung, als gäbe es zwischen drinnen und draußen keine Barriere mehr. Ich setzte mich in den Sessel, atmete tief ein und schloss die Augen. Als ich sie öffnete, konnte ich die Details des Raumes erkennen. Dunkle, stumpfe Formen: der Küchentresen, das Sofa, der Tisch, die sich alle im Grau auftürmten, als seien sie aus Ton modelliert. Es war wie eine surreale Installation, die Kanten frei und nicht genau definiert, spezifisch und archetypisch zugleich. Als wäre der Schleier der Welt zurückgezogen worden, und was ich nun sah, war elementar, Platos Höhle, die Grenzen verschoben, verschwommen, und ich hier, allein, der seinen Körper kaum spürte, als würde ich mich in der Nacht auflösen.

Dann hörte ich es aus einem Ohrwinkel, ein Flüstern oder Knarren. Es klang wie eine Bettfeder, als käme es innen aus dem Haus. Plötzlich konnte ich Sylvias Stimme in meinem Kopf hören, so deutlich als würde sie sprechen. *Sind Sie nach Hause gekommen und sie lag in Ihrem Bett?* Und was hatte ich geantwortet? *Nein*, hatte ich gesagt, *daran bin ich nicht interessiert* – doch selbst nachdem ich an diesem Tag nach meiner Rückkehr die Wohnung kontrolliert hatte, glaubte ich ihren Worten in Wahrheit kaum. Wie?, dachte ich, doch sah die Antwort direkt vor mir, die Fenster, die ich offen stehen gelassen hatte. Es war, als hätte ich sie eingeladen, eine Einladung zum Einbruch, dazu, die Grenze zu überschreiten, die Entfernung zusammenzufalten, den Raum zwischen uns auszuradieren. War das nicht die ganze Zeit die Idee gewesen? Sie versuchte, mich hineinzuziehen. Sie und ihre Stiefmutter, diese zwei waren beide vom selben Schlag. Ich wünschte, ich hätte mich nie eingemischt. Ich wünschte, ich hätte an diesem ersten Abend nicht die Tür geöffnet. Oder dass ich sie weggeschickt hätte. Aber jetzt war es zu spät für Wünsche. Nun war Zeit für die Wahrheit.

Ich trank meinen Bourbon aus und stellte das Glas ab. Dann schnürte ich meine Sneaker auf, zog sie aus und ging mit langsamen Schritten Richtung Schlafzimmer. Die Tür war zu drei Vierteln geschlossen. Ich drückte sachte dagegen; sie öffnete sich mit ruhigem Schwung. Dort, auf dem Bett, lag eine Gestalt unter dem Laken, das in der Dunkelheit weiß leuchtete, und heraus guckte Corrinas Kopf. Ich hatte gehofft, sie nichts ahnend und unachtsam zu erwischen, doch sie hatte auf der Lauer gelegen.

»Ich dachte, du würdest nie kommen«, sagte sie, schob das Laken beiseite und war darunter bis auf die Stiefel nackt. Die Beine waren nur ein wenig gespreizt, Dunkelheit führte in tiefere

Dunkelheit, und nirgends ein Ort, an dem mein Blick ruhen konnte.

»Was machst du da? Zieh das Laken wieder hoch.«

»Dann musst du mich dazu bringen«, kicherte sie mit einem Atem so voller Alkohol, dass ich es quer durch den Raum riechen konnte.

»Was gefällt dir denn?«, fuhr sie fort. »Ich wette, du stehst auf alle möglichen versauten Sachen.«

Auf der Kommode stand mein Laptop, stumm wie ein Zeuge. Er war zugeklappt, aber das hatte nichts zu bedeuten. Kurz durchfuhr mich eine Welle der Panik, doch sie verebbte wieder, als sie ihre rechte Hand zwischen die Beine legte. Zunächst dachte ich, es sei nur Schau, doch es dauerte nicht lange, bis mir klar wurde, dass es nicht gestellt war. Sie drückte sich in die Matratze und rubbelte heftig. »Komm hier rüber«, stöhnte sie, und ihre Zunge schnellte wiederholt rein und raus. Als ich es nicht tat, schob sie sich zur Kante der Matratze. Es war nur eine Frage der Zeit, bevor sie in meinem Bett kam.

»Komm hier rüber«, sagte sie wieder, und die Worte verschliffen sich eher zu einem Stöhnen als zu Silben. Sie wölbte sich hoch und richtete sich dann wieder auf, ihr Körper eine eigene brandende Kraft. Ich blieb, wo ich war, als wäre ich gelähmt, als wäre dies eine Falle. Ich konnte meinen Blick nicht abwenden: die Wölbung ihrer Brüste, die Kurven ihrer Schultern, die verschwimmende Bewegung ihrer Finger, diese Stiefel und ihr keuchender, abgehackter Atem. Ich spürte, wie ich angezogen wurde, als sei sie ein Magnet. Aber ich wusste, wenn ich einmal in diesem Bett gelandet war, war das Thema durch. Ich hätte meine Entscheidung gefällt, ich hätte eine Seite gewählt und zugelassen, verführt und tiefer in etwas hineingezogen zu werden, das ich nicht wollte. Zur selben Zeit fragte sich ein anderer Teil von mir, ob das hier überhaupt real war. Konnte es sein, dass sie nur eine weitere Tulpa war, eine Projektion, eine Erfindung meines Geistes? Auf ihrem Gesicht lag der Ausdruck von Hingabe, aber auch, als würde sie sich anstrengen, hart arbeiten, um das hier zu gewinnen, um mich aus dem Gleichgewicht zu bringen, um sich nicht so zu befriedigen, wie sie es privat tun würde, sondern als Provokation, als Angriff. Schon bald war ich nicht mehr sicher, ob mich das kümmerte. Plötzlich sah sie mich direkt an. Der Blick ihrer blauen Augen war stechend. Ich spürte, wie er mich durchdrang und sich eine elektrisierende Spannung zwischen uns ausbreitete, die sich auf meinen Solarplexus legte. Einen Moment lang starrten wir uns nur an, und es wurde still im Raum. Dann knurrte sie in die Stille hinein, ein gutturales Jammern. Plötzlich verstummte sie und grunzte mit einer Stimme, so spitz wie ein Befehl: »Ich habe dich bezahlt. Siebenhundert Dollar. Du gehörst mir.« Ihre Hand bewegte sich wieder. »Jetzt komm her und fick mich. Wie ein guter Angestellter. Komm jetzt her und tu, was man dir sagt.«

Ich wünschte, ich könnte sagen, dass ich mich umgedreht hätte, sie aus dem Bett gezerrt hätte. Ich wünschte, ich könnte sagen, dass ich sie so betrunken, zügellos und nackt, wie sie war, raus in den Innenhof geworfen hätte, dass ich sie bloßgestellt hätte. Ich wünschte, ich könnte all das sagen, doch so war es nicht. Nein, etwas an ihren Worten, der Ton der Erniedrigung, durchdrang mich. Es war, als wäre sie in all ihrer Wildheit zu meiner Ex-Frau geworden, oder Sylvia in ihrer Domina-Aufmachung, die mich ohne Gewissensbisse nahm. Es war, als wäre ich entblößt worden, oder schlimmer noch, gesehen – bloßgestellt, bis auf die Knochen offenbart. Ich kannte dieses Gefühl, und ich mochte es. Ich hatte mich so lange danach gesehnt. Und hier war ich nun, bewegte mich auf die Tulpa zu, auf Corrina, taumelte aus meinen Hosen, meinem Hemd, und stolperte in mein Drängen, in meine Gelüste. Ich konnte gar nicht schnell genug zu ihr kommen. Ich fiel hin und musste kriechen. Und kriechend kam ich bei ihr an, und kriechend kam ich über sie und erhob mich dann, um sie zu umarmen – nein, nicht zu umarmen, sondern um sie zu verzehren, als wäre es kein Sex, sondern ein Inferno, und sie wäre keine Frau, sondern ein loderndes Feuer.

Als ich aufwachte, lagen wir noch im Dunkeln, doch ich konnte ihren Körper neben mir spüren. Weich, warm, nicht länger eine Flamme, sondern verglimmende Kohle, obwohl ich nicht länger mit dem Feuer spielen wollte. Mein Mund war ausgetrocknet, als wäre ich von Erde umgeben, lebendig begraben. Nackt ging ich in die Küche, schenkte mir ein Glas Wasser ein und starrte in den leeren Hof, während ich es austrank.

Zurück im Schlafzimmer, sah ich etwas Schimmerndes auf dem dunklen Boden liegen. Es war der USB-Stick; er musste mir beim hastigen Entkleiden aus der Tasche gefallen sein. *Scheiße*, dachte ich, *bin ich froh, dass sie ihn nicht gesehen hat* … und nun fiel mir mein misslungener Ausflug in den Canyon wieder ein, und die Undurchdringlichkeit all dieser Mauern. Wie sollte ich den Stick zurückbringen, ohne dass Sylvia es bemerkte?

Wie konnte ich meiner Schuld vorbeugen?

Ich könnte den USB-Stick jederzeit wegwerfen, mutmaßte ich, und mich dumm stellen, wenn ich gefragt würde. Es wäre nicht das erste Mal, dass ich Schwierigkeiten mithilfe einer Lüge aus dem Weg ginge. Dann fiel mein Blick auf Corrinas Handtasche, ein kleiner schwarzer Lederrucksack, der mit einem Druckknopf verschlossen wurde. Er lag auf dem Boden neben ihrer zerknüllten Jeans. Ich sah zum Bett hinüber; ihre Brust hob und senkte sich in entspannter Regelmäßigkeit und die Glieder waren ausgestreckt wie verstreute Stöcke. Ich hustete, einmal, noch mal, dann etwas lauter, um es zu testen … sie bewegte sich nicht. Langsam, fast schon in Zeitlupe, hob ich den USB-Stick auf und steckte ihn ins mittlere Fach ihres Rucksacks. Ich stopfte ihn ganz nach unten und verschob dann den restlichen Inhalt – Portemonnaie, Puderdose, Lippenstift –, bis er nicht mehr zu sehen war. Dann wartete ich einen Augenblick, noch einen weiteren, atmete leise, aber tief durch und versuchte, meinen Atem ihrem anzugleichen. Als ich wieder ins Bett kroch, passte ich auf, sie nicht zu berühren. Dann fiel ich in einen traumlosen Schlaf.

Als ich am Morgen aufwachte, war Corrina fort. Ich hob den Kopf, doch da war nichts: keine Bilder, keine Handtasche, nicht einmal der Abdruck ihres Kopfes auf dem Kissen.

Es war, als wäre sie aus einem Traum in den nächsten geglitten.

## Question Number Six: How Long To Get Fixed?

Ein paar Tage lang sah ich Corrina nicht. Es war, als wäre sie gekommen, gegangen und hätte sich dann aufgelöst. Doch ich konnte nicht aufhören, an sie zu denken. Nicht wegen dem, was passiert war, obwohl auch das Folgen hatte. Sondern eher wegen des USB-Sticks, der, wie eine Handgranate in der Handtasche, jederzeit losgehen konnte. Ich hatte den Stift herausgezogen, hatte sie involviert, sie in mein kleines Komplott hineingezogen. Ich handelte impulsiv, und doch waren meine Impulse … ich konnte nicht sagen, was sie waren. Es war wie ein *Pas de trois,* dieser heikle Tanz von Corrina, Sylvia und mir. Und dennoch konnte ich meine Anwesenheit nicht erklären. Siebenhundert Dollar? War das ein fairer Preis für meine Komplizenschaft?

Ich wartete weiter, wartete auf Corrina, wartete auf ein Klopfen an meiner Tür. Ich saß in meiner Wohnung wie eine Spinne, tat nichts, sagte nichts, hatte keine Ahnung, wie ich mich verhalten sollte. Alle paar Stunden loggte ich mich auf dieser Internetseite ein, wo die Fotos nach ihrem anfänglichen Rausch wieder in den Hintergrund getreten waren. Der Reiz des Neuen … doch die Wahrheit war, dass sie gar nicht so neu waren, nicht so kitzelig, nicht wie die anderen Bilder, die Videos, in denen Männer und Frauen sich auf Arten entblößten, bei denen schwer vorstellbar war, dass sie tatsächlich lebten, dass sie zur Arbeit gingen, ihre Nachbarn grüßten oder in eine Bar gehen und einen Drink bestellen konnten. Es war vermutlich nur oberflächlich, doch wenn man sie dabei beobachtete, wie sie bloßgestellt wurden, fühlte es sich viel tiefgehender an. Meine Favoriten waren die hausgemachten, die am wenigsten aufpolierten, in denen echte Menschen, übergewichtig, ohne Silikon, sich auf schmalen Betten mit schmuddeliger Bettwäsche miteinander verknoteten. Was taten die da? Es war nicht das Geld, denn da war kein Geld im Spiel, und die Aufmerksamkeit oder der Ruhm konnten es auch nicht sein. Es war etwas anderes, Tieferes, Pathologisches, als würde ich ihre Psyche sehen, die umgekrempelt und auf links gezogen war. Dasselbe konnte man vermutlich von mir sagen, doch ich war auf keinen Fotos und würde das auch nie sein. Selbst mit meiner Frau hatten wir unsere Fantasien privat ausgelebt, oder halb privat. Wir hatten keine sichtbare oder feststellbare Spur hinterlassen. Was trieb einige dazu, sich im Internet zu entblößen, nackt, vögelnd, penetrierend – physisch und spirituell –, auf jede nur vorstellbare Art, und einige unvorstellbare Arten und Weisen. Es war, als würde das Alltagsleben nicht ausreichen, als ob sie, als ob wir alle inzwischen so abgestumpft waren, dass der einzige Weg, irgendetwas zu fühlen, der war, sich jeglicher letzten Verteidigung zu entledigen, jedes letzten bisschens an Besitz, selbst (oder besonders) ihrer Scham.

Aber was bedeutete das für mich, der ich die Fotos checkte, die ich gepostet hatte, und mich fragte, wann die nächste Hiobsbotschaft kam? Was bedeutete das für mich, mit der Erinnerung an Corrina, mit der Scham und dem Nervenkitzel dabei, wie sie mir sagte, dass ich gekauft und verkauft worden sei? In der Dunkelheit dieser Nacht hatte ich mir mehr als einmal vorgestellt, sie sei Sylvia, und hatte mich darin verloren, bis die beiden in meinem Kopf verschmolzen. *Sylvia,* hatte ich im Kopf geflüstert, und obwohl ich diese Silben nicht laut ausgesprochen hatte, hatte ich das Gefühl, dass es Corrina nicht kümmern würde. Es gab hier Schichten, Schichten der Demütigung, oder vielleicht war es nur die Demütigung, am Leben zu sein. Wie dem auch sei, steckte ich nun mittendrin, mit all den Folgen, und ein Sturm an negativen Konsequenzen braute sich in meinem Kopf zusammen. Wenn ich ein Auto gehabt hätte, hätte ich vielleicht eine lange Fahrt unternommen. Das war etwas, das ich früher gerne getan hatte. Doch es war sämtliche Energie nötig, die ich aufbringen konnte, um überhaupt aufrecht zu sitzen. Die Hitze war so drückend, dass ich mich kaum überwinden konnte, mich anzuziehen.

Dann setzte das Schreien wieder ein. Ich war nicht sicher, wie lange schon, zwei Abende, vielleicht drei, doch ich konnte es deutlich durch die Wohnzimmerfenster hören. Nur ein weiterer Abend. Nur ein weiterer Teil der Szenerie, der Preis dafür, in dieser Bungalow-Anlage zu wohnen, und wer konnte schon sagen, dass sie falsch lag? Ich hätte auch gern geschrien, nicht nur heute Abend, sondern an vielen Abenden, und wenn ich es nicht tat … nun, das bedeutete nicht, dass ich über Selbstbeherrschung verfügte. Auch ich trieb haltlos umher, auf eine andere Art treibend, verrammelt und still, abgekoppelt und einsam. Ich verstand es genauso wenig wie sie, nichts von alledem hier ergab für mich einen Sinn. Eines Tages würden wir tot sein, und nichts davon wäre noch von Bedeutung, genau wie jetzt nichts davon etwas bedeutete. Das war es, was mich bei den Menschen wahnsinnig machte, ihre verzweifelte Hoffnung, ihr Beharren, dass da mehr war als das hier, wie ein Märchen, das sie sich selbst erzählten. Es führte zu nichts und würde das auch nie, egal wie viele Lügen wir glauben wollten. Rettet den Planeten, rettet den Planeten nicht … doch der Planet brauchte keine Rettung, und was uns anging, stand die Erlösung nie zur Debatte. Gott war auch nicht die Liebe, aber danke, netter Versuch. Gott war ein Zerstörer, oder Gott war unerreichbar. Oder es war gar nichts.

Ich lauschte der kehligen Oszillation ihres Heulens, das anstieg und abfiel wie der Ruf eines exotischen Vogels. Heute Abend war es anders, nicht in der Betonung, sondern im Timbre, oder war es deshalb, weil sie versuchte, ein Wort herauszuschreien. In der Vergangenheit war ihr Jammern tiefer gewesen, unerklärlich, unscharf wie alles außer Schmerz. Das hier war gezielter, als würde sie jemanden anschreien. Einen Moment fragte ich mich, ob sie allein war. Dann gestaltete die Nacht sich neu, in erstaunlicher Klarheit. Sie wiederholte kein Wort, sondern einen Namen. Sie rief ihn wieder und wieder, als würde sie sich gerade streiten – als würde sie jemanden abwehren. Ich kroch näher ans Fenster. *Sylvia?* Nein, es war nicht Sylvia, das waren nicht die Silben, die ich hörte.

Es war mein Name, der die Luft erfüllte.

Zunächst zog ich in Erwägung, nichts zu unternehmen, wusste aber, dass das nicht funktionieren würde. Ich wohnte hier, und selbst wenn ich meine Nachbarn nicht kannte, war es dennoch unangenehm nah. Ich hatte keine andere Wahl, als tiefer hineinzuwaten und mich damit zu befassen. Deswegen ließ ich mich nicht auf andere Menschen ein: zu viel Drama, zu viele Gelegenheiten, betrogen zu werden. Ich wollte mich verstecken, wollte warten, bis meine Zeit auf dem Planeten zu Ende war, wollte so unbestimmt und unscheinbar sein, wie ich nur konnte. Ich wollte tun, was ich tun musste, um zu leben und zu sterben, wie eine Behauptung oder ein Gerücht, mehr nicht. Oder nicht mal das – um übersehen zu werden. Ich wollte meinen Whisky trinken, meine Träume träumen und von innen nach außen verrotten. Ich glaubte nicht an Korrumpierung, denn natürlich waren wir alle bereits korrumpiert; das lag in der Natur der Sache und war gleichermaßen ein Aggregat- wie ein Daseinszustand.

»Scheiße«, sagte ich und schlüpfte in meine Schuhe. Ich trat hinaus und warf einen kurzen Blick auf die anderen Wohnungen. Fast alle Fenster waren dunkel. Das bedeutete gar nichts, meines war auch dunkel gewesen, aber es fühlte sich beruhigend an, als wäre ich unsichtbar. Schnell durchquerte ich den Hof. Der Holzkohlegrill auf ihren Stufen war voller halb abgebrannter Kohlen und roch ganz leicht nach Grillanzünder. Die Tür stand offen. Ich drückte dagegen, nur ganz leicht, öffnete sie dann weiter und stand in einer Wohnung, die ein Spiegelbild der meinen war. Spiegel? Ha, dachte ich, das war ein Witz. Eher das umgekehrte Bild meiner Wohnung, das Ego zu meinem Es. Das Wohnzimmer sah aus wie ein Ausstellungsraum oder ein Bühnenbild; wie eine Modellwohnung. Es gab drei zueinander passende Sofas, obwohl zwei davon technisch gesehen Zweisitzer waren. Doch das spielte keine Rolle, denn keines davon schien benutzt worden zu sein. Sie waren aus blauem Samt, dick gepolstert und leer, mit exakt im Winkel ausgerichteten Zierkissen, wie das formelle Wohnzimmer, das ich durch das Fenster in Sylvias Haus gesehen hatte. Auch in diesem Zimmer stand in der Mitte ein Couchtisch, obwohl nur einen Bruchteil so groß – quadratisch und hölzern, mit einer Glasplatte und darunter eine Ablage für Bücher und Zeitschriften. Das lange Sofa wurde von einem Paar identischer Beistelltische flankiert, auf denen jeweils eine Lampe im Tiffanystil stand. Die Lampen waren ausgeschaltet, doch ich konnte wegen des diffusen Lichtscheins, der durch die offene Tür fiel, Form und Details erkennen. Im Halbdunkel sah ich gerahmte Kunst an den Wänden, Reproduktionen oder Originale, obwohl die Bilder schwer zu erkennen waren.

Oder vielleicht wollte ich es auch gar nicht wissen.

Das hier war nicht, was ich erwartet hatte, als Sylvia fragte, ob ich Corrinas Wohnung gesehen hätte. Hätte ich überhaupt darüber nachgedacht, hätte ich mir vorgestellt, dass in der Wohnung ein Durcheinander herrschte, als wäre sie geplündert worden, dass sie so unordentlich wäre wie der Raum in ihrem Kopf. Ich hätte mir etwas Unsauberes vorgestellt: Klamotten in Haufen, überall dreckiges Geschirr. Ein Bild so zügellos, wie sie sich benahm, so wie die Art und Weise, mit der sie mein Wohnzimmer in Beschlag genommen hatte. Das hier jedoch ... das war wie eine geistige Ödnis. Das hier war wie ein Körper ohne Seele. Ich befand mich in einem Raum, der keinen Hinweis darauf enthielt, dass hier je ein Mensch gelebt hatte.

Ich war allein, das war die andere Sache, und ich war nicht sicher, was ich davon halten sollte, ob ich erleichtert oder noch beunruhigter sein sollte. Keine Corrina, hier drinnen nicht, obwohl ich nach wie vor das Auf und Ab ihres Heulens hören konnte. Ich wusste, wo sie war, obwohl ich nicht sicher war, ob ich den langen Weg zu ihrem Schlafzimmer zurücklegen wollte. Oder was sie möglicherweise tun würde, nachdem ich das getan hatte. Ich schaute immer wieder kurz zurück in die Dunkelheit meiner Wohnung. Ich wollte das alles nicht noch einmal durchmachen.

Und doch war ich hier, und welche Wahl hatte ich denn? Ich kann nicht weitermachen, ich kann doch weitermachen, und so stand ich einen Moment und atmete durch, bevor ich zurückging, die Haustür schloss und mich von der Welt abschnitt und ihrer … was? Klarheit?

Nein, nur von einer anderen Form des Irrsinns oder vielleicht einer wirkungsvolleren Maske.

Ich ging am Rand entlang durch das Wohnzimmer, um die Szene nicht zu stören. Selbst meine Anwesenheit, auch mein Atem fühlte sich an wie ein Eindringen, ein Angriff auf die Sterilität. Während ich mich bewegte, fielen mir weitere Details auf: ein Vintage-Deko Barschrank mit Kristallschliff-Karaffen, eine filigrane Stehlampe. Die Schlafzimmertür war geschlossen, und ich lauschte auf der Türschwelle. Ich fragte mich kurz, ob sie wusste, dass ich da war. Ich konnte sie durch das Holz hindurch schluchzen hören, oder dass sie langsam aufhörte zu schluchzen. Es hörte sich an, als würde sie sich beruhigen. Es erinnerte mich an meine Frau damals, in diesen letzten paar Wochen oder Monaten, bevor wir uns trennten, nachdem uns beiden klar geworden war, dass wir alles vergiftet hatten, von dem wir dachten, dass es uns verbinden würde. Gift. Wir waren jung gewesen, unvorsichtig, und wurden die Beute unserer Begierde. Oder, nein, nicht unserer Begierde, sondern unserer Finsternis, irgendeiner Linie in uns, in jedem von uns, die wir meinten, überschreiten zu müssen. Genau das nennt man Wahnsinn, denke ich, diesen Impuls, sich auf den Abgrund zuzubewegen, denn jeder trägt einen Abgrund in sich. Den *Todestrieb* hat Freud es genannt, Gegensätze zwischen dem *Ego oder Todestrieb und dem Eros oder Lebenstrieb,* obwohl nach meiner Erfahrung die beiden nicht im Widerspruch zueinander stehen. Eher gleichgerichtet, Sex und Selbstzerstörung, Atem und Tod. Man muss sich nur ansehen, wo ich mich momentan befand.

Momentan ... momentan. Momentan gab es nur eines, was ich tun konnte: durch diese Schlafzimmertür gehen und mich dem stellen, was auf der anderen Seite auf mich wartete, Sex oder Tod oder eine neue Form von Erniedrigung und Verzweiflung. Langsam bewegte ich den Türgriff. Hier drinnen brannte ebenfalls kein Licht, und alle Farben waren zu Grautönen verblichen. Wieder verschmolz die Nacht zu kleinen Partikeln, wie eine Landschaft des Pointillismus in Schwarz-Weiß. Ich blinzelte und war nicht sicher, was ich sah. Abgesehen von einer Matratze, auf der sich Kleidung und Decken stapelten, war das Zimmer leer. Hier gab es keine Illusion, kein Bühnenbild, keinen Eindruck eines geordneten Lebens. Aber auch kein Anzeichen von Corrina, bis ich bemerkte, dass sich die Decken hoben und senkten und begriff, dass sie darunter hockte. Und schon fing es wieder an, im gleichen Raum, und sie hatte keine Ahnung.

»Corrina?«, sagte ich mit leiser Stimme. Unter der Decke hörte ich sie jammern. »Corrina? Warum kommst du nicht heraus, damit ich dich sehen kann? Darf ich Licht anmachen?«

»NEIN!«, kreischte sie und warf die Decke beiseite, als würde sie aus einem Zauberbann erwachen. Dann kam sie hoch, wie eine Schwimmerin, die auftaucht, mit irrem Blick, die Wangen voll Schlieren aus Rotz, Tränen und Mascara, die Hände zu Fäusten geballt. Sie war bekleidet, Jeans und T-Shirt, obwohl das T-Shirt von etwas Zähflüssigem feucht schimmerte. Sie war barfuß. »Ich will dich hier nicht haben. Das ist meine Wohnung. Verschwinde.«

Zunächst sagte ich nichts. Ich wusste nicht, was ich sagen sollte. Mir schwante, dass sie den USB-Stick gefunden hatte, doch ich wollte nichts zugeben.

»Was ist denn?«, fragte ich schließlich und legte eine Betonung in meine Stimme, als würde ich mir Sorgen machen. Doch ich machte mir lediglich Sorgen darum, was eigentlich los war. Ich hatte mich launenhaft benommen, idiotisch, hatte den USB-Stick gestohlen und dann diese Bilder hochgeladen, bevor ich das Beweismaterial in ihrer Handtasche losgeworden war. Drei Schritte, ein simpler Dreisatz, um vor die Hunde zu gehen.

»Ich dachte, ich könnte dir vertrauen, ich dachte …« Sie verstummte einen Moment, bevor sie einen weiteren Schrei ausstieß. Aber dieser war leiser, undifferenzierter; mein Name kam nicht vor. Es klang nach einem Motor, dem das Benzin ausging, und die Energie verflüchtigte sich Richtung Entropie.

»Vertrauen, inwiefern?«, fragte ich ein wenig beklommen. Es fühlte sich an, wie über ein Minenfeld zu gehen, wo ich jederzeit in die Luft fliegen könnte.

»Dir vertrauen, dir vertrauen. Wie konntest du mir das antun?«

»Ich habe überhaupt nichts getan. Ich habe dich schreien gehört und wollte nachsehen, ob mit dir alles okay ist.«

Ich konnte spüren, wie sie mich ansah, obwohl es im Zimmer eigentlich zu dunkel war, um das sagen zu können. Der Moment zog sich wie Toffee, wie Kaugummi. Sie ruckelte leicht auf ihrem Allerwertesten hin und her, als wolle sie gleich aufspringen. Ich merkte, wie ich mich unvermittelt zur Tür zurückzog. Was, wenn sie mich angriff? Ich hatte sie nicht für eine körperliche Gefahr gehalten, aber jetzt war ich nicht mehr so sicher. Sie war in meine Wohnung eingebrochen, nicht wahr, was eine eigene Form der

Aggression ist, und was im Anschluss passiert war … nun, das war eine Aggression der anderen Art. Es hatte im Bett einen Moment gegeben, an dem sie meinen Kopf gepackt und in die Matratze gedrückt hatte. Dann hatte sie mir den Hintern versohlt – nicht hart, aber hart genug. Was hatte sie gesagt? Ich wusste es nicht mehr genau, mochte mich nicht daran erinnern, doch es hatte etwas damit zu tun, für das Privileg zu bezahlen, tun zu können, was sie wollte. Ich war anderer Ansicht, protestierte aber nicht; der Moment hatte etwas Prickelndes, das Gefühl, alles könnte möglich sein. Es war schon so lange her gewesen, seit ich etwas Derartiges getan hatte, alles außer Kontrolle hatte gleiten lassen. All diese Wochen und Monate, betäubende Sehnsüchte, Erinnerungen, mit Alkohol, all diese Wochen und Monate, in denen ich versuchte, mich auszuradieren. Es mag zwar stimmen, dass wir alle irgendwann ausradiert werden, doch vor unserem Abgang können wie eine Menge Schaden anrichten. Ich weiß das, ich habe meinen Teil dazu beigetragen, mehr als meinen Teil. Ich habe einiges an Sünden begangen, für die ich geradestehen muss. Das war es, was ich in meiner Wohnung machte, ich tat eine Art Buße, und es war auch das, dachte ich jetzt, was ich nun hier tat.

Ich wartete ab, was passieren würde. Wartete, doch nichts passierte. Wir taxierten einander, zwei argwöhnische Tiere, gefangen in einem Bau. Wir umkreisten einander oder warteten darauf, umkreist zu werden. Wir entwarfen die Choreografie, oder zumindest sie tat es, nahm ich an. Was mich anging, war da nichts, nur eine Leere. Ohne Grund begann sich ein Musikstück aufzudrängen, und ehe ich wusste, was ich da tat, begann ich zu singen.

*Corrine, Corrina, where you been so long?*

Ich schaute sie unverwandt an. Die dünne und trällernde Melodie trieb durch den Raum wie eine Rauchschwade, die kaum wahrgenommen wurde, bevor sie fort war. Die Anspannung wuchs. Es war nicht unerträglich; nein, im Gegenteil, es war seltsam angenehm, wie der Moment, kurz bevor man einschläft. An irgendeinem Punkt würde es eine Erlösung oder eine Abrechnung geben, einen Rückfall in etwas anderes. Das erkannte ich, doch ich wusste nicht, wie es aussehen würde. Ich beobachtete, ich wartete und fragte mich dabei, was als Nächstes passieren würde.

Nur dass ich, als es passierte, dieses Nächste, nicht darauf vorbereitet war. Als es geschah, überraschte es mich. Corrina erhob sich auf dem Bett wie ein Ghul, wie ein Geist. In der Dunkelheit war es, als wäre sie beides geworden, die Verdunkelung und der Schatten, der wuchs, um alle Wände einzunehmen. Ich sah zu, wie die Finsternis sich ausbreitete, eine rauschende Sturzflut, wie das Nachspiel einer Eklipse. Gerade als es mich zu erreichen schien, fiel sie zurück. Es war, als würde man zusehen, wie ein Gebäude in Zeitlupe in sich zusammenstürzt – zuerst ihr Kopf, dann die Arme über dem Körper gekreuzt, die ihre Schultern in einem festen X gepackt hielten. Ihre Knie knickten ein und ihr Rücken bog sich durch, und mit einem leisen Klagen, das weniger animalisch als mechanisch klang, rutschte sie auf den Boden neben dem Bett.

»Corrina?«, flüsterte ich. Keine Antwort. Stille füllte den Raum wie Asche. Ich konnte kaum meine Füße spüren, kaum den Boden unter ihnen, als ich zum Bett glitt. Sie lag zusammengeknüllt da, der Körper in sich zusammengefaltet wie ein Haufen Lumpen.

»Corrina?«, sagte ich wieder und streckte eine Hand aus. Als meine Finger über ihre Schulter strichen, verkrampfte sie sich. Ein großes Erschauern und dann ein zweites, kleineres, und dann heulte sie wieder, »Nein, nein, nein, fass mich nicht an« … wobei sie ihren Kopf schüttelte und ihn vor und zurück bewegte.

Und ich hätte sagen können: *Lass mich dir helfen.* Und ich hätte sagen können: *Komm, wir bringen dich wieder ins Bett.* So gehörte sich das doch eigentlich, nicht wahr, wenn einen der üble Irrsinn befällt und man sich nur wünscht, dass jemand auf die Kleinigkeiten achtet, einem das Haar aus der Stirn streicht und einem sagt, alles werde wieder gut? Aber wie sollte ich das tun, wie sollte das geschehen? Ich war der Katalysator. Zuerst hatte ich ihr nachgegeben, dann hatte ich ihr diesen USB-Stick in die Handtasche gesteckt und sie mit dem Beweisstück zurückgelassen, hatte sie im Stich gelassen. Sie wusste es, sie musste es wissen, darum musste es hierbei gehen. Aber dennoch, was sollte ich machen? Nichts, nur den Ahnungslosen spielen und sie … was? Sie denken lassen, ich wolle sie in den Wahnsinn treiben? Aber wie trieb man jemanden in den Wahnsinn, der sich bereits selbst in den Wahnsinn trieb?

Oder war ich derjenige, der in den Wahnsinn getrieben wurde?

Bei diesem Gedanken stockte ich und sah sie an, sah sie eingehend an, soweit das im körnigen Nachtlicht möglich war. Sie hockte zusammengezogen da, wie eine umgekippte Vogelscheuche, ein Sack Knochen, Haar und Haut. Aber, anders als die Vogelscheuche, war sie von dem verkrusteten, intensiven Geruch ihrer eigenen Ausdünstungen umgeben. Anders als die Vogelscheuche, lebte sie – oder zumindest war sie wach. Etwas an ihr stank, ungewaschen, etwas Animalisches oder Elementares: ein Duft, eine Fährte, ein Hauch von Exkrementen, anhand derer man ihre Spur verfolgen konnte. Ich fragte mich, wann sie das letzte Mal geduscht hatte, ob sie, seit sie meine Wohnung verlassen hatte, hier alles verrammelt hatte. Ich fragte mich, was sie tat, um sich zu versorgen. Ich hätte beinahe nach ihr gegriffen, hielt mich aber zurück; ihr Atem kam abgehackt, doch die Schluchzer waren verebbt, und sie schrie nicht mehr. Es war für uns beide am besten, es dabei zu belassen.

Ich musste nachdenken. Ich musste mir über den nächsten Schritt klar werden. Oder einen ersten. Mir war, als wäre ich mir noch nie über irgendetwas klar geworden. Wenn ich doch nur fünf Minuten Ruhe hätte. Das war doch nicht zu viel verlangt. In diesem Raum zu sein fühlte sich an, als würde ich die Luft anhalten;

ich spürte, wie sich meine Lungen unter den Rippen abmühten. Ich warf erneut einen Blick auf Corrina – das Heben und Senken ihres Rückens waren die einzigen Bewegungen –, bevor ich mich abwandte. Durch die Tür konnte ich das Wohnzimmer sehen und das Möbelfeld, das mir den Weg versperrte. Die Eingangstür war verschlossen, doch konnte ich den Jasminduft der Nacht beinahe riechen. Es war so nah, nur ein paar Schritte, einer nach dem anderen. Danach wäre ich von hier fort. Ich ermahnte mich im Geiste, die Türen hinter mir zu schließen. Niemand brauchte das hier zu sehen.

Dann drehte ich mich ein weiteres Mal um, um mich zu vergewissern.

Sie lag nicht mehr neben dem Bett. Ich sah sie nirgends. Ich trat zurück ins Zimmer, schaute mich um, versuchte, ihre Präsenz zu erspüren … noch nicht panisch, aber mit einer steigenden Welle an Unbehagen in meinem Solarplexus. Und dann spürte ich eine ganze Weile lang gar nichts.

Viele Leute sagen, sie würden sich an stark traumatische Momente nicht mehr erinnern. Sie sagen, sie hätten sich in einem Zustand befunden, in dem ein Fluchtreflex oder eine Kampf-oder-Flucht-Reaktion ausgelöst worden sei. Ich habe keinen Grund, das anzuzweifeln, aber bei mir war das nicht so. Ich erinnere mich an alles, die Art, wie ihre Bewegungen sich entfalteten wie bei einem Diavortrag, das abgehakte Pulsieren eines Schwarz-Weiß-Films. Oder, nein, nicht Schwarz-Weiß, sondern ein von der Rolle gerutschter Film, der flackert und überspringt und verrutscht, bis er hängen bleibt, das Bild Blasen wirft und er in Flammen aufgeht. In dem einen Augenblick war sie nirgendwo, und im nächsten tauchte sie vor mir auf wie ein riesiger Greifvogel. In der Patchwork-Dunkelheit konnte ich Flügel erkennen oder etwas, das wie Flügel aussah, obwohl mein gesunder Menschenverstand mir sagte, dass es Bettlaken waren, in die sie eingewickelt war wie in eine zweite Haut. Aber, gesunder Menschenverstand – was war das? Es schien wie die Rubrik einer fremden Welt zu sein. In *dieser* Welt sah ich nur wie angewurzelt zu, als steckten meine Füße im Morast, während sie größer wurde, breiter, und den Raum ausfüllte. Der animalische Geruch wurde unerträglich; es war, als wäre ich in einem Löwenkäfig gelandet. Wer war es gewesen? Daniel? Josef? Jemand Biblisches. Ich fand dieses Buch noch nie besonders vertrauens- oder glaubwürdig. Abgesehen von der Behauptung, es gäbe einen rachsüchtigen Gott, war es nur eine Sammlung von Märchen und Geschichten. Und wo befand ich mich denn jetzt – wenn nicht in der Anwesenheit von Gott, dann vielleicht in der eines seiner Boten? Engel oder Dämonen, was spielte das für eine Rolle? Ich hatte schon lange begriffen, dass zwischen den beiden kein Unterschied bestand. Ich hatte immer gewusst, dass es irgendwann so wie das hier enden würde. Das hier war die Vergeltung für alles, was ich getan hatte. Das hier war das, was ich die ganze Zeit verdient hatte.

Wenn ich sagen würde, dass es beinah so wirkte, als würden wir uns umarmen, würde mir niemand glauben. Doch so war es am Anfang. Ihre Fäuste, ihre Fingernägel, ihre Zähne – all das kam später, obwohl, später, was bedeutet das überhaupt in einem Raum, in dem die Zeit stehen geblieben war? Ich hatte den Eindruck, dass ich ihr nie entkommen würde, oder dass die Welt eine andere sein würde, wenn ich ihr entkam. Urzeitlich vielleicht, prähistorisch, als hätte ich mit dem Betreten ihrer Wohnung ein Wurmloch passiert, ein Portal, aus dem es kein Zurück gab. Unter ihrer Masse, oder der Masse dieser verknüllten Bettlaken, blieb mir langsam der Atem weg, von dem Geruch, ihrem animalischen Gestank, aber auch von ihrem Gewicht. Sie drückte mich nicht wirklich herunter, oder vielleicht tat sie es; wie auch immer, irgendwann lag ich ausgestreckt auf dem Teppich, und sie saß auf meiner Brust. Das raue Gewebe presste sein Tattoo in die Haut meines

Rückens. Ich konzentrierte mich darauf, versuchte, es als Weg zu benutzen, bei Bewusstsein zu bleiben, obwohl ich eigentlich am liebsten nur schlafen wollte. Nachdem sie mich am Boden hatte, fing sie an, mich zu kratzen, zuerst an den Armen, dann an der Brust und schließlich im Gesicht. Sie jammerte leise, aber nicht in einer Sprache, oder zumindest in keiner mir bekannten. Es war, als sänge sie ein Schlaflied oder ein Lied bei der Arbeit, etwas, um im Rhythmus zu bleiben, um uns beide an Ort und Stelle zu fixieren. Als sie das erste Mal über meine Wange harkte, zuckte ich zusammen und dachte an das Blut. Dann kratzte sie mich wieder, und auf ihren scharfen Nägeln glänzte jetzt eine schmale Spur Rot, das in der Dunkelheit Form anzunehmen schien, als wäre da etwas zwischen uns, eine weitere Intimität, die wir geteilt hatten.

Ich hätte die ganze Nacht so weitermachen können. Oder vielleicht versuchte ich nur, sie zu erschöpfen, obwohl sich das zu sehr nach Absicht anhört. Ich hätte sie abschütteln können; wenn sie stark war, war ich stärker, aber ich wollte ihr keine Schmerzen zufügen. Besser einfach nur den Preis bezahlen, sie sich das hier nehmen lassen, und hoffen, dass sie – wir beide – uns hinterher erlöst fühlten.

Dann begann ihre Stimme wieder lauter zu werden, und das wortlose Lied, das sie gesungen hatte, nahm auf eine andere Art Form an. Die Silben befestigten sich, verschärften sich und bildeten erneut die Buchstaben meines Namens.

»Corrina«, sagte ich. Meine Stimme krächzte, als hätte ich nie gelernt zu sprechen.

»Wage es nicht«, zischte sie. Es könnte eine Täuschung des Lichts gewesen sein, aber ich meinte, ihre Augen aufblitzen zu sehen, und dann schlossen sich ihre Hände fest um meinen Hals.

»Corrina«, sagte ich wieder, jetzt flüsternd. Ich holte flatternd durch die Nase Luft.

»Ich hab's dir gesagt«, antwortete sie, und ihre Stimme hob sich in einem langen, heulenden Rhythmus, und damit begann die Frau nebenan wieder zu schreien. Ich stellte mir vor, was im Hof passierte, all die Leute in diesen anderen Bungalows, die ihre Fenster öffneten und in der Nähe standen. Sie hatten sie schon vorher gehört, aber noch nie so. Sie drückte weiter auf meinen Hals und brüllte.

Ich wollte, dass das Schreien aufhörte.

Man könnte sagen, dass die Situation an diesem Punkt außer Kontrolle geriet, obwohl ich es so nicht in Erinnerung habe, und ich erinnere mich an alles. Es war eher wie das Einschlagen eines logischen Pfades, eine Entscheidung, damit das hier aufhörte. So oft in meinem Leben war ich passiv geblieben. Ich hatte mich in meiner Ehe zurückgehalten – genau wie ich mich heute Abend zurückgehalten hatte. Jetzt befand ich mich in der Mitte einer Existenz und war kurz davor, mein Zeichen zu hinterlassen. Nicht das Zeichen, das ich mir gewünscht hätte, nicht das Zeichen, dass ich mir je vorgestellt hatte, nicht einmal vor ein paar Minuten. Aber hier war ich nun. Meine Optionen waren bis auf eine eingedampft. Als sie ihre Hand wieder von meinem Hals nahm, um mich erneut zu schlagen, ergriff ich die Gelegenheit, stieß mich mit der Brust und der Hüfte hoch, brachte sie aus dem Gleichgewicht und rollte mich herum, bis ich auf ihr lag.

Auch an das, was als Nächstes passierte, erinnere ich mich: an die Rauferei, ihre Tritte und Schreie, meine Hand auf ihrem Mund, um ihre Schreie zu dämpfen. Sie biss in meinen Handballen, noch ein weiteres Mal, riss an dem Fleisch, doch ich musste sie dazu bringen, aufzuhören. Irgendwann bedeckte ich auch ihre Nase, und dann drückte ich zu, als wollte ich das Geräusch unterdrücken. Irgendwann wurde sie ganz still, wehrte sich noch, hörte dann auf damit und lag still zwischen den verknäuelten Laken auf dem Boden.

Als es vorbei war, ging ich in die Küche und ließ das Wasser laufen, heiß und kalt. Ich griff mir einen Haufen Papiertücher und versuchte, meine Hände und mein Gesicht zu reinigen. *Weg, weg, verdammter Fleck:* Ohne einen Spiegel war es schwer, doch ich wollte mich gar nicht sehen. Die Luft in der Wohnung war inzwischen statisch und einem Zustand gewichen, als sei vorübergehend alles außer Kraft gesetzt. Was, wenn ich nie hier gewesen wäre? Was, wenn keiner von uns beiden das gewesen wäre? Mein Blut, meine Fingerabdrücke waren überall in der Wohnung, doch das war kein so großes Problem. Letztendlich hatten wir uns ja gekannt. Jetzt brauchte ich einen Plan. Ich trocknete mir die Hände ab und schaute auf mein Telefon: halb zwei. In ungefähr vier Stunden würde es hell werden. Ich ging zurück ins Schlafzimmer und schloss die Tür, ohne hineinzusehen. In der Dunkelheit und Stille atme ich einmal tief durch.

»Was nun?«, sagte ich laut ins leere Wohnzimmer. Keine Antwort. Nicht dass ich eine erwartet hätte. Das Universum war ein Schlachtfeld, das uns alle am Ende zerstören würde. War es nicht gerade das, was eben passiert war, ein weiterer Schritt auf dem Weg zur Verdammnis, eine weitere untilgbare Sünde?

Nicht dass es mir leidtat. Ich hatte sie einfach dazu bringen müssen, damit aufzuhören.

Ihre Handtasche, sah ich jetzt, lag auf dem Küchentresen, und derselbe kleine Rucksack neben zwei Einkaufstüten. Ich öffnete ihn und wühlte darin herum. Alles war wie zuvor: die Puderdose, der Lippenstift und das Portemonnaie, das fünf neue Hundertdollarscheine enthielt. Ich steckte das Geld ein und das Portemonnaie wieder zurück in die Handtasche. Das kleine harte Plastikrechteck ganz unten in der Tasche entpuppte sich als der Schlüssel des Toyota Prius. Den nahm ich auch an mich, und in meinem Kopf reifte dabei eine Idee. Ihr Wagen stand dort, wo er immer stand, am Eingang zum Hof, da war ich sicher. Man erreichte ihn schnell und bequem. Zu dieser Zeit könnte ich es mit ein bisschen Glück schaffen, ohne bemerkt zu werden. Gedankenverloren griff ich wieder in die Tasche, und meine Hände umschlossen einen weiteren Gegenstand. Es war der USB-Stick, der Stick, den ich dort hineingesteckt hatte. So ein kleiner Gegenstand, so belanglos, obwohl, konnte man das nicht von allem sagen? Wir wussten nie, was uns letztendlich fertigmachen würde, welcher kleine Fehler oder welche Unentschiedenheit zum Zusammenbruch der Welt führen könnte. Ich könnte noch nicht mal sagen, warum ich ihn gemacht hatte. Und doch waren wir jetzt hier. Nichts stellte sich je als das heraus, was wir erwartet hatten. Nichts lief je so, wie es sollte.

Ich steckte den USB-Stick in die Tasche, zu dem Geld und den Schlüsseln.

## Question Number Seven: Should I Pick You Up At A Quarter To Eleven?

Hier kommt die harte Wahrheit: Schuld bleibt nicht an dir kleben. Du tust, was du tust, und dann findest du einen Weg, damit zu leben. Oder auch nicht, und das treibt dich in den Wahnsinn. Der Schlüssel war, es nicht zu vergessen – wie konnte man so etwas vergessen, etwas, das dir so an den Kern deines Herzens ging, der Schandfleck deines Lebens? –, sondern eher, nicht daran zu denken. Weniger eine Verleugnung, sondern eher ein bewusstes Ausschließen. Man musste alles bremsen, jede Handlung Schritt für Schritt vornehmen, sich nur auf das konzentrieren, was vor einem lag, musste aufhören zu denken und dort zu sein, wo man war. Dieser Moment, dann dieser und dann dieser. Jeder mit seiner eigenen Verpflichtung und Verantwortung. Wie zum Beispiel: die Verpflichtung, hier rauszugehen, ohne bemerkt zu werden. Die Verantwortung, die eigenen Spuren zu verwischen. Zeit, diese nie endende Sturzflut, die uns alle unablässig Richtung Grab trug. Es war nicht das Grab, das mir Sorgen bereitete, sondern das Vergessen. Und dennoch denke ich, man könnte sagen, ich hätte hier auf Erden mein eigenes Vergessen gefunden. In dieser Bungalow-Anlage in Hollywood musste ich mich mit etwas auseinandersetzen, an das ich mich nicht erinnern und das ich nicht zugeben wollte. Jetzt musste ich ein weiteres Mal mit den Nachwirkungen leben. Aber was war die Alternative? Was sollte ich sonst tun? Nichts, nur es aussitzen.

Es ist erstaunlich, wie die Zeit, selbst nur ein kleines bisschen, einen so besänftigen kann.

Und es wurde Zeit, und wie es Zeit wurde, und ich befand

mich einmal mehr in der Vergangenheit. Ich spürte den unerbittlichen Sog, das Drängen, das nicht verschwinden würde. Es war spät, aber auch noch früh. Ich hatte Zeit, aber nicht mehr viel. Wie die Lebensmitteltüten in Corrinas Küche, Relikte einer anderen Zeit. Geistesabwesend wühlte ich darin. Eine war leer; in der anderen befanden sich eine Packung Streichhölzer, eine Flasche Flüssiganzünder und eine kleine Tüte Briketts. Mir blieb die Sprache weg, und ich stockte bei dieser traurigen Süße, der Resignation und der Hoffnung. Diese kleinen Träume waren es, die mich berührten, die, die jeder sich ausmalen konnte. Es war so ein kleines Ziel: sich, nur ein einziges Mal, so zu benehmen, als sei man ein normaler Mensch, wie auch immer man das definierte. Sich vorzustellen, ein paar Leute zum Grillen zu sich einzuladen, an einem Sommerabend draußen vor der Tür zu sitzen, ein paar Bier zu trinken und gelegentlich die Hamburger auf dem Grill umzudrehen. Die Schaufel in meinem Schrank war genauso, ein Versprechen mir selbst gegenüber, das ich gebrochen hatte. Was sagte es über uns aus, dass es uns so schwerfiel, zu funktionieren? Was sagt es aus, dass wir selbst die einfachsten Dinge nicht zustande brachten?

Vielleicht hatten wir uns deshalb zueinander hingezogen gefühlt. Vielleicht war das der Grund, warum ich hier gestrandet war.

Die Schaufel. Die würde ich brauchen. Ich würde sie benutzen. Doch zunächst musste ich mich um ein paar andere Dinge kümmern, angefangen bei ihrer Handtasche. Ich steckte sie in die leere Einkaufstüte, rollte und verknotete die Öffnung und verschloss sie fest. Dann warf ich sie draußen in den Müllcontainer. Nicht ideal, doch das musste reichen. Ich ließ die fünfhundert Dollar in der Kommode in meiner Wohnung zurück und schnappte mir die Schaufel, bevor ich hinausging und nach dem Wagen sah. Er stand, wie ich mir gedacht hatte, auf der Franklin. Ich legte die

Schaufel in den leeren Kofferraum, ging zurück in Corrinas Bungalow und hielt mich dabei am Rand des Weges. Dann ging ich ins Schlafzimmer, um mit dem Tanz zu beginnen, Corrina aus der Tür zu bekommen. Zuerst stellte ich sie auf, mit einem Arm um ihre Hüfte und ihrem über meiner Schulter, sodass jeder, der uns sah, annehmen würde, sie sei betrunken. Die Lichter im Innenhof waren immer noch aus, doch das hatte nichts zu bedeuten; wie viele Male hatte ich aus meiner dunklen Wohnung hinausgeschaut, wenn sie in die Nacht hineinschrie? Aber das spielte jetzt keine Rolle. Ich hatte keine andere Wahl. Jetzt wurde es Zeit, und es gab nichts weiter zu tun.

Ich kämpfte mich mit Corrina bis zur Haustür, und gemeinsam traten wir hinaus in die Nacht. Sie war schwerer, als ich angenommen hatte, oder unhandlicher; als ich die Stufen hinunterging, ließ ich sie fast fallen. Ich dachte nicht darüber nach, dass sie tot war – ich konzentrierte mich auf die Aufgabe. Sie war eine Fracht geworden, ein Job, eine zu erledigende Aufgabe. Sie war nicht länger ein Mensch. Es war erstaunlich, wie schnell das Leben uns verlassen konnte. Erstaunlich, wie schnell wir zu einer Scheibe Fleisch werden konnten. Zu leben war schwer, zu sterben einfach. Sie hatte ihr Elend jetzt hinter sich, aber ich … ich trabte direkt in meines hinein.

Sie bis zum Bürgersteig zu bringen dauerte eine Weile. Ich hielt die ganze Zeit den Atem an – zumindest fühlte es sich so an. *Bemerkt mich nicht, bemerkt mich nicht:* ob nun Gebet, Mantra oder Wunschdenken, die Worte veranstalteten in meinem Kopf ein Stakkato. Alle meine Sinne waren geschärft. Es war, als könnte ich alles sehen und hören. Nicht nur hier, sondern überall in der Stadt. Wenn ich mich stark genug konzentrierte, konnte mein Blick die Wände durchdringen.

Und dann, als ich gerade mittendrin war, wusste ich, dass nichts passieren würde. Ich wusste, dass ich ungeschoren davonkäme.

Das war meine Strafe, davonzukommen, mit dem Wissen von alldem zu leben, was ich angerichtet hatte. Niemanden kümmerte es, es war wie beim Fall Kitty Genovese. Wenn überhaupt, dann waren sie erleichtert. Erleichtert, weil jetzt Ruhe herrschte und niemand mehr schrie. Und ich? Ich war unsichtbar, ein Würgeengel. Der Weg, der vor mir lag, war klar.

Im Wagen ließ ich sie auf den Beifahrersitz fallen und schloss die Tür. Nur für den Augenblick, nur bis ich von hier weg war. Ich versuchte, nicht hinzusehen, während ich zur Fahrerseite ging und dann losfuhr. Ein paar Blocks weiter südlich endete eine kleine kurze Sackgasse vor der 101. Ich parkte im Schatten des Freeways und packte Corrina in den Kofferraum. Nachdem sie verstaut war, setzte ich mich wieder hinters Steuer, fand die Auffahrt und fuhr durch die schreckliche Dunkelheit in Richtung des Lichts, von dem ich wusste, dass es kam, das Licht, das mich gleichzeitig verdammen und erhellen würde.

Eine Weile fuhr ich ziellos durch die Gegend. Ich hatte eine grobe Vorstellung, wohin ich wollte, mochte aber noch nicht dorthin fahren. So seltsam es klingt, fühlte ich mich in dem Wagen frei. Solange ich durch die Gegend fuhr, war noch nicht wirklich etwas passiert. Der Freeway war leer, und die Bänder gerissenen Asphalts, die sich vor mir in die Dunkelheit hinein erstreckten, schimmerten grau wie Flüsse voller kleiner Fische. Ich war jetzt einer dieser Fische, gefangen in der Strömung. Durch das geöffnete Fenster trieb eine kalte mitternächtliche Brise herein, und vom Straßenbelag stieg wie Dunst der Geruch von Öl auf. Es war so lange her, seit ich eine Nachtfahrt unternommen hatte, seit ich in den frühen Morgenstunden, im wahrsten Sinne des Wortes ganz allein, in einem Auto gesessen hatte. Beim letzten Mal war ich noch verheiratet gewesen – oder genauer gesagt ging meine Ehe da gerade auseinander. Damals lag ich oft im Bett, bis meine Frau eingeschlafen war, bevor ich so leise aufstand wie ein

Killer in der Nacht. Ich zog Hose, Hemd und Schuhe an, ging geräuschlos über den Teppich zur Haustür und schrieb ihr eine SMS, wenn ich draußen war. *Fahre in der Gegend herum. Zurück um 8.* Dann schaltete ich mein Handy aus und stieg in den Wagen. Der Wagen, ja, der Wagen, den ich verloren hatte, als die Ehe zu Ende ging, der Wagen, den ich nicht mehr brauchte. Zu dem Zeitpunkt hatte ich das Trinken entdeckt — oder nicht entdeckt, sondern mich ihm hingegeben. Warum gehen, wenn man sich von den Erinnerungen und seinem Körper absentieren konnte, wenn man die Qualen seiner Träume außer Kraft setzen konnte? In der Zeit davor, bevor ich meine Frau verloren hatte, als ich noch nicht wusste, dass Konsumware ein Trost sein konnte, etwas, das man kaufen und verkaufen konnte. Ich fuhr die 10 raus, an Pomona vorbei, um vielleicht in Claremont oder Fontana abzufahren und die Landstraßen zu nehmen. Südlich des Freeway erstreckten sich die Gleise der Southern Pacific durch die Landschaft wie die Ruinen einer gescheiterten Zivilisation. Ich liebte die Züge, manchmal fuhr ich tagsüber hier raus, nur um sie zu sehen, die Flachwagen und die Güterwagen, all dieser Kommerz, all diese rollende Ware. In ihrer Gegenwart war es beinahe möglich, an etwas zu glauben: an eine Art Ordnung, oder zumindest eine Macht, eine Art von Gewissheit und Form. Seit anderthalb Jahrhunderten rollten Züge hier heraus; sie waren eine gebaute Konstante in einer unbeständigen Landschaft, der die Feuer und Fluten nichts ausmachten. In den stillen Stunden waren die Gleise jedoch nichts weiter als eine verschmierte Dreckspur, ein Flüstern, ein Atemzug in der leeren Dunkelheit, etwas halb Vergessenes aus einem Traum oder Albtraum.

Wenn man in Los Angeles lebte, ging es natürlich darum, zu vergessen. Das sagte jeder. Ich sah das jedoch anders. Für mich ging es weniger um das Vergessen, sondern vielmehr um die Distanz: ein Hilfsmittel, ein Mechanismus, um wegzukommen. Ich erinnere mich noch ganz genau an diese Fahrten, die ich unternommen hatte, so wie ich mich an diese eine erinnern würde, besonders an ihre Tragweite und das Tempo. Nachdem ich schließlich umgekehrt und Richtung Westen gefahren war, schaffte ich es in elf Minuten aus der Innenstadt nach Santa Monica. Der Prius war in beide Richtungen das einzige Auto auf der Straße. Ich gab Gas, fuhr erst hundertdreißig, dann hundertfünfzig – dumm, aber ich konnte nicht widerstehen. Was, wenn ich angehalten wurde? Ich wusste noch nicht mal, wo die Fahrzeugpapiere waren, von meinem Führerschein ganz abgesehen, der sowieso abgelaufen war. Und dann war da noch … nun, das sprach ich besser nicht aus. Besser, mir nicht einzugestehen, was ich wusste. Ich spürte die Last der Umstände, die sich mit der unangenehmen Beharrlichkeit eines Leichentuches auf meine Schultern legte.

Ich folgte der 10 durch den McClure-Tunnel und dann dem Pacific Coast Highway nach Norden. Ein paar Meilen weiter kam ich nach Malibu, wo ich in eine der Canyon-Straßen einbog. Ich war schon mal hier gewesen, doch das war lange her, und ich hätte nicht sagen können, was sich verändert hatte. Ich spürte, wie Teile meines früheren Selbst dahergetrieben kamen, wie lose Blätter, erfasst von einer Brise. Die Luft war sehr salzhaltig, der schmierige Geruch des Pazifik, der, so hungrig wie die Zunge eines Beutejägers, an der Küste leckte.

Hier oben war es stockfinster, und die zweispurige Asphaltstraße wand und schlängelte sich. Ich fuhr in Kurven in die Berge hoch und bemerkte dabei die schwachen grauen Umrisse der von der Straße zurückgesetzten Häuser. Es war drei Uhr morgens, und niemand schien wach zu sein. Eine Kurve, dann noch eine, und nun war ich im kalifornischen Hinterland, verlassen unter Sternen, als wäre ich der letzte lebende Mensch auf Erden. An einem Aussichtspunkt hielt ich an, kein offizieller, sondern ein breiteres Stück Straßenrand auf einem abgeflachten Bergrücken. Meine Frau und ich waren mal hier gewesen, in dieser Ecke des Countys, die, wie ich mir gern ausmalte, genauso aussah wie in den Tagen der Tongva, bevor die Stadt gebaut wurde. Südkalifornien war voll von diesen kleinen Flecken Wildnis, Orte, an denen, wenn man blinzelnd in die richtige Richtung schaute, die letzten vierhundert Jahre Geschichte ausgelöscht schienen. Das war es, was ich mir wünschte – Auslöschung, Verschwinden, nicht von mir, sondern von der Welt. Ich wollte in einer leeren Landschaft leben, ohne Verbindungen, Kontakte und andere Menschen, nichts und niemand außer mir selbst. Man könnte es Solipsismus nennen, obwohl ich erfahren habe, dass Solipsismus komplizierter ist, als es scheint. Mich kennzeichnete das, was die Philosophen *metaphysisch* nennen. Aber was verstehe ich schon von Philosophie? Für mich bestätigte es nur das, was ich bereits wusste.

Das Problem war, dass Wissen überhaupt nichts veränderte. Was man weiß, kann eine Illusion oder eine Lüge sein. Was man weiß, kann einen gefährden. Nehmen wir diese Situation. Schon bald würde die Nacht an ihren Rändern in den frühen Morgen übergehen und der Horizont sich wie ein Bluterguss von Schwarz zu Lila verfärben, ein Lila, das zu einem Rosa erbleichen würde. Jetzt, da ich hier war, hätte ich die Zeit am liebsten wieder angehalten, aber dafür gab es nur einen Weg. Einen Weg? Nicht mal das. Wie die Lebenden unterlagen auch die Toten noch dem Zwang der Zeit. Corrina … sie wusste es wahrscheinlich nicht mehr, doch sie war hier, ein Hindernis, um das ich mich kümmern musste, eine Straßenblockade mitten in meinem Leben. Ich hätte sie einfach in ihrem Bungalow liegen lassen können. Aber wie konnte ich das tun? Ich wollte nicht, dass sie gefunden wurde.

Die Zeit würde nie irgendwen von uns in Ruhe lassen.

Ich öffnete den Kofferraum, holte die Schaufel heraus und vermied es, die andere Fracht anzusehen. In der Dunkelheit war es einfacher, als ich gedacht hatte, fast so, als hätte ich mir das alles nur eingebildet. Ich verschloss den Kofferraum, sperrte ihn zu und rutschte die Rückseite des Hügels hinter dem Kamm hinunter. Strandroggen, Baccharis, Weißblättriger Salbei und Schafgarbe: Das Gestrüpp war hartnäckig. Ich spürte, wie die Kletten an meinen Hosen und Fußgelenken zupften, ähnlich Händen, die entschlossen waren, mich hinunterzuziehen.

Am Fuße des Abhangs befand sich eine Lichtung in einem Wäldchen aus Weiden und Kresotbüschen. Meine Frau und ich hatten es am Ende unserer Ehe besucht, eine desolate und gefährliche Zeit. Wir hatten gegenseitig bei uns Schaden angerichtet, das begriffen wir, obwohl keiner von beiden Reparaturen vornehmen wollte. Wir schwenkten von Schweigen um in wilde Hemmungslosigkeit und unternahmen riskante und extreme Dinge. Das hier gehörte in die letztere Gruppe, riskante Unternehmungen, wegen des Wagens, den wir oben auf dem Seitenstreifen stehen gelassen hatten. Doch das war schließlich Teil des Nervenkitzels, oder? Dass jemand, vielleicht die Polizei, denken könnte, wir befänden uns in einer misslichen Lage, und käme, um nach uns zu sehen, und dass wir dann entdeckt würden. Und nun war ich wieder hier, unter ähnlichen Umständen, und hoffte, die Dunkelheit würde mich schützen. Was würde ich sagen, wenn ein Polizist, dessen Taschenlampe die Dunkelheit durchschnitt wie eine Klinge, oben am Kamm auftauchte, auf der Suche nach dem Fahrer des Prius? Ich konnte nirgendwohin, mich nirgendwo verstecken, und hatte weder eine Ausrede noch eine logische Erklärung parat. Der Gedanke schickte einen scharfen, zuckenden Stromstoß durch meine Eingeweide und zog meinen Schließmuskel zusammen. Ich holte tief Luft und machte mich an die Arbeit.

Ich hob am Ende der Lichtung eine flache lange Grube aus, weniger ein Grab als eher eine Geste der Verschleierung, ein Ort, um sie zu verstecken. Die Erde war steinig und widerspenstig, und ich brauchte all meine Kraft, um die Form hinzubekommen, damit die Grube lang und breit genug war. Ich grub, so tief ich konnte, besaß aber nicht die notwendige Stärke, und auch die Schaufel war nicht dafür gemacht. Dennoch schritt die Zeit voran; ich sah es am Himmel. Gerade als ich eintraf, war die Dunkelheit weicher geworden, und es dämmerte, mit dem Versprechen auf Licht. Ich mochte nicht daran denken. Ich wollte nicht wissen, wie spät es war. Dieser Stromstoß in den Eingeweiden, diese Hitze, durchfuhr mich erneut … keine Angst, aber etwas in der Art, eine ätzende Qual. Ich schluckte sie herunter.

Und dann war sie fertig, oder fertig genug. Es war Zeit, sich um den finalen Teil zu kümmern. Ich kraxelte den Abhang hoch, um sie herunterzubringen. Sie wartete bereits auf mich, und als ich sie hochhob, hatte ich plötzlich meine Hochzeitsnacht vor Augen, wir beide, meine Frau und ich, ein bisschen betrunken, ein bisschen albern, als ich sie über die Türschwelle unseres Hotelzimmers getragen hatte. Der Abend war sehr ähnlich diesem hier gewesen, nächtliche Kühle, die einer bitteren Hitze auf den Fersen war. Auch in jener langen Nacht sahen wir zu, wie es am Firmament heller wurde, es schrittweise von Pflaumenblau über Lavendel zu Gold überging, und die Sonne über den Horizont linste, bevor sie sich wie ein Leuchtfeuer in den Himmel erhob. Ich weiß noch, dass ich sie beinahe fallen gelassen hätte; es war seltsam, einen anderen Menschen zu tragen. Kichernd hatten wir mit der Tür gerungen.

Nun, das war lange her. In einem anderen Leben, in einer anderen Welt. Heute Nacht kicherte ich nicht, sondern schleppte Corrina mühsam wie einen Sack Kohle. Am einfachsten war es, sie über die Schulter zu legen. So musste ich die geschwungene Linie ihres Kinns nicht sehen, die blauen Strähnen im Haar und die offenen Augen, die aus dem Schlund ihrer eigenen Leere starrten. Aber das Gestrüpp war anderer Ansicht – wieder zupfte es. Ein paar Meter unterhalb des Kamms verlor ich das Gleichgewicht, und als ich stolperte, rutschte sie mir aus den Händen. Corrina purzelte den Hang hinunter, ihre Leiche schnitt eine Bresche durch das Gestrüpp. Ich folgte ihr schlitternd und versuchte nicht mal, mich abzufangen.

Am Fuße des Hügels schulterte ich sie ein weiteres Mal, schleppte sie zu der Grube, die ich ausgehoben hatte, und legte sie hinein. Das Loch war breit genug, aber viel zu flach, was ich schon sehen konnte, als ich die Erde wieder darüberschaufelte. Sie sah mich immer noch mit diesen Augen an, mit den lavendelfarbenen Flecken, weniger flehend als eher … bestätigend. Der Himmel wurde langsam grau, und ich war ungeschützt, als ich draußen, in der Nähe der Straße, mit einer Schaufel arbeitete. Es gab nichts weiter zu tun, als die Sache zu beenden – obwohl es, nachdem ich die Erde darüber gebreitet und festgeklopft hatte, nur eine extrem dünne Schicht war. Es war nur eine Frage der Zeit, bis der Wind oder der Regen sie freilegte oder ein Tier ihren Geruch witterte und sie ausbuddelte. Ich hatte Spuren hinterlassen, und die würden entdeckt werden, würden denjenigen, der suchte, egal wer, den ganzen Weg den Pacific Coast Highway zurück, auf den Freeway und über die Ebene zu meiner Bungalow-Anlage führen. Einen Würgeengel. Wie kam ich nur auf die Idee, ich würde unentdeckt bleiben? Ich bekam Panik, die in mir aufstieg, wie ein kalter Finger hinten in meinem Rachen.

Eine kurze Weile tigerte ich in einem gezackten Kreis auf der Lichtung auf und ab. Ich konnte nichts anderes tun, als auf mein Glück hoffen. Ich kletterte den Hang wieder hoch zum Prius und öffnete den Kofferraum, um die Schaufel hineinzulegen. Und da sah ich sie: die zweite Einkaufstüte. Wie war sie dort hingekommen? Drinnen sah ich den Flüssiganzünder, die Streichhölzer und die Tüte Briketts. Ich versuchte, mich daran zu erinnern. Ich hatte die leere Tüte benutzt, um ihre Handtasche darin zu verstecken, aber die hier? Ich hatte sie auf dem Küchentresen liegen lassen. Ich wusste, dass es so war. Dieser kalte Finger hinten in meinem Rachen wurde dicker und wuchs sich zu einem erstickenden Druck ihrer Finger um meinen Hals aus.

Und doch, hier war sie, die Antwort auf eine Frage, die mir gar nicht in den Sinn gekommen war. Es war egal wie es geschehen war. Es zählte nur, dass es passiert war. Nennt es Blackout oder Segen. Nennt es ein Wunder oder ein Rätsel. Wie immer ich es auch sehen wollte, es war ein Geschenk des launenhaften Himmels. Ich schüttelte die Flasche mit dem Flüssiganzünder. Dem Etikett nach gut 350 Milliliter – und sie war voll. Ich steckte sie zurück zu den Streichhölzern und den Briketts und trug alles den Hügel hinunter.

Im Morgengrauen lag ihre Leiche so still da wie auf einem Friedhof. Ich hielt den Atem an und konnte mir beinahe die Anwesenheit einer Gestalt oder eines Geistes vorstellen, keinen Gott, sondern eine andere Wesenhaftigkeit, ein Monster aus einer anderen Zeit. Ich hatte etwas über den Geist Tahquitz und die Chupacabras gelesen – doch das hier fühlte sich nicht so an. Eher wie die Dark Watchers, diese Phantome, die in der Abenddämmerung in den Santa Lucia Mountains in der Nähe von Monterey auftauchen. Monterey war nicht Malibu, und das Morgengrauen war nicht die Abenddämmerung, doch vielleicht waren sie auf eine umgekehrte Art nah genug. Mit Sicherheit gab es in diesen Bergen Monster und die Überreste jener, die ihren Weg gekreuzt hatten. Man könnte behaupten, dass das auch Corrina zugestoßen war, obwohl ich es lieber nicht so sah.

Als ich zu ihr zurückkehrte, hielt ich den Blick auf den Boden gerichtet und sammelte loses Gestrüpp und leichtes Feuerholz. Ich stapelte alles auf dem Erdhaufen, unter dem sie lag. Dann ging ich zurück, sammelte dickere Äste und legte sie obenauf. Als ich fertig war, streute ich die Briketts darüber und begoss alles von vorn bis hinten mit Flüssiganzünder, bis die Flasche leer war. Bei dem Geruch des beißenden Destillats aus Rohbenzin und Kerosin tränten mir die Augen. Als Nächstes öffnete ich die Streichholzschachtel und zog ein erstes dünnes Holzstäbchen heraus. Ich wurde das Gefühl nicht los, das das hier Absicht gewesen war: die Art und Weise, wie alle Teile zusammenpassten und einen Sinn ergaben. Man könnte es Vorherbestimmung nennen, nur dass ich nicht wusste, was das bedeutete. Man war für sein eigenes Glück verantwortlich, musste sich in der Welt seinen eigenen Weg erkämpfen. Ich entzündete ein Streichholz und ließ es auf die Briketts und Äste fallen; es verlosch, bevor irgendetwas Feuer fangen konnte. Das zweite Streichholz war wirkungsvoller, ebenso das dritte und vierte – leicht und einfach, nicht zu dramatisch, und dann leckten die ersten Flammen an dem Anmachholz, so wie der Ozean am Ufer leckte.

Nun war es Zeit zu gehen, Zeit, auf Wiedersehen zu sagen. Doch zunächst musste ich auf Nummer sicher gehen. Ich streute den Rest der Streichhölzer über die wachsende Feuersbrunst; kleine Phosphor-Salven funkelten. Ich stand eine weitere Minute da und sah zu, wie die Flammen Corrina von dieser Erde tilgten. Es war, als ob, mit dem Abschluss dieser Vorwärtsbewegung, die Zeit begonnen hatte, sich rückwärts zu bewegen, und ich würde zu Haus ankommen und feststellen, dass nichts von dem hier je stattgefunden hatte. Natürlich war das mal wieder Wunschdenken. Doch in dem Augenblick stellte ich mir vor, dass es mich in einen Zustand der Gnade führen könnte. Der Morgen dämmerte, und der Himmel erhellte sich mit der Eile des beginnenden Tages, wie ein Tier, das aus dem Schlaf erwacht. In der Stille des Canyons konnte ich den Wind in den Eukalyptusbäumen und den Platanen rauschen hören. Das Feuer breitete sich immer weiter aus; inzwischen konnte ich die Hitze spüren, und es roch nicht mehr nach Flüssiganzünder, sondern nach brennendem Holz. Ich streckte in der Kühle des Morgens meine Hände aus, um sie zu wärmen.

Dann drehte ich mich um und ging wieder den Hang hoch, um in die Stadt zurückzukehren, jedoch nicht, bevor ich in die Tasche gegriffen und den USB-Stick herausgezogen hatte, den ich mitten ins Feuer warf.

Ich fand einen Platz in einer der kleinen Straßen südlich der Franklin, in dem amorphen Gebiet zwischen den Mietshäusern Hollywoods und den Bergen. Dies war das Los Angeles, in dem ich mich wohlfühlte, es war weder das eine noch das andere, weder hier noch dort. Irgendwann würde der Prius einen Strafzettel bekommen oder abgeschleppt werden, doch das war nicht mein Problem. Ich öffnete das Handschuhfach, nahm den Fahrzeugschein heraus und wühlte den Rest der Papiere nach etwas durch, das den Wagen mit ihr in Verbindung bringen könnte. Ich dachte darüber nach, die Nummernschilder abzuschrauben, doch das wirkte zu verdächtig; ich wollte keine Aufmerksamkeit auf mich ziehen. Dann erhaschte ich einen Blick auf mein Gesicht im Rückspiegel und sah die Kratzwunden, doch dafür war es viel zu spät.

Ich öffnete den Kofferraum, holte die Schaufel und die Einkaufstüte heraus, die die leere Brikett-Tüte und die leere Flasche Flüssiganzünder enthielt. Den Fahrzeugschein stopfte ich in meine Tasche. Ich hatte das Gefühl, ich hätte etwas vergessen, konnte aber nicht sagen, was. Es war kurz nach sechs Uhr morgens, und im Norden und Westen sah man den blassen Horizont hinter einer dünnen Schicht Morgennebel. Hier fühlte die Luft sich dick an, beengend, und man bekam schwer Luft.

Ich schloss den Wagen ab und ging.

Zu dieser frühen Morgenstunde sahen alle Leute in Hollywood so schlecht aus wie ich. Das war die gute Nachricht. Die Touristenläden waren noch nicht geöffnet; die Obdachlosen schliefen in Hauseingängen oder in Zelten unter den Freeway-Brücken, ihre Habseligkeiten fest zusammengebunden auf dem Platz, wo sie lagen. Auf der Yucca Street ließ ich die Schaufel in einen Müllcontainer fallen und die Einkaufstüte nur ein paar Blocks weiter in einen weiteren. Ich zerriss Corrinas Fahrzeugschein und warf die Schnipsel in die Luft, wo eine leichte Brise die Fetzen kurz um meinen Kopf wirbelte wie eine Aschewolke.

Ich hielt mich an die Seitenstraßen; das schien mir am sichersten zu sein. Whitley, Cherokee, Las Palmas – schlichte Midcentury Dingbats mit offenen Carports und billigen Wohnungen, Mietshäuser und heruntergekommene Craftsman-Häuser, alle überzogen von Staub und Dreck. Die Leute denken bei Hollywood nicht an einen Ort; für sie ist es eine Marke. Sie reden davon, als wäre es magisch, aber für mich ist es genau das Gegenteil, ein ausgedehntes Wohnviertel, das sich mit seinen durchgesackten Holzhäusern und all diesen Gärten mit ihren Maschendrahtzäunen selbst entblößte. Nicht dass es erledigt wäre, obwohl die Resignation in diesen Straßen wohnt. Aber das galt auch für die Familien, die arbeitenden Menschen, Pförtner, Automechaniker, Putzfrauen und Kinder, die nach der Schule Skateboard fuhren. Hier war nichts schick, hier gab es nichts als Wünsche, Sehnsüchte und Frustration, zu wenig Geld und nicht genug Zeit. So wie es für jeden im Fegefeuer der Stadt war, in einer anderen Welt als den Villen auf den Bergen.

Und ich, ich steckte tief in diesem Fegefeuer. Wen wollte ich hier verarschen? Da steckte ich schon immer. Hollywood war ein Ort, um verloren zu gehen. Und wie sich herausstellte, passte es mir gut, verloren zu gehen. Gesehen zu werden war das Letzte, was ich wollte, besonders an einem Morgen wie diesem, an dem mein Gesicht zerkratzt war und meine Kleidung nach Benzin stank.

Dann, nur ein paar Blocks von der Bungalow-Anlage entfernt, wurde die Stille von einer verschwommenen Bewegung durchbrochen, und der Wanderer kreuzte meinen Weg. Er trug wie üblich sein braunes UCLA-Sweatshirt und schien in Gedanken verloren zu sein. Er hatte wirres Haar, die Augen leuchteten, und sein Blick brannte sich mir in die Haut. Als ich mich näherte, schien er mich zornig anzusehen. Dann begann er zu reden.

»Ich habe es für dich zurückgelassen«, sagte er mit belegter, kehliger Stimme. »Ich habe es zurückgelassen, damit du es findest.«

*Was?*, wollte ich fragen. *Wovon redest du, alter Mann?* Doch es war, als sei der Zauber gebrochen, als gäbe es jetzt, nachdem er gesprochen hatte, nichts weiter zu sagen. Ich wartete einen Moment und fühlte mich nicht länger unsichtbar. Als ich die Straße überquerte, starrte er mir hinterher.

Ich zwang mich, nicht zurückzublicken.

In der Bungalow-Anlage war alles ruhig. Ich sah ein paar Lichter und hörte das leise Gemurmel von Nachrichten, die aus einem offenen Fenster trieben, und der Morgen fühlte sich zwar nicht ganz sicher, aber doch nach etwas an, das Ruhe ähnelte. Ich holte tief Luft. Mein Bungalow war gerade mal zehn Meter entfernt. Zehn Meter, und ich war frei. Ich wollte rennen, behielt aber mein Tempo bei. Kein Grund, jetzt noch etwas zu übereilen.

Drinnen verschloss ich die Tür, ließ die Jalousien herunter und schenkte ich mir einen Drink ein. Als ich daran nippte, spürte ich, wie die Anspannung nachließ und die Wärme sich in meinen Gliedern ausbreitete. Ich trank aus und schenkte mir einen weiteren Drink ein. Was kümmerte es mich, dass es noch keine sieben war? Ich hatte eine lange Nacht hinter mir, hatte hart gearbeitet, und nun suchte ich an einem Ort Schutz vor dem Sturm, von dem ich erst erfuhr, dass er kam, als er bereits eingetroffen war. Was, hatte ich mir gedacht, würde passieren? Es war eine Frage, von der ich nicht wusste, wie ich sie beantworten sollte. Ich wollte mich zurückziehen, mich verstecken, bis ich in Vergessenheit geraten war, und mit mir alles, was ich je getan hatte.

Ich schenkte mir einen dritten Drink ein, stellte die Musikanlage an und drehte die Lautstärke so weit herunter, dass ich es gerade noch hören konnte. Über die Lautsprecher erklangen die blechernen Hochtöne einer Akustikgitarre und dann der hohe schöne Tenor von Bukka White, der sich wie eine Klage oder ein Lamento erhob. *Parchman Farm Blues,* aufgenommen 1949 in Chicago, nachdem er drei Jahre im Staatsgefängnis von Mississippi – dem berüchtigten Parchman – verbracht hatte, weil er jemanden umgebracht hatte, von dem er beharrlich behauptete, es sei Notwehr gewesen. Nun, auch ich hatte in Notwehr gehandelt. Welche andere Wahl hätte ich denn gehabt? Sie hatte mich angegriffen. Ich hatte die Kratzer, die das bewiesen, oder nicht? Ich holte mein Handy heraus und schoss ein Selfie, dann noch eines, bevor ich beide Bilder vergrößerte, wobei mein Gesicht sich verzerrte. Das Blut war getrocknet, doch jetzt bildete der Schorf auf meinem Gesicht eine gezackte Matrix zorniger Linien.

Ich dachte darüber nach, alles zu säubern, doch wer sollte mich schon sehen? Der Wanderer war noch da draußen, streifte durch die Straßen wie ein Dark Watcher, aber er war mir egal. In der nächtlichen Stadt hatte ich befürchtet, geschnappt zu werden, doch ich hatte mich durch die Gegend bewegt wie ein unsichtbarer Engel oder Geist. Als wäre ich selbst ein Dark Watcher am Saum zwischen Tag und Nacht. Vielleicht war es das, was er mir hinterlassen hatte. Vielleicht hatte er mich deswegen so böse angesehen. Wie dem auch sei, was immer ich war oder gewesen sein könnte, hatte sich dort draußen echt angefühlt, als stünde etwas auf dem Spiel. Jetzt wollte ich den Makel tragen. Wollte gezeichnet sein.

So lange ging es in meinem Leben darum, nichts zu fühlen. Es ging in meinem Leben darum, betäubt zu sein. Doch was immer sonst noch passiert war, nun fühlte ich mich anders. Stattdessen war es, als wäre ich … entfesselt, als rührte sich ein Tier in meiner Seele. Ich fühlte mich durch Wut und Gewalt geweiht. Ich dachte an den Mann, der wegen der Autobrandstiftungen verhaftet worden war, von dem alle sagten, sie könnten ihn nicht verstehen. Er sei von Verlust getrieben worden, sagten sie, natürlich sagten sie das, doch ich wusste, dass es anders war – dass diese Brände aus Wut und Rache gelegt worden waren, aus dem Bedürfnis oder dem Wunsch heraus, zurückzuschlagen. Kurz dachte ich an das Feuer, das ich selbst gelegt hatte, bevor ich es aus meinen Gedanken verbannte. Ich würde erfahren, wir alle würden schon früh genug erfahren, wie das gelaufen war. Bis dahin wollte ich einfach nur hier im Windschatten sitzen, an einem Morgen, der kein Morgen war, einem Morgen, der sich immer noch wie Nacht anfühlte. *Wir sehen uns in der Kirche,* hatte ein Barkeeper, den ich mal kannte, am Samstag, wenn er den Laden zumachte, immer gesagt. Die Idee war, dass man sündigen musste, damit man etwas hatte, weswegen man beten oder Buße tun konnte. Dazu konnte ich nichts sagen; jedes Gebet, das ich je geäußert hatte, war unbeantwortet geblieben.

Deswegen betete ich nicht.

Ich schenkte mir einen letzten Drink ein – *nur noch einen,* sagte ich mir – und tappte mit dem Fuß zu Bukka White, als er davon sang, wie der Richter ihm an diesem Morgen lebenslang gegeben hatte, unten auf der Parchman Farm.

## Question Number Eight:
## Is It A Date?

Eine kleine Weile glitt ich dann aus der Zeit. Auf Grund gelaufen, gejagt, obwohl niemand, wie es schien, nach mir suchte. Am ersten Tag schlief ich die meiste Zeit, stand nur auf, um auf die Toilette zu gehen und ein- oder zweimal, um etwas zu essen. Ich schlief rastlos, eine Serie von kleinen Unwettern, eher halluziniert als geträumt. Ich verlor mich, meine Orientierung und mich als Person. Ich glitt ab, wusste nicht mehr, wer und wo ich war. In der Dunkelheit war es, als sei ich begraben. Kein Licht, kein Stimulus – ein Kokon, vermute ich, obwohl ich den Punkt der Metamorphose bereits überschritten hatte. Eher die umgekehrte Metamorphose, als hätte ich mich in einen riesigen Käfer verwandelt. Einmal im Bad erhaschte ich einen Blick auf mein Gesicht im Spiegel und erkannte es fast nicht wieder: mehrere Tage alte Bartstoppeln und diese langen, roten, zornigen Kratzer, ein Beweis dafür, wo ich gewesen war. Je weiter ich mich davon entfernte, desto mehr fühlte auch das sich an wie ein Traum oder eine Halluzination, etwas, das nicht passiert sein konnte, was dasselbe war wie zu sagen, dass es nie geschehen war.

Als das Klopfen einsetzte, hörte es sich an, als käme es von unter Wasser, wie die Geräusche, die ein Boot im Sturm macht. Bumm, und dann wieder, tief unten entlang des Rumpfes: Bumm. Ich lag im Bett, unter einem dünnen Laken, total verschwitzt. Es war heiß, doch mir war nicht nach Linderung. Ich wollte überhaupt keine Behaglichkeit.

Ich kümmerte mich gefühlt mehrere Minuten nicht um das Klopfen. Die Dunkelheit verfinsterte alles. Meine Handflächen begannen zu kribbeln, und von meinem Hinterkopf stieg ein Summen auf. Welcher Tag war gerade? Wer konnte das noch sagen? War es möglich, dass ich entdeckt worden war. Letztendlich war ich vorsichtig gewesen, da war ich mir sicher. Niemand außer dem Wanderer hatte mich auf dem Heimweg gesehen. Ich war im Morgengrauen so durchscheinend wie ein Funke durch die Straßen getrieben, eine Rauchschwade in (annähernd) menschlicher Gestalt.

Mein erster Gedanke war, es zu ignorieren, doch das schien unklug zu sein. Wenn es die Polizei war, würden sie sowieso auf die eine oder andere Art durch die Tür kommen. Ein Zögern würde nur die Aufmerksamkeit auf mich lenken, was ich weder wollte noch brauchte. Die Lösung war, sich bedeckt zu halten, unauffällig, der Schatten zu sein, der ich gern sein wollte. Die Lösung war, sich unantastbar zu machen, über allem zu schweben, bis die Angelegenheit sich abgekühlt hatte und nicht weiter wichtig war. Mein Kopf war benebelt, doch das war nichts Ungewohntes. Ich stand auf und bewegte mich langsam aus dem Schlafzimmer, der Teppich rau und ätzend unter meinen Füßen.

Der Vorhang im Wohnzimmer hatte einen blassen Saum: ein Lichtgeist, nur ein Gerücht, ein Flüstern, das den verblichenen Rand des Tages durchbohrte. Es bedeutete, dass es entweder früher Morgen oder früher Abend war. Beides, stellte ich fest, war mir gleichgültig. Ich hatte mich von der Zeit zurückgezogen, genauso, wie ich es immer gewollt hatte. Ich hatte mich von dem Tumult der Welt entfernt. Doch das war nur Wunschdenken, oder? Denn hier war die Welt wieder, stürzte sich wie immer auf mich und trommelte gegen meine Tür.

Ich hatte nicht erwartet, Sylvia zu sehen, oder vielleicht hatte ich sie vergessen, hatte sie auf der Lichtung bei Corrina in der Vergangenheit zurückgelassen. Doch hier war sie, stand auf der Treppe, als ich die Tür öffnete. Ich zuckte zusammen, als könnte sie mich angreifen; krümmte mich wie ein Tier, das fürchtet, geschlagen zu werden. Ich zog den Kopf ein und wich zurück, und in dem Moment gab ich meine Macht ab, obwohl ich ihr gegenüber sowieso noch nie Macht besessen hatte. Sylvia beobachtete mich und ihre Lippen verzogen sich zu einem gepressten Grinsen. Es war keine Heiterkeit, sondern Häme, die sich für mich darin spiegelte, als hätte sich etwas Verstecktes, eine Art Geheimnis, gerade bestätigt.

»Haben Sie sich geprügelt?«, fragte sie ohne Einleitung und zeigte auf mein Gesicht.

»Habe mich beim Rasieren geschnitten«, sagte ich.

Sie lachte, ein kurzer, scharfer Ausbruch, der knisterte wie eine Flamme.

Dann ging sie um mich herum und betrat das Wohnzimmer. Im Vorbeigehen erhaschte ich einen Hauch ihres Parfums. Es roch nach Geld, als wäre die Essenz eines Privilegs, einer Selbstsicherheit, destilliert worden. Ich stand da und wartete darauf, dass es verflog. Ich mochte nicht hineingehen. An der Stelle, wo sie gestanden hatte, war der Himmel bernsteinfarben. Unter dem Parfum bemerkte ich den schärferen Geruch von Rauch.

Drinnen schaute Sylvia sich um, als wäre sie angeekelt. Die Luft war abgestanden, und auf fast allen Oberflächen lag eine Staubschicht. Ich ging und schloss die Schlafzimmertür; als ich zurückkehrte, hatte sie sich – vorsichtig, als wolle sie sich nicht beschmutzen – auf die Kante des Sofas gesetzt. Mir kam in einem Flashback der erste Abend, als Corrina hergekommen war, in den Sinn; sie hatte an derselben Stelle gesessen. Gesessen? Sich betrunken hingefläzt, die Beine ausstreckt, als wäre sie hier zu Hause. Ich wusste noch, wie ich das Badezimmer putzen musste und wie danach alles weitergegangen war. Hätte ich nur nicht die Tür aufgemacht. Hätte ich sie nur weiter schreien lassen. Es war die letzten paar Nächte (wie lange?) ruhig gewesen, doch das war trügerisch, schloss den Lärm in meinem Kopf nicht ein. Und hier war ich nun wieder und hatte erneut die Tür geöffnet, befand mich wieder mit einer neuen Wildcard im Raum.

Sylvia wiederum war die Beherrschung in Person. Sie blieb so lange still, dass ich mich schon fragte, ob sie mich je wieder zur Kenntnis nehmen würde. Es war ein Wartespiel, doch ich hatte das Warten satt. Ich wollte das Warten hinter mir haben. Ich wollte diese Leute hinter mir lassen, wie Figuren in einem Roman, den ich nicht länger weitererzählen wollte. Ich stand auf, ging in die Küche und kam mit einer neuen Flasche Whiskey und zwei Gläsern zurück.

»Drink?«, fragte ich, meine Stimme so trocken wie die unbewegte Luft.

»Es ist halb acht morgens«, sagte sie. »Sind Sie sicher, dass Sie Ihren Tag so anfangen wollen?«

Halb acht am Morgen? Nun, das beantwortete zumindest die Frage nach Abenddämmerung oder Morgengrauen. Jetzt, da ich das wusste, merkte ich, wie die Zeit sich wieder in Bewegung setzte. Was ich an Unantastbarkeit oder Distanz für mich herausgeschunden hatte, begann sich aufzulösen.

»Machen Sie ruhig, wenn Sie wollen«, fuhr sie fort. »Sie sehen aus, als könnten Sie es gebrauchen.« Wieder lachte sie, ein bitteres Bellen. »Ich kann mir nicht vorstellen, wo Sie gewesen sind.«

»Ich …«, stotterte ich, doch sie schnitt mir das Wort ab.

»Ich will es gar nicht wissen.«

Ich wollte nicht, dass sie meine Schwäche bemerkte. Ich wollte stark und resolut wirken. Aber wie immer verunsicherte mich ihre Gegenwart, die Art, wie sie mich gleichermaßen erregte und abstieß. An diesem Morgen trug sie einen maßgeschneiderten Rock, eine Bluse mit passendem Pullover und um den Hals eine dünne Goldkette. Sie saß mit gefalteten Händen da, doch ich konnte den Nagellack auf ihren Fingern sehen und die elegante Maniküre. Ich studierte den Bogen ihres Kinns und merkte, wie ich abschweifte. Sie sah aus wie meine Frau, wenn meine Frau älter gewesen wäre. Ich schenkte mir einen Schuss Bourbon ein und setzte mich.

»Ich bin hergekommen«, sagte Sylvia, »um herauszufinden, was Sie über Corrina wissen. Sie scheint verschwunden zu sein.«

»Verschwunden?«, wiederholte ich mit belegter Stimme.

»Sie ist nicht zu Hause, und ihr Wagen fehlt. Wie sollte man es sonst ausdrücken?«

Sylvia blickte auf, die Augen glänzend rot wie Laser. Ich spürte, wie sie mich mit ihrem Blick durchbohrte, spürte, wie ihre Ranken sich ausstreckten, in mich griffen und meine Schaltkreise neu verknüpften, als würde ich jetzt ihr gehören. Es war, als bräuchte ich nichts zu sagen, als wüsste sie es bereits. Ich fühlte mich hilflos und unfähig, meine Geheimnisse zu hüten. Es war, als sähe sie alles.

»Ich habe sie nicht gesehen«, entgegnete ich.

»Wann haben Sie sie denn das letzte Mal gesehen?«

»Ich weiß nicht. Vielleicht vor einer Woche? Ich achte nicht groß darauf.«

»Wie ich gehört habe, gab es Geschrei. Vor ein paar Nächten.«

»Sie hat in den meisten Nächten geschrien, Sylvia. Das wissen Sie.«

Sie starrte mich wieder an, und ihre großen, grauen Augen waren hart wie Stein. »Ja«, sagte sie. »Weiß ich.«

»Hören Sie, Sylvia. Was kümmert Sie das? Macht es die Sache nicht leichter für Sie, wenn sie weg ist?«

»Das würde man meinen, oder? Aber es kompliziert die rechtliche Lage. Außer ihr Verschwinden wäre geklärt.«

»Geklärt?« Ich verstand nicht genau, was sie meinte. Reichte die Tatsache, dass sie fort war, nicht aus? Ohne es zu wollen, hatte ich einen Weg für sie freigemacht. Und vielleicht, dachte ich allmählich, auch für mich selbst.

Dann schwante mir, was sie damit sagen wollte.

»Sie brauchen sie tot …«, flüsterte ich.

»Nun«, antwortete sie und lachte wieder, diesmal kehliger. Der Duft ihres Parfums mischte sich mit der herben Note des Whiskeys. Kurz kam mir der Gedanke, etwas Musik aufzulegen, nur um das Eis zu brechen. Doch das Eis war schon an diesem ersten Nachmittag im Benedict Canyon gebrochen worden. Es hatte nie etwas anderes zwischen uns gegeben als das.

»Ich erwarte überhaupt nichts von Ihnen«, fuhr sie fort. »Ich muss nur wissen, dass sie nicht zurückkommt.«

»Tut mir leid«, sagte ich.

»Ihre Mühe würde ich mich etwas kosten lassen.«

Sie holte einen verschlossenen Umschlag aus der Tasche und legte ihn leichthin auf den Tisch. Im morgendlichen Halbdunkel leuchtete er durchscheinend und weiß.

»Ihrer Miene nach könnten Sie mehr wissen, als Sie sagen.«

Ich vertraute ihr nicht, konnte jedoch nicht anders.

»Ich glaube, sie hat«, murmelte ich, »etwas von Malibu gesagt.«

»Malibu steht in Flammen.«

»Was?« Ich spürte, wie ein Gewebe aus Zweifel sich um mich zu legen begann, als wäre ich in ein Spinnennetz gelaufen.

»Flächenbrand. Oben in den Canyons. Hat vor ein paar Tagen angefangen.«

»Scheiße«, antwortete ich und konnte in dem Moment nicht sagen, ob sich das auf die Situation bezog oder ob ich meine Schuld eingestand.

Sylvia sah mich an, und ihre Augenbrauen verwandelten sich in ein Paar liegender Fragezeichen. Unruhe begann sich in mein Herz vorzuarbeiten. *Halt den Mund,* ermahnte ich mich im Stillen. *Schau nicht weg.* Doch je länger ich ihrem Blick standhielt, desto mehr fühlte ich mich wie Beute.

»Ich glaube nicht, dass sie zurückkommt«, sagte ich schließlich. Es war eine Möglichkeit, das Thema zu wechseln, ohne es zu wechseln. Ich musste sie loswerden, damit ich herausfinden konnte, was ich getan hatte. Ich trank mein Glas aus und schenkte mir nach. Es war mir egal was sie denken mochte. Im Zimmer fühlte es sich stickig an, obwohl es noch gar nicht heiß war. Ich hatte schon mal in solch einer Situation gesteckt. Es erforderte eine Beharrlichkeit, die ich gerade nur schwer aufbrachte. Ich durfte sie die Risse nicht sehen lassen.

Sylvia nahm das unbenutzte Glas, das auf dem Tisch stand, und ging damit in die Küche. Ich konnte hören, wie das Wasser in der Spüle lief. Als sie zurückkam, war es, als sei etwas entschieden worden. Sie setzte sich nicht mehr hin.

»Ich muss sichergehen«, sagte sie. »Ich brauche Beweise.«

Das Wort klingelte zwischen uns wie ein Alarm. Ich dachte an das, was ich hinterlassen haben könnte. War es möglich, dass wir uns selbst Fallen stellten? War es möglich, dass wir die Grundlagen für unser eigenes Schicksal legten? Mit Sicherheit konnte man das von Corrina behaupten, bei der jede schlechte Entscheidung eine weitere nach sich zog oder jedes Pech zum nächsten führte, bis es keinen Ausweg mehr gab. Konnte es sein, dass sie an dem Ganzen beteiligt gewesen war? Doch das Schicksal war eine Lüge, nicht wahr? Dem Universum war es egal, was mit uns passierte. Als Beweis musste ich mir nur angucken, wo ich gelandet war, trinkend im trüben Morgenlicht, mit Sylvia in meinem Wohnzimmer. Obwohl es natürlich auch meine schlechten Entscheidungen waren, die mich hergebracht hatten.

»Sie war mehr als einmal in der Reha, wissen Sie?«, sagte Sylvia. »Beim ersten Mal war es in Malibu.« In ihrer Stimme lag etwas Grüblerisches. »Sie hat darauf bestanden. Ich fand, dass es eine schlechte Idee war. Wer geht denn bitte nach Malibu in die Reha? Eines Abends ist sie einfach rausmarschiert, hat sich ein Taxi gerufen und ist nach Hause gefahren.«

»Reha?«

»Stellen Sie sich nicht so blöd an. Sie wissen doch, dass sie am Arsch war.«

Mir entging nicht, dass sie von ihr in der Vergangenheit sprach.

»Das war ihr erster Maßregelvollzug. Es gab keine andere Wahl. Sie konsumierte alles im Übermaß: Drogen, Alkohol, Essen, Sex. Irgendwann willigte sie ein, in eine andere Einrichtung in Arizona zu gehen. Mitten im Nirgendwo. Flucht unmöglich. Nachdem ihre neunzig Tage vorüber waren, war sie trocken und blieb es auch. Dann haben wir sie hierhergeholt.« Sylvia trank einen Schluck Wasser. »Oder besser, mein Mann hat sie hergeholt. Ich habe ihm geraten, dass er ihr den Geldhahn zudrehen soll.«

»Ich war in ihrer Wohnung«, murmelte ich benommen.

»Dann wissen Sie ja, was sie mit dem Geld meines Mannes gemacht hat. Eines der ersten Dinge, die ich vorhabe, ist, all diese Möbel loszuwerden, damit die Wohnung vermietet werden kann.«

»Was, wenn sie zurückkommt?«

»Das ist nicht mein Problem. Wie auch immer, ich gehe nicht davon aus, dass sie zurückkommen wird.«

»Aber sicher wissen Sie das nicht.«

»Nein«, sagte sie, und ihre Lippen verzogen sich zu einem gehässigen Lächeln, das furchterregend anzusehen war. »Aber ich kann mir vorstellen, dass Sie dabei behilflich sein könnten. Ich kann mir vorstellen, dass Sie alles Mögliche wissen.«

Nachdem sie gegangen war, schenkte ich mir nach und saß lange in meinem Sessel. Der Raum wirkte noch aufgeladen von ihrer Anwesenheit, als ob ein Teil von ihr, ihre Anima, zurückgeblieben wäre. Hatten die Kratzer in meinem Gesicht mich verraten? Bestimmt waren sie eine gewisse Form von Beweis, ein Geständnis, geschrieben in verkrusteten roten Linien. Gedankenverloren pulte ich an einer Wunde, bis sie aufbrach und ich feuchtes, frisches Blut spürte.

Der Umschlag lag dort, wo sie ihn zurückgelassen hatte. Ich griff danach und öffnete ihn langsam. Drinnen sah ich den blassgrünen Glanz von Geld, einen dünnen Stapel Hundertdollarscheine. Benjamin Franklin erwiderte meinen Blick mit vor Enttäuschung oder Betroffenheit verkniffenen Lippen. Aber was wusste er schon? Er war schon seit Ewigkeiten tot, wie alle anderen. Was spielte es für eine Rolle, wie und seit wann? Was spielte es für eine Rolle, wie alt er gewesen war? Der Sinn des Lebens lag darin, dass es aufhörte, und das war kein Sinn, mit dem ich etwas anfangen konnte. Ich zählte das Geld und knallte die Scheine dabei auf den Tisch: einhundert, zweihundert, dreihundert, vier. Insgesamt waren es zehn. Tausend Dollar. Tausend Dollar für meine Seele. Das war alles, was ich ihr wert war. Ich spürte Wut in mir aufsteigen. Oder vielleicht war es auch nur Erleichterung.

Ich wischte mit dem Arm über den Tisch. Der Maker's zerschellte, als er zu Boden fiel. Ich nahm die Geldscheine, warf sie hinterher und sah zu, wie sie beim Fallen flatterten. Es fühlte sich an, als würde die Anspannung der letzten Tage explodieren. Mein Körper fühlte sich an, als könne er zerbersten. Ohne nachzudenken, begann ich zu schreien. Wie Corrina. Die Grenzen zwischen uns verschwammen und verwischten, als hätte ich die ganze Zeit geschrien. Ich heulte in die Leere meiner Wohnung hinein, ohne mich noch darum zu kümmern, ob mich jemand hörte. Was konnten sie mir schon tun, was ich nicht bereits getan hatte? Warum sollten sie meiner ungebremsten Rage die Stirn bieten? Tausend Dollar, darauf lief es hinaus. Tausend Dollar, so viel war ich wert. Vielleicht war es gut zu wissen, wie unbedeutend ich war. Vielleicht war es gut zu wissen, wer genau ich war. Vielleicht war es an der Zeit, sich alldem zu stellen. Ich schrie meine Wut und meine Angst hinaus. Als ich fertig war, ließ ich die zerbrochene Flasche und das Geld dort liegen, wo sie hingefallen waren, und zog mich ins Schlafzimmer zurück, wo ich den Laptop aufklappte, um ein Gefühl für die Lage zu bekommen.

Das Feuer war überall, so viel stand fest. Es war aus dem Canyon herausgekrochen und hatte sich durch ein Stück des Topagana State Park gefressen. Jetzt bewegte es sich auf die Stadt zu, angefacht von den zunehmenden Santa-Ana-Winden, die die Flammen nach Süden und Osten bliesen. Häuser in Brentwood und den Palisades waren evakuiert worden, und Beverly Hills sah aus, als könnte es in Gefahr sein. Die 405 war als Feuerschneise eingerichtet worden, mit Gruppen, die um die Villa Getty und den Brentwood Country Mart Wache hielten. Santa Monica war ebenfalls bedroht, nördlich von Montana – die schöneren Abschnitte, wo die Reichen lebten.

Meiner Frau hatte es dort gefallen. Dort hätte sie irgendwann gerne gewohnt. Sie wollte ein Grundstück mit viel Platz und vielleicht einem Gästehaus. Sie wünschte sich Privatsphäre, eine hohe Hecke. Für ihre … Vorlieben, ja, aber auch, weil es eine Sache zwischen ihr und mir bleiben sollte. Und doch war aus dieser Privatsphäre eine Geheimniskrämerei geworden, und diese Geheimnisse waren zu dem geworden, was wir voreinander verbargen, statt zu dem, was wir miteinander teilten. Es ist nicht so, dass ich ihr reinen Wein eingeschenkt hätte. Es ist nicht so, als hätte ich je ein Wort gesagt. Ich wollte die Geheimnisse auch, wollte mich allem entziehen. Und so war ich hier gelandet, in dieser Ecke der Stadt. Es war keine Konsequenz, es war eine Entscheidung. In den anderen Bungalows lebten unterschiedliche Sorten von Leuten, manche auf dem Weg nach oben, manche auf dem nach unten. Ich, ich war in der Mitte, weder hier noch dort. Oder zumindest war ich das, bis Corrina an meine Tür geklopft hatte. Jetzt, als ich die Aufnahmen der Flammen auf meinem Computer sah, konnte ich das Ausmaß all dessen erkennen, was sie verursacht hatte. Die Vorstellung war erdrückend, so ein großes Ereignis, das so klein angefangen hatte. Es war, als wäre die Glut an jenem ersten Abend entfacht worden, als hätte der Brand dort begonnen. Ich klickte mich durch ein paar Nachrichtenseiten und suchte nach Berichten darüber, wie das Feuer entstanden war und ob man irgendetwas gefunden hatte. Niemand hatte Informationen darüber, und falls doch, ließen sie es nicht verlauten. Stattdessen herrschte überall das gleiche Chaos: Null Eindämmung, und für die nächsten Tage erwartete man heftigen Wind. Ich wohnte schon lange genug hier, um zu wissen, was das bedeutete: dass die Gefahr alles andere als vorüber war.

Doch hier saß ich, in Sicherheit – zumindest für den Moment. Niemand hatte etwas gegen mich in der Hand. Also, niemand außer Sylvia, was ein weiteres Problem war, oder möglicherweise auch nicht. Ich erinnerte mich an den Duft ihres Parfums. Ich erinnerte mich an das Grau ihres wütenden Blicks. Wenn ich die Augen schloss, konnte ich beinahe die scharfe Linie ihrer Kinnpartie heraufbeschwören. Dann fiel mir ein, dass ich überhaupt nichts heraufbeschwören musste. Es war alles hier, zu meiner Verfügung. In der Hitze des Gefechts hatte ich die Internetseite und den USB-Stick ganz vergessen. Dieser USB-Stick war nun verbrannt, aber die Bilder hatte ich nie aus dem Netz genommen. Ich klickte auf die Seite, um nachzusehen, ob sie noch da waren. Tatsächlich. Das Interesse daran ruhte seit Längerem, aber man fand die Bilder noch, wenn man danach suchte.

Und das konnte ich verstehen, es hatte ein Muster, das ich sehen konnte. Nicht wie Sylvia mit ihren kryptischen, rätselhaften Worten, ihren Anspielungen und Unterstellungen. Das hier waren fotografische Beweise, schwarz auf weiß. Ich fragte mich, was sie wohl sagen würde, wenn sie wüsste, dass ich das gepostet hatte. Vielleicht ließe sie mich dann in Ruhe. Ich wollte von ihr loskommen, doch sie hatte etwas an sich, das mir keine Ruhe ließ. Es war mehr als nur ihre Schönheit; in Südkalifornien war Schönheit gang und gäbe. Nein, mich zog etwas anders zu Sylvia – nennen wir es Willenskraft. Meine Frau war von einer ähnlichen Eigenschaft beherrscht gewesen, und sie hatte sie eingesetzt, um mich zu nötigen, meine Gelüste nach ihr zu vergeistigen. Nun war sie fort, und Sylvia … nun, Sylvia war ein anderes Thema, sie war in anderer Hinsicht gefährlich. Sylvia hätte keine Skrupel, mir eine Falle zu stellen, nur um mich untergehen zu sehen. Ich klickte auf den Link, und da war sie. Ich scrollte eins nach dem anderen durch die Bilder und sah sie mir halbherzig an. Irgendetwas daran entging mir. Irgendetwas, das keinen richtigen Sinn ergab. Erneut fragte ich mich, wer der Fotograf war. Ein Freund? Jemand, den sie angeheuert hatten? Wie viel hatten sie bezahlt? Mit Sicherheit hatten sie bar bezahlt; niemand würde eine Rechnung oder Quittung verlangt haben.

Dann fielen mir die tausend Dollar wieder ein, und eine Welle der Scham durchfuhr mich.

Ich klappte den Computer zu und kehrte ins Wohnzimmer zurück. Ich roch den Whiskey aus der zerbrochenen Flasche auf dem Boden. Es war Zeit, wieder nüchtern zu werden und ein paar Dinge zu ordnen; es war Zeit, mein Leben wieder in den Griff zu kriegen. Ich schnappte mir eine Handvoll Küchentücher und hob die Glasscherben auf. Dann tupfte ich die Flüssigkeit auf und wischte den Boden. Der scharfe Geruch von Ammoniak stach mir in die Nase wie die Reste einer Droge. Ich wurde davon nicht richtig high, sondern etwas fokussierter, wie nach einer Linie Meth. Das Gefühl kam wie ein plötzlicher Rausch, der klirrende Sturm, als könnte ich mit allem davonkommen. Ich schüttelte die Kissen des Sofas auf, wo Sylvia gerade gesessen hatte, und tat das Gleiche bei meinem Sessel. Ich staubte den Couchtisch ab und spülte die Gläser, die wir benutzt hatten. Mir kam der Gedanke, den Müll rauszubringen, aber es war Mittag, und ich wollte nicht, dass irgendwer mein Gesicht sah. Stattdessen zog ich die Vorhänge zurück, um das trübe Licht hereinzulassen. Als ich die Fenster öffnete, roch die Luft, die hereinströmte, jedoch nach verbranntem Holz. Einen Moment stand ich da, konfrontiert mit dieser Last. Dann schloss ich die Fenster und zog die Vorhänge wieder zu. Das Geld lag immer noch dort, wo ich es hingeworfen hatte; als ich mich bückte, um es aufzuheben, Schein um Schein, fiel mir die Sequenz auf LA15240990C, LA15240091C, LA15240092C. Vermutlich hatte sie ihren persönlichen Bankangestellten, der ihr das Geld geliefert hatte. Warum auch nicht? Das war Sylvias Welt. Es war nicht die Summe, die beleidigend war, sondern dass es für sie derart bedeutungslos war. Kein Schweigegeld, oder sogar eine Bezahlung für … wofür? Sich um eine wichtige Aufgabe zu kümmern? Aber ich war nicht ihr Botenjunge. Corrina hatte mir auch mehrere hundert Dollar gezahlt, auf dieselbe abschätzige Art. Dann hatte sie mich benutzt, um mich zu nötigen, als wäre ich ihr Eigentum.

Vielleicht waren die beiden sich ähnlicher, als sie gedacht hatten.

Ich legte die Hunderter zu einem lockeren Stapel aufeinander und ließ sie im Schlafzimmer auf der Kommode neben meinen Schlüsseln liegen. Ich war nass geschwitzt, kein Schlafschweiß wie heute Morgen, sondern das Schimmern von Aktivität. Vielleicht sollte ich anfangen zu joggen. Vielleicht sollte ich anfangen, Sport zu treiben. Aber nein, Los Angeles brannte, und die Luftqualität war gesundheitsschädlich. Besser warten, bis die Flammen erloschen waren. Derweil hatte ich eine saubere Wohnung. Und die Vergangenheit in den Griff bekommen. Ich ging in die Küche und holte eine frische Flasche Whiskey aus dem Schrank. Es mochte zwar früh sein, doch mein Glück nahm gerade eine Wendung. Ich schenkte mir einen großzügigen Schuss ein und schaltete die Stereoanlage ein. Ungeachtet dessen, wie dieser Tag angefangen hatte, schien er trotzdem noch recht anständig zu werden.

Über die Lautsprecher hörte ich eine flüssige Linie an Boogie-Woogie-Piano – die Eröffnungs-Licks von Big Joe Turner und Pete Johnsons *Roll 'Em Pete.* Die Live-Version des ersten *From Spirituals to Swing*-Konzerts 1938 in der Carnegie Hall. Alle nannten *Rocket 88* den ersten Rock'n'Roll-Song, doch das hier war der tatsächliche Zündpunkt: der Kopfschüttel-Rhythmus, der rollende, treibende Beat. Ich wippte locker vor und zurück, während ich an meinem Drink nippte. Die Leute meinten gerne mal, sie hätten Ahnung, doch es war nur das, was man ihnen erzählt hatte. 1938 konnte es noch keinen Rock'n'Roll geben, weil er noch nicht erfunden worden war. Aber woher kam er dann wohl? Nichts wurde je erfunden, alles wartete darauf, sich zu entwickeln, entdeckt zu werden, darauf, dass jemand ihm einen Namen gab. Nichts änderte sich je oder stellte sich als etwas anderes heraus; wir gaben uns nur der Vorstellung hin, dass es möglich sei. Das Einzige, was zählte, war der Moment. Es gab keine Zukunft und keine Vergangenheit. Big Joe Turner und Pete Johnson waren schon lange tot. Aber dennoch, hört euch die Finger auf dieser Klaviatur an, das Timbre in dieser Stimme. Sie hören sich uralt an, weil sie uralt sind, doch gleichzeitig auch sehr lebendig.

*I got a gal, she lives up the hill*

Etwas Ähnliches könnte man vermutlich über mich sagen, obwohl Sylvia wohl kaum ein *gal,* ein Mädel war, und es ginge zu weit, zu behaupten, sie wäre mein – eher andersherum. Trotzdem stieg in mir das Gefühl auf, der Song sei eine Botschaft. Was mir Turner über Jahrzehnte hinweg zubrüllte, schien eindeutig meine Geschichte zu sein.

*Well, you're so beautiful, you've got to die someday*

Bei dem Gedanken lief mir ein Schauder über den Rücken, als hätte ich einen Geist gestreift. Einen Geist, ja, oder ich war über mein eigenes Grab gelaufen, einer dieser Aberglauben, die wir nicht abschütteln können. Wir wissen es besser, aber glauben dennoch daran. Wir halten an ihnen fest wie an einem Glauben. Ich ließ die Musik weiterlaufen und ging die Hundertdollarscheine weglegen.

Es war nicht so, als bräuchte ich das Geld. Ich hatte noch nicht mal Corrines Geld ausgegeben. Ich hatte es in einer Schublade verstaut. Das hatte ich auch mit diesen Scheinen vor. Dann würde ich versuchen zu vergessen, dass sie dort waren. Ich war nur aus Spaß in diese Sache hineingeraten, aber nun war sie aus dem Ruder gelaufen. Jetzt war ich fertig. Ich grub in der Schublade nach Corrinas siebenhundert Dollar, legte die fünfhundert aus ihrem Portemonnaie dazu und stapelte alle Scheine dann aufeinander. Zweitausendzweihundert Dollar in druckfrischen Scheinen. In meinem Kopf entwickelte sich eine Idee, oder vielleicht ein Fluchtplan, ich konnte nicht genau sagen, was es war. Zweiundzwanzig Hunderter reichten nicht, um viel zu bewerkstelligen, aber vielleicht konnte ich mir damit ein wenig Zeit erkaufen – wenn mir die Scheiße um die Ohren flog.

Ich blätterte mit dem Daumen durch die Scheine, als wären es Seiten in einem Daumenkino. Doch das Bild auf jeder Seite schien gleich zu bleiben. Das Geld war so sauber, dass ich fast vergessen konnte, welchen Scheiß ich machen musste, um es zu bekommen, selbst wenn es mir überhaupt nichts bedeutete. Hier gab es keine Geschichte, keine Rettung, keine Zufriedenheit am Ende. Bis … da war es, wie eine geheime Botschaft: ein weiteres, unerwartetes Beweisstück.

Sylvias Scheine hatten fortlaufende Seriennummern. Das war mir bereits aufgefallen. Aber jetzt erkannte ich, dass Corrinas Scheine aus derselben Reihe kamen, beides, das Geld, das sie mir gegeben hatte, und das, was ich mir genommen hatte, nur aus einem früheren Abschnitt. LA15240920C, LA15240921C – das waren die ersten beiden. Die zweite Zahlung begann fortlaufend mit LA15240922C, und diese letzten fünfhundert begannen mit

LA15240927C. Es hatte eindeutig mehr Kontakt gegeben, als sie oder Sylvia zugeben wollten. Eindeutig lief hier mehr, als mir klar war. Ich dachte an meine erste Unterhaltung mit Sylvia zurück, als sie mir erzählte, dass Corrina verwöhnt sei. Das hatte ich auch festgestellt, aber jetzt war all das in der Schwebe. Was hatte es zu bedeuten, dass sie in Kontakt gestanden hatten? Was hatte es zu bedeuten, dass sie Geld aus derselben Serienreihe an Scheinen ausgaben? Die Fragen beunruhigten mich. Ich blätterte die Scheine in meine offene Hand und dachte über meinen nächsten Schritt nach. Wie es aussah, würde ich wieder den Berg hinaufgehen.

## Question Number Nine: Where To Dine?

Auf dem Benedict Canyon Drive herrschte viel Verkehr: Autos und Rettungsfahrzeuge. Die Leute beugten sich hinter ihren Windschutzscheiben mit zusammengekniffen Augen und offenen Mündern nach vorne. Alles fühlte sich an, als hinge etwas in der Luft, als wären dies die letzten Augenblicke, bevor die Panik einsetzte. Das Feuer war immer noch auf der anderen Seite der 405, doch selbst durch die geschlossenen Scheiben des Lyft konnte ich es riechen, und weiße Ascheflocken fielen in trägem Gestöber vom verschmierten, trüben Himmel. Die Luft sah verbrannt aus: braun und schummrig. Die Sonne glühte orange und rot durch den Dunst, wie der Kopf eines Streichholzes in dem Moment, indem der Schwefel zu einer Flamme explodierte.

Der Fahrer vorn redete. »Ich weiß nicht, warum alle so aufgeregt sind. In den Nachrichten sagen sie, sie wären dabei, es einzudämmen.«

Bei seinen Worten wäre ich am liebsten aus dem Wagen gestiegen und hätte diesen Berg abgefackelt.

Ich nickte und schwieg. Ich wollte nicht, dass er meine Stimme hörte. Ich trug meinen blauen Anzug und die rote Krawatte, deren Knoten ich dreimal binden musste. Sie war immer noch ein Stück zu lang. Ich hatte ein paar Tage gewartet, bis die Schrammen auf meinem Gesicht von einem zornigen Scharlachrot zu einer Art Babyrosa verblasst waren. Sie zogen sich über meine Wange, wie im Entstehen begriffene Würmer. Ich sah beinahe präsentabel aus, das erste Mal seit … doch welchen Sinn hatte es, dorthin zu fahren? Ich hatte entschieden, mein Gewissen davon zu reinigen. Damit meinte ich das Feuer, ja, aber auch Corrina, die wieder begann, sich wie eine Tulpa anzufühlen, eine Gestalt aus einem Traum.

Mir fielen die brennenden Wagen in meiner Nachbarschaft wieder ein, dieser schmierige, chemische Gestank, und die Angst. Ich dachte darüber nach, was geblieben war – weniger die Brände, sondern eher ihre Auswirkungen. Das Chaos, das sie angerichtet hatten, schien wichtig gewesen zu sein, doch jetzt war es weniger als nichts, und keiner erinnerte sich mehr daran. Dasselbe würde für diesen Brand gelten, und für den nächsten. Dasselbe galt für alles.

Am Rande meines Bewusstseins begann ein Bild zu flackern, wie eine brennende Kerze, eine Kerze in Form einer Frau, während sie schrie. Ich konnte sie fast sehen, sie fast hören, bis ich sie wieder zurück unter die Oberfläche meines Bewusstseins stieß. Es wäre nicht gut, ungeschützt zu sein. Es wäre nicht gut, bei meiner Ankunft verletzlich oder abgelenkt zu sein. Wie üblich tauchte ich unangekündigt dort auf, und ohne Plan. Ich redete mir ein, dadurch den Moment der Überraschung zu nutzen.

Der Fahrer bog in den Benedict Canyon ein und in Sylvias Einfahrt. Er hielt vor dem Brunnen und schaltete in den Leerlauf. Draußen erschlug einen der Brandgeruch, und im Westen reflektierte der Himmel das orangefarbene Glühen. Das war die Sache mit den Bergen. Menschen lebten hier – wenn sie es sich leisten konnten –, weil es ihnen erlaubte, sich vorzustellen, dass sie über die Welt erhaben waren. In guten Zeiten war das eine schöne Sache, mit einer Aussicht, die sich bis zum Pazifik erstreckte, oder nach Osten bis zu den San Gabriel Mountains, die in der Ferne hinter Downtwon Los Angeles mit ihren Schneekuppen wie eine Schimäre schimmerten. Man konnte so tun, als stünde man auf dem Gipfel, im Zentrum, konnte dabei aber für sich bleiben. Doch in schlechten Zeiten war alles anders, und hier oben zu sein fühlte sich an, als lebte man im Belagerungszustand. Man konnte die Gefahr kommen sehen, aber wo sollte man hin? Diese Autofahrer im Benedict Canyon fanden das gerade heraus. Zwei Spuren Asphalt, eine in jede Richtung, mit all dem Gestrüpp und Zunder zu beiden Seiten. Es fühlte sich an, als hätte sich eine riesige Falle geschlossen. Oder vielleicht waren es die schlechten Zeiten, die etwas offenbarten, was die Menschen hier oben lieber verdrängten: dass wir alle gemeinsam in der Klemme steckten, dass jeder der Gefahr ausgesetzt war. Sicherheit war eine Illusion; es war unmöglich, abseits zu stehen. Wenn das Feuer über die Stadt fegte, spielte es keine Rolle, wo man lebte oder wie viel Geld man hatte. Den Flammen war das egal, sie brannten, bis ihnen der Brennstoff ausging. Doch in einer Stadt wie dieser, die sich bis in die bewaldeten Berge und Canyons ausgedehnt hatte wie Efeuranken, gab es immer Brennstoff. *Zweistöckiges Gestrüpp* nannten die Feuerwehrleute das. Mit anderen Worten, Häuser. Holz und Latten und Möbel und Kabel. Zunder, der, nur weil er zu Formen gesägt worden war, für sicher und solide gehalten wurde. Doch die Flammen vergaßen niemals, was es wirklich war.

Ich wartete, bis der Wagen weggefahren war, bevor ich mich zur Tür wandte. Das Haus wirkte so abweisend und undurchdringlich wie eh und je. Die Fenster waren geschlossen – *versiegelt,* war das Wort, das mir in den Sinn kam –, und die Terrassenmöbel waren unter einem Set von passenden, schiefergrauen Canvas-Überzügen verborgen und wirkten wie eine Zusammenkunft von Geistern. Man konnte fast meinen, dass das Haus für den Winter verschlossen worden war. Nur dass es bis zum Winter noch Monate dauerte. Mittlerweile trieb die Asche herunter wie ein inverses Whiteout, warm statt eisig, ein ins Gegenteil verkehrter Schneesturm.

Ich stand vor der Haustür, und mein Finger schwebte über der Klingel. Ich konnte mein Spiegelbild in dem Fenster dort sehen. Der Anzug ein wenig kastig, und die Krawatte hing weit über den

Gürtel. Ich sah aus wie ein Immobilienunternehmer. Oder womöglich ein Präsident. Das Glas war milchig, oder war das nur auf dieser Seite? Plötzlich hatte ich das Gefühl, beobachtet zu werden. Doch wie konnte irgendwer mich sehen, wenn ich mich selbst nicht sah? Mein Gesicht war ein verschwommener Fleck über meinem Sakko, wie ein Geschmier von Fingerfarbe; es hatte weder Klarheit noch Kontur. Ich konnte nicht erkennen, ob die Würmer von all der Hitze und dem Rauch wieder entflammt waren. Wenn ja, wäre das passend. Es wäre passend, wenn sie wieder anfangen würden zu bluten wie ein Stigma. Es würde passen, wenn sie mich verrieten. Doch sie hatten mich schon verraten, nicht wahr? Was sollte ich sonst mit dem Geld machen, das sie dagelassen hatte? Nun war das Geld eine weitere Sache zwischen uns, ein weiteres Geheimnis, das wir teilten.

Ich strich mein Sakko glatt. Dann klingelte ich. Drinnen im Haus konnte ich das Klingeln durch das Gewölbe der Eingangshalle schallen hören. Zuerst war da nichts als Echo, und ich fragte mich, ob sie geflüchtet war. Warum in einer brennenden Stadt bleiben, wenn man die Küste hochfahren und es in Ojai oder Santa Barbara aussitzen konnte? Es gab reichlich Orte, wo man hinfahren konnte, wenn man Geld hatte.

Oder zumindest hatte ich das gehört.

Ich wollte gerade erneut auf den Klingelknopf drücken, doch bevor ich das konnte, stand Sylvia vor mir, sah wie üblich frisch und aufgeräumt aus, in einem knielangen schwarzen Rock und mit elfenbeinfarbener Seidenbluse. Sie musste die ganze Zeit dort gewartet, mich bei meiner lächerlichen Scharade auf ihren Eingangsstufen beobachtet und auf den Augenblick gewartet haben, an dem ich unachtsam wurde.

»Kann ich Ihnen helfen?«, fragte sie. Einen Moment lang war es so, als seien wir uns nie begegnet. Sie machte keine Anstalten, mich hereinzulassen.

»Ja«, antwortete ich und verstummte dann, unsicher, was ich sagen sollte.

»Na, kommen Sie. Spucken Sie's aus«, sagte sie.

»Darf ich reinkommen?«

»Ich weiß nicht, ob ich das möchte. Ob das eine gute Idee ist.«

»Ich muss Sie nach dem Geld fragen. Ich weiß von der Nummerierung der Scheine.«

»Ah, ja«, sie lachte. »Der Detektiv. Ich vergesse immer Ihr Herumschnüffeln. Nun, wie dem auch sei«, amüsiert schwang sie die Tür weit auf, »bitte, bringen Sie mich auf den neuesten Stand Ihrer … Ermittlungen. Ich könnte nicht neugieriger sein.«

Genau an diesem Punkt hätte ich gehen sollen, doch es war ein langer und verqualmter Weg den Berg hinunter nach Hollywood. Also stand ich da, während sie mich auslachte, mit Augen, in denen keine Wärme funkelte, sondern etwas Schärferes, so als würde sie eine Klinge in meine Haut bohren. Die Asche rieselte weiter, und mir tränten die Augen, der Hals, der sich mir langsam zuschnürte, kratzte. Ich mochte ihr nicht folgen, doch welche Chance hatte ich denn, als sie mir den Rücken zuwandte? Sylvias Absätze klackerten wie eine Abfolge kleiner Explosionen über dieses Marmorschachbrett von Boden. Ich wusste sehr wohl, dass ich mich fernhalten sollte. Doch es gab Dinge, die klargestellt, die geregelt werden mussten. Ich hatte Fragen. Sie hatte Geheimnisse, wir alle hatten Geheimnisse. Ich auch. Nicht zum ersten Mal begriff ich, dass wir nicht auf derselben Seite standen.

Sylvia ging vor ins Arbeitszimmer und bedeutete mir, mich zu setzen. Ich ließ mich in den Clubsessel fallen. Das Leder roch sauber und frisch, doch es lag keinerlei Beruhigung darin. Es erinnerte mich lediglich daran, dass ich ein Eindringling war wie dieses Feuer und die Asche. Oder, nein, nicht wie sie – sie waren Teil der Umwelt. Ich, ich war ein Fremdkörper in diesem Haus und überall. Ich war der Geist in der Maschine, ein Phantom; ich war das

Teil, das nicht passte. Ich hatte gehofft, mich ausradieren zu können, und wo war ich nun gelandet?

In einem klimatisierten Raum, während draußen die Berge und Canyons brannten.

»Hören Sie, Sylvia«, sagte ich, aber sie hantierte an der Bar mit Flaschen und Gläsern herum, in die sie große Mengen Eis schaufelte. Ich hätte sie beinahe aufgehalten, doch als ich den Mund aufmachte, entwich stattdessen ein Seufzer der Erschöpfung. Ich sah, wie Sylvias Rücken sich bei dem Geräusch leicht krümmte und die Schultern unter der Seidenbluse sich hoben wie bei einer sich reckenden Katze. Sie drehte sich um, ihre grauen Augen funkelten, und in ihrem Lächeln lag eine Anspielung.

»Maker's Mark, richtig?«, sagte sie und durchquerte den Raum mit einem Tumbler voll brauner Flüssigkeit. Ich antwortete nicht, nahm aber das Glas entgegen. »Ich würde mich Ihnen gerne anschließen«, fuhr sie fort, »allerdings werden Sie ja nicht so lange bleiben.«

Einen Moment ragte sie über mir auf, die rosa umrandeten Lippen dünn und gleichmäßig mitten im Gesicht. Dann machte sie es sich mit der unerschütterlichen Ruhe einer Katze in dem Clubsessel auf der anderen Seite des Tisches bequem.

»Also«, sagte sie. »Sie haben Fragen bezüglich des Geldes? Es hat etwas mit der Nummerierung zu tun, sagten Sie?«

»Ja«, meinte ich zögernd. Ich hatte noch keinen Schluck meines Drinks getrunken, spürte jedoch bereits einen gewissen Kontrollverlust. Es war, als würde mich der Alkohol per Osmose beeinträchtigen, als wäre er in der Luft versprüht worden. Ich atmete tief ein und versuchte, meinen Verstand zu beruhigen, doch meine Gedanken waren überall gleichzeitig.

»Das Geld«, setzte ich wieder an. »Die Nummern auf den Scheinen. Das Bargeld, das Sie und Corrina mir gegeben haben, kam aus derselben Nummernfolge. Danach wollte ich Sie fragen.«

Sylvias Miene erhellte sich schrittweise und entblößte für einen flüchtigen Blick ihre Zähne, weiß und feucht in ihrem Mund. Wieder kam mir eine Katze in den Sinn, die desinteressiert mit ihrer Beute spielte – einer Wühlmaus, einem Vogel, einer *house proud town mouse* –, bevor sie zuschlug und sie umbrachte. Ich nippte an meinem Drink und spürte das Brennen des Alkohols im Rachen. Sie blickte mich erwartungsvoll an, als wolle sie hören, was ich noch zu sagen hätte. Dann lachte sie, ein so schrilles Geräusch, dass ich zusammenzuckte, woraufhin sie nur noch mehr lachte.

»Das ist alles?«, sagte sie. »Deswegen sind Sie hergekommen?«

»Es scheint eine … verblüffende Anomalie zu sein.«

»Warum, Mister Detektiv? Was, denken Sie, hat das zu bedeuten? Dass meine Stieftochter und ich uns nicht so fremd sind, wie es scheinen könnte?«

Sie beugte sich in ihrem Sessel vor, und das Lächeln verflüchtigte sich, als ihre Augen mein Gesicht musterten.

»Ob Sie das nun verstehen oder nicht, für die Nachlassverwaltung ist es wichtig, ein gewisses Protokoll einzuhalten, bis die rechtlichen Fragen geklärt sind. Je vernünftiger ich wirke, desto besser. Hilft meinem Fall. Sagt zumindest mein Anwalt.«

Als ich nicht antwortete, schüttelte sie den Kopf, als sei sie genervt. »Es ist ganz einfach. Jeden Monat wird aus dem Nachlass Geld auf ihr Konto überwiesen. Auch für ihre Wohnung wird gesorgt. Und was das Bargeld angeht, da gibt es auch ein bisschen extra. Gelegentlich erledigt sie einen kleinen Job für mich, wenn wir uns hinsichtlich der Modalitäten einigen können.« Wieder lachte sie, es klang wie das Zerbrechen von Glas. »Vielleicht bin ich letztendlich doch keine so böse Stiefmutter.«

»Dann kam das Geld, was sie mir gegeben hat, also von Ihnen?«

»Ich habe keine Ahnung, was sie damit macht. Oder, vielleicht sollte ich sagen, was sie damit gemacht hat.« Sie schwieg kurz, um ihre Gedanken zu ordnen oder um mich zu verunsichern, das war mir nicht klar. »Und was sie momentan macht, weiß ich nicht, denn ich habe nichts von ihr gehört.«

Ihr Blick suchte in meinem Gesicht nach Hinweisen.

Ich hütete mich, den Blickkontakt abzubrechen, doch zwischen uns herrschte ein Schweigen wie unter einem Leichentuch. Es fühlte sich an, als legte es sich über meinen Mund und die Nase wie eine mich erstickende Hand. Es war nicht nur dieses Zimmer, sondern das ganze Haus. Weißes Rauschen, eine Grabesstille, als hätten die Geräusche selbst aufgehört zu existieren. Draußen stand die Stadt in Flammen, und Corrina … nun, Corrina, die war, wo sie war. Hier drinnen war die Luft abgeschottet, als hätten wir uns vor der Welt zurückgezogen. Und wieder Privilegien, die damit einhergehende Macht, die Macht, sich eine Ausnahme zu gestatten. So, wurde mir bewusst, lebte Sylvia inzwischen, als wäre Glück eine Leistung, oder eher eine Entscheidung, die man gefällt hatte, statt eines Blattes, das einem ausgeteilt worden war.

Ich fragte mich, was mein Gesicht preisgab. Ob die Kratzspuren meine Schuld verrieten. Wie das Mal bei Kain, das ihn dazu verdammte, als Ausgestoßener und Wanderer zu leben, so ähnlich, wie ich jetzt lebte. Nachdem er Abel ermordet hatte, war Kain verstoßen worden. Er war zu einem Mann ohne Seele geworden. Niemand konnte genau sagen, wie das Mal aussah, aber ich nahm gern an, dass es ein Überbleibsel von dem Angriff war.

Dabei stellte das Mal für Kain auch einen Schutz dar. Es war eine Warnung Gottes, nicht an Kain, sondern an die anderen, eine Garantie, dass er nicht umgebracht werden würde. Das war der Teil, der keinen Sinn ergab, außer wenn das Umherwandern die Strafe *war,* außer wenn Gott Kain am Leben ließ, um seinen Schmerz zu maximieren. Wenn die Folter eben jene Quelle seines Weiterlebens war. Der faustische Handel einer heuchlerischen Gottheit. Ich wusste nicht, was schlimmer war, ein Gott wie dieser oder überhaupt kein Gott. Letzten Endes war es nur eine hohle Frage, denn kein Gott hatte sich mir je gezeigt.

Ich fragte mich, was passieren würde, wenn ich mich nicht bewegte. Wie lange ich hier sitzen und ihr Starren erwidern konnte, während das Eis in meinem Glas schmolz. Ich fragte mich, ob sie jemanden rufen würde, der mich rausschmeißen würde, der meinen Sessel aus dem Arbeitszimmer karren und auf den Rasen stellen würde. Wer würde das sein? Sie musste Personal haben. Niemand lebte so, ohne Angestellte zu haben, doch das Haus war so ruhig, so still, als wäre es überhaupt nicht bewohnt. So war es die ganze Zeit gewesen, in der ich hier war, so still wie in einem Mausoleum, einem Ort, der sich anfühlte, als wäre es schon eine Sünde, Luft zu holen. Wo waren alle? Hatte sie alle wegen des Feuers nach Hause geschickt? Doch wenn ja, was war dann mit meinen vorherigen Besuchen? Versteckten sie sich und warteten darauf, dass ich den Abgang machte? Ich fragte mich, wie sie reagieren würde, wenn ich aufstehen und nachsehen würde, durch die Eingangshalle in die Empfangsräume und weiter nach oben ginge, wo sie schlief. Ich stellte mir Partys vor, Leute, die sich von einem Raum in den nächsten ergossen und sich im Arbeitszimmer sammelten, um sich zu unterhalten, bevor sie weitergingen in ein anderes Zimmer. Bedienstete würden Drinks auf Silbertabletts herumtragen und den Gästen anbieten. Sie wären zwar unsichtbar, würden aber alles mitbekommen – selbst nachdem die Gäste sich in Gruppen aufgeteilt und zu zweit oder dritt hinter verschlossene Türen geschlüpft waren.

Vielleicht wurden so diese Bilder gemacht. Sylvia, ihr Ehemann und dieser unbekannte andere, ein Partytrick, ein Partygefallen, eine Verschwörung oder eine Kabale. Ich konnte sie fast lachen hören, während sie dachten, sie würden mit allem davonkommen. Und das waren sie auch eine Weile, bis er gestorben und Corrina verrückt geworden war – und ich involviert wurde. Wieder fragte ich mich, ob sie von dem USB-Stick wusste, ob sie ahnte, dass die Bilder im Internet standen. All unsere Schwindeleien, all unsere Betrügereien fliegen irgendwann auf. Und in dem Moment, in dem ich es am wenigsten erwartete, würde das auch mir passieren. Es passierte genau jetzt. Sylvias Blick hatte mein Gesicht nicht verlassen, und selbst als ich zurückstarrte, spürte ich, wie er mich zerfleischte, mich von allem abtrennte, was ich mir je gewünscht oder erträumt hatte, zu sein.

»Sind Sie«, sagte Sylvia, »fertig mit Ihren Fragen? Gibt es noch etwas, das Sie wissen möchten? Denn ich habe selbst ein paar Fragen an Sie, Mister Detektiv. Sie wollen über Geld reden? Okay, dann reden wir über Geld. Die Nummerierung, die Ihnen aufgefallen ist? Nun, tausend dieser Dollars kamen von mir. Und ich erwarte …«

»Ergebnisse?«, unterbrach ich sie. Meine Stimme klang belegt.

»Ergebnisse?« Sie lachte harsch und bellend. »Was könnten Sie denn schon für Ergebnisse liefern? Schauen Sie sich doch an, in Ihrem Anzug und der Krawatte. Die passen Ihnen doch nicht mal richtig. Gucken Sie sich doch an, wie sie diesen Drink schlürfen. Nein, mein Freund, alles, was Sie liefern können, sind Informationen. Sie wissen, wo sie ist. Sie und ich, wir wissen das beide. Ich denke, es ist Zeit, dass sie aufhören, mir etwas vorzumachen. Zeit für Butter bei die Fische, wie man so sagt.«

Die Luft im Arbeitszimmer fühlte sich extrem aufgeheizt an, als würde die Atmosphäre sich ausdehnen, als hätte der Brand auf das Haus übergegriffen.

»Muss ich mir wegen irgendetwas Sorgen machen?«, fragte sie und betonte dabei jede Silbe, als spräche sie mit einem Kind. »Der Rest ist mir egal. Was können Sie mir erzählen? Ich erwarte etwas für mein Geld.«

Einmal mehr wurde mir die Last des Hauses bewusst, und die Stille. Ich wusste noch, wie ich sie das erste Mal gesehen hatte, wie sie mich in ihren Bann gezogen und mich auf dem falschen Fuß erwischt hatte. Ich war immer noch aus dem Gleichgewicht, doch die Verführung, die Anziehungskraft hatte sich neu zu etwas kalibriert, das eher Angst glich. Angst, ja – oder besser, eine verzweifelte Form der Skepsis, das Gefühl, ihr nicht trauen zu können, was auf Gegenseitigkeit beruhte. Ich fragte mich, warum sie mich hereingelassen hatte, warum sie mit mir spielte. Welches Ende sie hierfür im Sinn hatte. Ja, ich wusste etwas über Corrina, aber ich würde es ihr nicht erzählen. Ich wollte mich nicht daran erinnern. Ich wollte es vergessen.

Alles lief darauf hinaus, abzuwarten. Wieder stellte ich mir Lakaien vor, die in diesen leeren Räumen lungerten, bereit, hervorzukommen, falls die Dinge sich … unerwünscht entwickelten. Was musste ich tun, damit sie angerannt kämen? Wenn es überhaupt jemanden gäbe. Ich hob das Glas, bevor ich es an den Mund setzte und austrank. Dann stellte ich das leere Glas auf die Tischplatte.

Während der ganzen Zeit hielt ich ihrem Blick stand. Etwas anderes zu tun, erschien zu riskant. Jetzt senkte ich den Blick und sprach so gleichmäßig wie ich konnte.

»Es tut mir leid, Sylvia«, erklärte ich ihr. »Aber ich habe nichts, was Sie gebrauchen könnten.«

Unten in Hollywood war die Luft sauberer. Oder es war eine andere Art Dreck. Hier in der Ebene schien das Feuer weit weg zu sein, wie eine Hintergrundkulisse, weniger ein aktives Glühen als eine stumme, verwaschene Schwärze. Leute gingen mit einer einstudierten Nonchalance ihren eigenen Angelegenheiten nach. Erst wenn man ihnen in die Augen schaute, erkannte man es: dieses unbewusste Zucken wie ein Metronom, von der Art, die einem sagte, die Zukunft sei gefährdet.

Mein Bungalow fühlte sich so still an wie Sylvias Haus, und alles war so, wie ich es zurückgelassen hatte. Auf dem Tisch stand ein Glas, als wäre es vom Berg hinuntertransponiert worden, noch verfärbt von meinem letzten Drink. Ich dachte, ich könnte mir noch einen genehmigen; es war noch früh, aber was lief bei mir denn sonst noch? Ich ging in die Küche, um die Flasche zu holen, und da hörte ich es: ein feuchtes Geräusch, abgehackt, einem Schluchzer nicht unähnlich.

Das Geräusch befand sich in der Nähe, beinahe hinter mir, doch als ich mich umdrehte, war da nur Leere. Durch die Vorhänge konnte ich die kriechenden Reste des Tages erkennen. Ich fühlte mich dabei unwohl, so milchig und schwach. Es fühlte sich irgendwie beschmutzt an. Ich strengte mich an, die Stille zu durchdringen, unter ihre Oberfläche zu gelangen und die verborgenen Sequenzen wahrzunehmen. Zunächst war da nichts, doch dann hörte ich es wieder, fast auf dem Niveau eines Flüsterns. Während ich lauschte, nahm die Betonung die Texturen meines Namens an.

Meines Namens? Ich dachte an das letzte Mal, als das passiert war.

Aber, nein, das konnte nicht sein.

Ich blickte in Richtung Schlafzimmer. Die Tür war geschlossen. Ich konnte mich nicht daran erinnern, sie so gelassen zu haben, und hatte das Gefühl, gefangen zu sein, als gäbe es kein Entrinnen. Langsam schlich ich mich über den Teppich vorwärts, mit lautlosen Schritten. Es war, als wäre ich zu einem Geist in meinem eigenen Haus geworden, als würde ich nicht länger einen Abdruck hinterlassen. An der Tür hielt ich inne, um mich zu sammeln. Ich spürte, wie die Nervosität über meine Haut kroch. Jedes Nervenende fühlte sich wie elektrisiert an, als wäre mein Körper auf links gekrempelt worden.

Aus der Nähe war das Geräusch deutlicher. Es war an mich gerichtet, da gab es keinen Zweifel. Ich schloss meine Hand um den Türgriff und zog die Tür auf. Die Luft im Schlafzimmer war schwer und feucht wie eine entsiegelte Katakombe. Es roch nach Schweiß, Schlaf und Körperflüssigkeiten, und darunter ein anderer Geruch, oder eine Reihe von Gerüchen: Lehm, Flechten, Kerosin und der bittere Atem von brennendem Holz.

*Nein,* dachte ich, *das kann nicht sein.* Oder hatte ich diese Worte laut ausgesprochen? Meine Augen konnten sich nicht anpassen, ich sah nur Formen – die Kastenform der Kommode, die flache Form des Bettes. Dann wurde es etwas heller im Zimmer, und ich konnte eine andere Art von Silhouette erkennen. Das Bett war verändert, unter der Decke befand sich etwas, das wie eine Gestalt, ein Körper aussah. Und von dort kam das Geräusch.

Ich hob meine Hand, um das Licht einzuschalten, doch etwas hielt mich davon ab, auf den Schalter zu drücken. Es war nicht, dass ich es nicht wissen wollte, doch so schien es sicherer zu sein. Vom Bett kam das Geräusch eines raspelnden, abgehackten Atems. Ich machte einen Schritt ins Zimmer hinein. Mein einziger Plan war, schnell vorzugehen. Ich wollte, dass das hier so schnell ging wie das Abreißen eines Pflasters. Ein Schritt, dann noch einer, dann war ich neben dem Bett. Ich griff nach unten, packte die Decke und riss sie zur Seite, schaute aber unwillkürlich weg.

Corrina kauerte auf der Matratze, obwohl es schwer zu sagen war, wo sie endete, und das Bett begann. Sie schien keine physischen Grenzen mehr zu besitzen; ihr Körper hatte seine Form und Struktur behalten, doch sie verschwamm an den Rändern, wie das Flackern eines verblassenden Signals, eine Übertragung, die den Endpunkt ihrer Reichweite erreicht hatte. Das hier war keine Aura, kein ektomorphes Überbleibsel. Sie war kein Geist oder eine Seele. Ich hatte den Eindruck, dass ich, wenn ich sie berührte, einen festen Körper spüren würde, dass meine Hand auf Fleisch und Knochen ruhen würde. Ihre Haut war fleckig, rot, grün und an manchen Stellen versengt, doch ansonsten intakt. *Wie?,* dachte ich – und dann klappten ihre Augen auf, und ich dachte eine Weile über gar nichts mehr nach.

Diese Augen, sie waren quecksilbrig, ohne Pupille oder Iris; kein Lavendel, als mein eigenes Bild sich darin spiegelte. Die Wunden auf meinen Wangen loderten in diesem Spiegelbild auf, hellrot, wie kleine Flammen. Ich konnte meinen Namen in ihrem abgehackten Atem hören, doch sie sprach auf keine Art, die ich verstehen konnte. Ihr Mund blieb geschlossen, ihre Miene war ausdruckslos, und sie schien sich meiner Anwesenheit nicht bewusst zu sein – oder ihrer eigenen, was das betraf.

»Corrina?«, sagte ich, doch es war weniger eine Frage als eher eine feststellende Bemerkung. Es war, als befände ich mich bei einer Gegenüberstellung – von Verdächtigen vielleicht – oder bei der Besichtigung ihrer Leiche, die in einer Leichenhalle lag. Sie musste identifiziert werden; doch wie sollte ich wissen, was das hier war, wenn ich es nicht benennen konnte? Woher sollte ich wissen, wie ich reagieren sollte? Ich hätte einfach weggehen und ein weiteres Streichholz anreißen sollen, um den Bungalow mit ihr darin abzufackeln. Doch ich steckte zu tief drin.

»Corrina?«, sagte ich wieder, und sie richtete diesen leeren Blick auf mich. Es war, als würde ich in diesem Mahlstrom ertrinken. Es war, als würde meine Seele verzehrt werden. Ich spürte, wie die Hitze mich umschloss, genau wie bei Sylvia, und ich fragte mich, ob es da noch etwas zwischen ihnen gäbe, etwas anderes, Seltsameres, als sie zugegeben hatten. Vielleicht war sie dort gewesen, bei ihrer Stiefmutter. Vielleicht war es Corrina gewesen, oder ihr Gespenst, das hinter diesen geschlossenen Türen verborgen war und auf meinen nächsten Schritt wartete.

Nun, ich hatte einen Schritt unternommen, und hier war ich nun, in einer Situation, die ich nicht begreifen konnte. Ich schaffte es gerade eben, mich auf den Füßen zu halten, als Corrina sich erhob und Stichflammen aus ihren Augen züngelten. Ihr Körper schien sich auszudehnen. Sein Gewicht und Umfang nahmen das ganze Bett ein. Die Luft im Zimmer war von Verwesungsgeruch gesättigt; ich konnte sehen, wie ihre Haut sich abzuschälen und zu kringeln begann. Unter der mit Blasen bedeckten Oberfläche konnte ich ihre Kieferknochen und die lange Form ihrer Zunge erkennen, die aussah wie vom Feuer geschwärzt.

»Es tut mir leid«, sagte ich, meinte es jedoch nicht so. Wir wussten beide, dass das sowieso keine Rolle spielte. Als ich sprach, trieb sie auf mich zu, bis sie mich zum ersten Mal zu bemerken schien, obwohl ich mir nicht vorstellen konnte, was sie sah. Dann begann sie, aus diesem zerstörten Gesicht heraus zu lachen – ein langes, heulendes Dröhnen, das sich hob und justierte wie eine Feuersbrunst, die knackte und tobte, während sie sich aus dem Canyon und quer durch die Stadt brannte, nur um genau dort zu landen, wo sie angefangen hatte.

»Stopp«, sagte ich, doch sie schien mich nicht zu hören. Oder vielleicht befanden wir uns auf zwei verschiedenen Ebenen. »Corrina, bitte«, und nun wurde mir bewusst, dass ich stöhnte und mein Körper vor Angst erstarrt war. Es war nur eine Frage der Zeit, bevor jemand sie hörte, oder … Die Möglichkeiten gingen über meinen Verstand hinaus. Ich, der an nichts glaubte, der dachte, das Universum sei ein heimtückischer Witz. Das stimmte vermutlich nach wie vor, doch der Witz hatte sich gegen mich gerichtet. Sie lachte, weil sie es wusste, weil sie wusste, dass ich nicht davonkommen konnte. Sie lachte, weil sie es war, die mich verdammt hatte, von dem Augenblick an, an dem ich sie das erste Mal hatte schreien hören.

Die Luft war inzwischen dick, erstickend, als hätte sie jeglichen Sauerstoff herausgesaugt. Meine Lungen waren wie eingeschnürt, während ich nach Luft schnappte. An den Rändern meines Blickfeldes begannen schwarze Motten zu flattern. Wenn sie bis ins Zentrum vordrangen, wäre es zu spät. Einen kurzen Moment gab ich mich beinahe dem Unausweichlichen hin. Einen Moment lang ließ ich beinahe los. Es war eine so lange, so harte Zeit gewesen, und ich war so müde. Warum nicht mir selbst erlauben, einfach weggeschwemmt zu werden? Es wäre ein passendes Ende, alles würde sich in Luft auflösen, und ich wäre fort, zumindest getilgt von dieser Welt. Das war es, was ich mir wünschte, die Befreiung, die Erleichterung, die Freiheit, den Tod als Befreiung oder Erlösung.

Und doch war der Tod keine Befreiung. Das bestätigte Corrinas Präsenz. Nein, der Tod war nur ein weiterer Kampf, ein weiterer Quell der Qualen. Ich weiß nicht, was ich sonst erwartet hatte. Ich weiß nicht, was ich zu finden gehofft hatte. Es gab keinen Gott; es gab keine Erlösung. Ich war zu weit gegangen, um noch errettet zu werden.

Dennoch gab es das Überleben. Der Wunsch danach schrie aus jeder Zelle meines Körpers; er ballte meine Hand zur Faust. Ich wusste nicht, ob ich schrie, als ich es tat. Ich wusste nur, dass ich schrie, nachdem es getan war. Als Corrina lachte, holte ich aus und schlug nach ihr, einen Haken, der ihr Kinn erwischte und direkt durch sie hindurch ging. Ihr Körper war nicht fest, wie ich mir vorgestellt hatte. Es war eine schwebende Mischung aus Dämpfen, so diaphan und so flüchtig wie ein paar Schleier. Als mir das bewusst wurde, schrie ich noch lauter als an dem Punkt, an dem meine Faust auf die Wand traf und der Putz abbröckelte.

Und nun spürte ich, dass ich fiel, wie in ein offenes Grab. Das Grab war mein Bett, und es war leer; Corrina war fort. Von einem Geist zu einem Geist geworden, von einer Halluzination zu einer Halluzination. Sie war spurlos verschwunden.

Ich war allein hier. Ich war immer allein hier gewesen.

Ich war immer allein.

## Question Number Ten: Can We Get In?

Als ich aufwachte, fühlte ich mich leer. Fühlte ich mich entmenscht. Oder, nein, nicht entmenscht, nicht so ganz. Eher so, wie man sich fühlt, wenn ein Fieber vorüber ist. Da war dieser Ausgewrungen-Aspekt, das Gefühl, dass mein Körper entwässert worden war. Und dann das andere – lockerer, schwerer festzunageln, etwas das, wie ich mir gern vorstellte, ein bisschen wie Frieden wirkte.

Ich war nicht sicher, was passiert war. Ich wusste nicht, ob sie real war. Doch ich hatte es durchgestanden, das war mir klar. Ich hatte mich dem Mahlstrom gestellt und war auf der anderen Seite herausgekommen. In meinem Schlafzimmer sah es wüst aus – Laken und Decken lagen verstreut herum, und in der Wand war ein faustgroßes Loch. Mir fiel meine Hand wieder ein, der Aufschlagpunkt. Ich wusste noch, wie ich direkt durch sie hindurchgeboxt hatte, wie die größte Überraschung ihre Körperlosigkeit gewesen war. Ich hatte erwartet, dass sie … menschlich wäre. Ich hatte einen physischen Zustand erwartet. Ich hatte nicht geahnt, dass sie in einem anderen, evaneszenten Zustand zu mir kommen würde, so flüchtig und substanzlos wie durch die Luft treibender Rauch.

Und Rauch war etwas, womit ich umgehen konnte. Rauch rüttelte seit Tagen an Los Angeles. Ich fragte mich, ob sie in den Strudel zurückgekehrt war. Wie auch immer, in dem hereinsickernden morgendlichen Dämmerlicht war sie nicht länger mein Problem.

Aber das Loch in der Wand … das grinste mich an. Der Putz hatte an den Rändern nachgegeben und ein gebrochenes, heimtückisches Grinsen hinterlassen, das aussah wie ein Mund voller kaputter Zähne. Wenn ich lange genug wartete, würde er dann anfangen zu sprechen? Was würde er zu sagen haben? Ich befand mich nun außerhalb, jenseits der Grenzen des menschlichen Denkens, in dem Gebiet, wo das Mysterium sich behauptet. Ich wusste genug, um zu begreifen, dass dies nicht zu Antworten führen würde. Ich wusste, dass es mir nichts geben würde, womit ich etwas anfangen konnte. Das Mysterium. Eher ein Enigma. Jedes Mal, wenn ich mich in dessen Gegenwart wiederfand, war ich gezwungen, verständnislos wegzusehen, oder eher im Gegenteil – das aufgewühlte Chaos im Herzen von allem zu erkennen.

Selbst jetzt flüsterte dieser Mund in meine Richtung. Das Geräusch war zu leise, um deutlich zu sein. Es brachte mich zurück in ein anderes Schlafzimmer, ein anderes Haus, das ich mit meiner Frau bewohnt hatte. Während der letzten Tage, nach unseren vergeblichen Bemühungen um Versöhnung, hatte sie mich zum Schlafen aufs Sofa geschickt. Ich hatte mich so sehr bemüht, das zu vergessen, es nicht nur aus meiner Erinnerung zu tilgen, sondern auch aus meinem Bewusstsein. Und doch war es da, mit einem Wimpernschlag, etwas, das nicht ausradiert werden konnte. Mir fiel eine Nacht ein – unsere letzte? –, in der ich an unsere Schlafzimmertür gehämmert und mich gegen das Schloss geworfen hatte, bis das Holz splitterte. Ich konnte nicht länger sagen, was auf der anderen Seite gewesen war, was ich dort vorgefunden hatte. Ich konnte nicht länger sagen, wer ich war.

Was versuchte der Mund mir zu sagen? Was flüsterte der Mund da? Ich kramte in einer Küchenschublade nach einer Rolle Klebeband. Das Loch zuzukleben fühlte sich an, als würde ich jemanden zum Schweigen bringen, ihm beides abschnüren, Atem und Stimme. Ich begann mit einem Klebestreifen, fügte dann einen weiteren hinzu und dann noch einen, bis es wirkte wie ein Impasto, das aus der Wand in den dreidimensionalen Raum hineinragte. Ich klebte eine vierte und fünfte Lage darüber; und weitere, so lange, bis die Rolle leer war. Dann holte ich einen roten Permanentmarker aus der Küche und verzierte den Klumpen Klebestreifen mit grellen, anzüglich grinsenden Lippen.

*Na bitte,* dachte ich, oder sagte es laut. Es sah nicht aus wie Corrina, aber darum ging es nicht.

Als ich aus dem Schlafzimmer ging, ließ ich die Tür weit offen. Ich wollte, dass alles frei lag. Durch die Fenster drang das Geräusch von Unruhe. Oder, nein: das Geräusch von Handwerkern. Als ich eine Ecke des Vorhangs zurückzog, sah ich Sylvia auf den Stufen von Corrinas Bungalow stehen, wie sie mit drei Tagelöhnern sprach – von Home Depot oder Sunset, wenn ich mich nicht irrte. Die Haustür stand offen und gab die dahinterliegende Leere frei. John, der Hausverwalter, war auch dort, in blauen Shorts und einem T-Shirt, in dem er aussah wie ein übergroßes Kind. Er guckte auch wie ein Kind, während Sylvia mit ihm sprach, ein unglückliches Kind mit gesenktem Blick und einem Schmollmund, als würde sie ihm Anweisungen erteilen oder ihn tadeln. Das war eine Haltung bei ihm, die ich noch nicht kannte; normalerweise war es andersherum.

Ich spürte, wie meine Atmung scharf und angespannt wurde.

Sylvia war sechs Meter entfernt, obwohl es ebenso gut sechs Kilometer hätten sein können. Ich sah zu, wie sie sprach. Die Worte konnte ich nicht hören, doch der Ton war eindeutig – selbstbewusst, direkt, nicht scharf, aber das konnte schnell anders werden. Jedes Mal, wenn wir zusammen waren, hatte ich mich am Empfängerende dieser Stimme befunden. Es war die Stimme, die man benutzte, wenn man mit Hilfskräften sprach. Ich hatte sie nie anders sprechen gehört. Jetzt sprach sie mit John, und er sprach mit den Hilfsarbeitern. Es war, als sähe man einer Befehlskette zu. Die Männer hörten zu und gingen dann in den Bungalow. Irgendetwas daran stimmte nicht.

Ich zog den Vorhang zurück, um besser sehen zu können. Ich wollte schauen, ob sonst noch jemand dort war. Das Sonnenlicht glitzerte auf dem Glas und fing mein Spiegelbild ein. Es war blass, aber strahlend, gelb und nicht länger braun. Ich wusste, was das bedeutete, obwohl ich es nicht erwartet hatte. Es bedeutete, dass das Feuer unter Kontrolle war. Nun war es nur noch eine Frage der Zeit, bis die Flammen gelöscht waren und die Ermittler durch Malibu schwärmten, um nach dem Brandherd zu suchen und nach Beweisen, die vielleicht zurückgelassen worden waren. Mir wurde das Geräusch meiner Atmung bewusst: raspelnd, rau, als hätte ich eine Grippe. Eine Grippe, ja … oder eine Atemwegserkrankung. Es fühlte sich so unwirklich an wie ein Fiebertraum.

Dann blickte Sylvia auf, als hätte sie mich gesehen, als wäre ihr bewusst, dass sie beobachtet wurde. Ihre grauen Augen verengten sich, und sie drehte sich zu dem Fenster um, hinter dem ich stand, seitlich und außer Sichtweite. Im Tageslicht war ich mehr oder weniger unsichtbar, das wusste ich. Mehr als einmal hatte ich draußen im Hof gestanden und auf dieses Fenster geschaut. Alles, was ich sehen konnte, war das gebrochene Bild des Himmels gewesen. Ich versuchte, es mir aus ihrer Perspektive vorzustellen: Eine Wolkendecke, zusammengeknüllt wie Gaze, die leicht über die Oberfläche der Fensterscheibe glitt. Dabei passte das nicht zu ihrem Blick, der stechend war, als wäre ein Habicht auf Corrinas Stufen gelandet. Ihr Kinn war fein, wie aus Marmor gemeißelt; wenn man es berührte, würde es sich kühl anfühlen, dachte ich. Ihre Nase war schmal und elegant, das Haar zu einem lockeren Knoten zurückgebunden. Der Stil betonte ihren langen Nacken und ihre Körperform, deren Kurven unter dem maßgeschneiderten Rock und der Bluse wie ein einzelner Muskel wirkten, so straff wie der Flügel eines Raubvogels. Ich bemerkte, wie ihr Fokus sich verengte und sie hereinzulinsen versuchte. Sie wusste, dass ich hier wohnte, wusste, dass ich keinen anderen Ort besaß, an dem ich sein konnte, und ich bekam einen heißen Kopf. Sie bewegte sich mit raubtierhafter Anmut.

Ich versuchte, ihrem Blick standzuhalten, aber selbst hinter der Fensterscheibe schaffte ich es nicht. Stattdessen glitt mein Blick zu dem Holzkohlegrill, der noch auf den Stufen stand. Plötzlich wollte ich ihn haben, als Andenken, oder als eine Möglichkeit, den Überblick zu behalten. Ich war schließlich dort gewesen, auf diesen Stufen, genau wie ich im Haus gewesen war. Während ich zusah, schnüffelte Sylvia, wie auf der Suche nach Rauch, und sah dann erneut zu mir hinüber. Ich malte mir aus, dass ich sah, wie sie Überlegungen anstellte, Beweise zusammentrug und Schlussfolgerungen zog. Ich ließ den Vorhang fallen und trat zurück ins Zimmer.

Es würde Stunden dauern, Corrinas Wohnung auszuräumen. Ich hatte keine Ahnung, ob Sylvia die ganze Zeit dortbleiben würde, hoffte jedoch, dass dem nicht so war. Ich wollte ihr nicht begegnen. Ich wollte nicht, dass sie an meine Tür klopfte. Das Hin-und-Hergerissen-Sein war erdrückend. Ich hatte das Gefühl, sie würde mich bei lebendigem Leib fressen, wenn ich auch nur einen Moment unachtsam war.

Und was war mit John? Das war auch etwas, worüber ich nachdenken musste, ein weiteres Beweisstück, ein weiterer Hinweis.

Ich schaltete im Wohnzimmer etwas Musik an. Dann schenkte ich mir einen Drink ein. Ich wusste nicht, wie viel Uhr es war, doch Zeit – ob nun vormittags oder nachmittags – war für mich nicht länger relevant. Sie war mit keiner der üblichen Grenzziehungen mehr messbar, war zu einer Flut geworden, einem Feuer. Alles schien gleichzeitig zu passieren, und der einzige Weg, damit umzugehen, war, mich davon treiben zu lassen, nachzugeben und mich forttragen zu lassen.

Über die Lautsprecher hörte ich das Eröffnungsmuster von Elmore James' *Shake Your Moneymaker.* Ich hatte diesen Song mit seinem sich wiederholenden Text schon so oft gehört, dass man meinen könnte, er sei die einfachste Sache der Welt. Doch das erklärte nicht die Nuancen und den Drive. Das erklärte nicht die Wirkung. Ich dachte an Elmore, mit fünfundvierzig tot, Herzinfarkt in Chicago. Ich hatte mir immer vorgestellt, wie es ihn bei Donner und strömendem Regen ereilt hatte. Der Himmel weint, hatte er gesungen, doch das hier war Südkalifornien, was bedeutete, dass der Himmel seine Tränen die meiste Zeit des Jahres zurückhielt. Nur in den Wintermonaten erlaubte er sich, in Regengüssen von elementarer Wucht, sein Herz auszuschütten. In diesem Winter würde der Regen Malibu zerfetzen und da weitermachen, wo das Feuer aufgehört hatte. Das Wasser würde durch die Canyons stürzen und Häuser und Abhänge mit sich reißen sowie all das, was sonst noch auf dem Weg verloren oder verbuddelt gewesen war. Es war dieses Vergessen, das uns weitermachen ließ. Es war dieses Vergessen, welches uns, entgegen allen Widrigkeiten, glauben ließ, wir seien gesegnet.

Draußen hämmerten und ratterten die Arbeiter bei ihrer Arbeit. Oder war das nur das Jaulen ihrer Reinigungsmaschinen? Wie dem auch sei, wenn sie fertig waren, würde auch dies weggewaschen sein, ein weiteres Ausradieren, eine weitere Flut. Corrina würde spurlos verschwunden sein. In gewisser Weise war es so, als würden sie den Job zu Ende bringen, den ich angefangen hatte, oder, nein – den Job, den Corrina begonnen hatte, den sie in Bewegung gesetzt hatte. Das musste ich im Kopf behalten; alles hatte mit ihr angefangen. Ohne Corrina befände ich mich nicht in dieser Situation. Ohne Corrina wäre ich nie involviert gewesen. Und nun versteckte ich mich in meiner Wohnung und hoffte, dass Sylvia mich in Ruhe lassen würde. Am liebsten hätte ich auch sie ausgelöscht, oder zumindest mein Wissen von ihr. Ich wollte, dass einer von uns – entweder Sylvia oder ich – verschwand.

Dann ging der Song in den ersten Vers über, und da war es – ein weiteres Flüstern, ein weiteres Echo in der langen Geschichte des Blues.

*Well, I got a girl, she lives up the hill*

Von Pete Johnson bis Elmore James, von 1938 bis 1961. Das war die Spanne zwischen zwei Menschenleben … nicht anders als die von Sylvia und Corrina, könnte man sagen. Unvermittelt stellte ich mir vor, dass Sylvia dort stünde, wenn ich die Vorhänge zurückzöge, und, das Gesicht an die Scheibe gepresst, auf der anderen Seite warten würde.

Ich zwang mich, nicht hinzugehen und nachzuschauen. Stattdessen klappte ich meinen Laptop auf und kontrollierte, ob es Neuigkeiten zu dem Brand gab. Das Feuer war inzwischen zu über vierzig Prozent eingedämmt, was das klare Licht erklärte. Der Wind hatte gedreht, fort von der Stadt, und ließ die Flammen zurück, die im Gestrüpp ausbrannten. Ich sollte eigentlich erleichtert sein, das begriff ich. Doch das war ich nicht. Es war eher, als wäre die Abrechnung fällig.

Ich musste die Informationen durchgehen. Ich musste herausfinden, wo ich stand. Ich ging ins Schlafzimmer, wo ich über das zugeklebte Loch mit dem anzüglichen Grinsen hinwegsah. Es war ein Wurmloch, in das ich nicht fallen wollte. Ein Schlund, der mich fressen konnte. Ich nahm den Umschlag mit dem Geld. Ich fand das 5150-Formular für den Maßregelvollzug. Eine Party, ein Messer, die Drohung, den Gastgeber zu erstechen. Es hörte sich an wie ein Leadbelly-Song. Und was bedeutete das alles für mich? Corrina war labil gewesen, das verstand ich. Sie war zweimal in der Reha gewesen. Ich dachte an ihre Wohnung und all die Möbel. Es war ein Projekt gewesen, wurde mir plötzlich bewusst, oder zumindest Absicht. Eine aufgezwungene Ordnung, oder zumindest die Illusion, wie eine Art Firewall. Vielleicht wehrte sie die Dunkelheit ab. Vielleicht versuchte sie, den Irrsinn in Schach zu halten. Ich fragte mich, wie es für sie gewesen sein mochte, allein, mitten in der Nacht. Ich fragte mich, wie es wohl gewesen war, wenn sie schrie. Ich hatte solche Nächte auch erlebt. Hatte nie aufgehört, sie zu erleben. Die dunkle Nacht der Seelen … das war ein Klischee. Aber es war auch Realität. Letzten Endes war das jedes Klischee. Wir nannten es Klischee, weil wir uns nicht damit auseinandersetzen wollten, nicht anerkennen wollten, was das besagte. Wir wünschten uns, dass unser Leben komplexer wäre. Wir wollten einzigartig sein. Doch tief in der Nacht schrumpfte die Ewigkeit, bis man es in seinem Körper keine weitere Sekunde mehr aushielt. Man musste alles zu einem Ende bringen. Ich war schon dort gewesen. Und nun stand ich kurz davor, wieder dort zu landen.

Im Wohnzimmer klang *Shake Your Moneymaker* langsam aus. Elmore und seine Band, die Broomdusters, waren dafür bekannt gewesen, den Song bei ihren Liveauftritten auf eine halbe Stunde auszudehnen und ihr Publikum in Ekstase zu versetzen. Ich stellte sie mir in Chicagos South Side in einer Spelunke vor, mit niedriger Decke, dicht über der Bühne. Es würde nach Schweiß, Pheromonen und Whiskey riechen, der Samstagabend würde in den Sonntagmorgen übergehen, von einem Gebet zu einem anderen. *Wir sehen uns in der Kirche,* hatte der Barkeeper immer zu mir gesagt. Jedes von ihnen war auf seine Weise heilig. Dennoch konnte keines uns retten. Keines konnte uns zurückbringen. All diese Menschen, die tanzten, tranken und Musik machten, an irgendeinem verlorenen Abend in der Mitte eines fernen Jahrhunderts. Wie viele von ihnen waren noch am Leben? Nicht viele, schätzte ich. Und was die anderen anging, hätten sie genauso gut nie geboren werden können, denn jetzt hatten sie nichts mehr davon.

Aber dennoch, dachte ich, als ich die Hundertdollarscheine herausholte: *Shake Your Moneymaker,* in der Tat. Das hatte ich getan, seit ich Corrina kennengelernt hatte, seit dem Abend, an dem sie an meine Tür klopfte. Wann war das gewesen, diese erste Begegnung? Es fühlte sich an wie Jahre, dabei war es erst ein oder zwei Wochen her. Ich versuchte, die Tage zurückzuzählen, aber das war zu schwer. Stattdessen nahm ich das Formular. Sie war ins Harbor-UCLA gebracht worden, ein städtisches Krankenhaus, und hatte drei Tage unter Überwachung gestanden. Die Fotokopie war verschwommen, schlecht zu lesen und in einer hastigen Handschrift gekrakelt. Bei den angekreuzten Kästchen auf der zweiten Seite stand es jedoch schwarz auf weiß:

*Eine Gefahr für sich selbst*

*Eine Gefahr für andere*

Also, das war doch der Fall gewesen, oder? Sie war eine Gefahr für uns beide gewesen. Nun war sie als Tulpa wiederaufgetaucht: als ein Zeichen von Irrsinn oder einer Emanation von der Grenze zwischen den Welten. Ich fühlte mich bedrängt, fühlte mich besessen und heimgesucht. Es musste doch etwas geben, was ich dagegen tun konnte. Ich öffnete ein Suchfenster und schrieb: *Wie wird man eine Tulpa los?* Nach einem halben Dutzend Seiten fand ich, wonach ich suchte. *Schäme dich nicht,* empfahl man. *Es sind die Dinge, für die du dich schämst, die sie gegen dich verwenden werden. Du bist ein Tier, geboren aus dem Chaos in einer zerstörten und korrupten Welt.*

Also, ja, das verstand ich. Das stimmte sicherlich. Aber keine Scham? Wie sah das aus? Obwohl ich alles tat, um meine Scham zu verdrängen. Sie herunterzuschlucken, sie zu vergessen.

Halte den Zweifel – die *Angst* – in Schach.

Es war wieder Solipsismus, natürlich war es das. Doch die Tulpa war eine Herausforderung. Die Tulpa war ein Angriff. Ihre Präsenz bestätigte etwas, das ich nicht akzeptieren wollte, nämlich dass ich nicht kontrollieren konnte, was ich projiziert hatte, dass ich die Quelle meines eigenen Chaos war, dass es alles mit mir zu tun hatte. Und was die Strategien zur Loslösung betraf, schlug die Internetseite vor, Alkohol und allgemeine Unordnung zu vermeiden. Ich lachte und nahm einen ordentlichen Schluck meines Drinks.

Man riet, Musik zu hören.

Das war einfach. Ich hatte Musik gehört, als ich sie kennengelernt hatte. Und jetzt hörte ich Musik. Während ich durch die Internetseite blätterte, begann Robert Johnsons *32-20 Blues* sanft zu pochen, wie das Flüstern aus einer anderen Welt:

*Aha, baby, where you stayed last night*
*Aha, baby, where you stayed last night*
*You got your hair all tangled and you ain't talking right*

Was ich gesehen hatte, hätte man genauso gut auch so beschreiben können.

Und doch hatte die Musik nicht dabei geholfen, die Tulpa abzuschrecken. Musik schien sie stattdessen anzulocken. Und was den Rest anging, was hatte es damit zu tun, wie ich lebte? Ich hatte nach einem Zauberspruch gesucht oder einer Beschwörung. Ich war auf der Suche nach geistiger Heilung gewesen. Doch wer auch immer diese Lösungen entwickelt hatte, lebte in einer anderen Welt.

Dann sah ich am unteren Bildschirmrand einen weiteren Eintrag. Er bezog sich auf Humus, und zuerst dachte ich, es wäre ein Rezept. Die Schreibweise war jedoch anders; nicht *Hummus*, sondern ohne das zweite *m*. Ein geringfügiger Unterschied, wie ein Rundungsfehler. Bis ich weiterlas und merkte, dass ich mich irrte.

Bei diesem Humus handelte es sich um kein Lebensmittel. Es war eine organische Substanz wie Kompost, ein dunkles Material, das durch die Verrottung von tierischen oder pflanzlichen Substanzen entstand und für die Bodenfruchtbarkeit notwendig war. Vom Leben zum Tod und wieder zum Leben, eine Form der Transmutation, Transfiguration, Transmigration, Transsubstantiation … und war es nicht genau das, worauf ich aus war? Ich hatte keinen

Humus und wusste auch nicht, wo ich ihn herbekommen sollte. Aber ich hatte eine Idee.

Ich ging zum Kühlschrank. Ganz hinten stand ein verkrusteter Becher mit Hummus. Ich konnte nicht sagen, wann ich ihn gekauft hatte, doch es war mir egal, ob man es noch essen konnte. Transsubstantiation, ja – von Hummus zu Humus, von einem Nahrungsmittel zu einem elementaren Überrest. Ich griff mir den Becher und die Flasche Maker's, nachdem ich mein Glas vollgeschenkt hatte.

Im Schlafzimmer nahm ich einen Schluck Whiskey, schüttete dann etwas auf meinen Finger und schmierte es über die Lippen, die ich gemalt hatte. Ich konnte die Arbeiter draußen hören, all ihre Bewegungen und ihr Schrubben, das unter den Atemzügen der Musik widerhallte, einem Begleitrhythmus nicht unähnlich. Ich konnte eine weitere Stimme hören, die eines Mannes, die den Lärm durchschnitt und Anweisungen erteilte. Es hörte sich an wie John. Die Musik im Wohnzimmer behielt ihr leises, amorphes Summen bei. Ich rieb mir zu den konkurrierenden Beats mehr Alkohol auf den Mund. Dann nahm ich einen Schluck Bourbon und ließ ihn auf meiner Zunge kreisen.

Der Mund grinste weiter anzüglich, mehr noch, weil ich inzwischen betrunken war. Ich tunkte einen anderen Finger tief in das Hummus und dachte erneut über die Doppelbedeutung des Wortes nach. Dinge waren nie das, wonach sie aussahen, nicht wahr? Dinge waren nie, wie sie schienen. Der Klecks fühlte sich kühl an, wie ein wohltuendes Pflaster; ich begann, ihn auf die Wand zu schmieren. Ich malte Linien, die die Form eines Kopfes annahmen, mit den Lippen in der Mitte. Das Gesicht war weniger rund als Corrinas, eher eckiger und ernster. Ich konnte beinahe das Stechen der grauen Augen spüren, beinahe die Schärfe der Stimme hören. Konnte es sein, dass ich eine wesentliche Verbindung übersehen hatte, dass nicht Corrina die Tulpa war? Vielleicht hatte die

Tulpa direkt vor meinem Fenster gestanden. Vielleicht war die Tulpa noch in der Nähe.

Ich weiß nicht mehr, wie lange ich in meinem Schlafzimmer blieb. Ich weiß nur, dass es langsam dunkel wurde, als ich wieder herauskam. In meiner Wohnung brannte nirgendwo Licht, doch als ich mich zentimeterweise ins Grau meines Wohnzimmers vorschob, konnte ich die Tagelöhner nach wie vor arbeiten hören. Sie gingen ständig in den Bungalow und wieder hinaus. Sie stritten miteinander. Ich fragte mich, wie viel Sylvia ihnen bezahlt hatte. Nicht genug, so viel war sicher. Nur ein paar Hundert Dollar, in sequenziell nummerierten Scheinen. Ich konnte fast raten, wie die Nummern lauteten. Ich schaltete die Musikanlage aus und sammelte mich im Dämmerlicht. Dann ging ich auf Zehenspitzen zum Fenster und schob den Vorhang ein kleines Stück beiseite.

Draußen wurde es Nacht, und Sylvia war nirgends zu sehen.

Ich wartete bis nach Mitternacht. Ich wartete, wollte herausfinden, was da los war. Ich wartete stundenlang und nippte schweigend am Whiskey, bis die Arbeiter zusammengepackt hatten und der Hof still dalag. Ich wartete, bis meine Augen sich angepasst hatten und ich in der Dunkelheit etwas erkennen konnte, bis ich einmal mehr zum Dark Watcher geworden war. Dann schlich ich mich zur Tür, glitt die Stufen hinunter und bewegte mich zu Corrinas Wohnung wie eine Art Dunst in der Leere, eine Art nächtliche Emanation.

Die Crew hatte das Licht ausgeschaltet, aber die Tür nicht abgeschlossen. Bevor ich den Türgriff herunterdrückte, sah ich mich um – niemand beobachtete mich – und ging dann hinein. Die Möbel waren weggekarrt worden, und nach dem, was ich erkennen konnte, war die gesamte Wohnung geschrubbt und desinfiziert worden; als ich meine Hand auf eine der Wände legte, roch sie hinterher leicht nach Kiefernnadeln.

Ich verbrachte eine Weile im vorderen Zimmer und vermied es, hinten ins Schlafzimmer zu gehen. Die Tür stand leicht offen, doch ich hatte Angst, wieder dort hineinzugehen. Vielleicht wartete dort jemand – Sylvia mit der Polizei oder John oder diese Phantom-Lakaien. Oder Corrina, zurück von wo auch immer sie hingegangen war. Ich spürte, wie ich mich langsam von meinem Körper löste. Nur durch diese Räume zu gehen war, wie an einen Tatort zurückzukehren.

Der Holzkohlegrill stand noch vorn auf den Stufen, ein Zeuge. Die einzig verbliebene Erinnerung daran, was passiert war, und dass der Bungalow mal bewohnt gewesen war. In ein paar Wochen oder einem Monat würde ein neuer Mieter einziehen, neue Möbel mitbringen und ein neues Päckchen Sorgen. Bis dahin würde die Wohnung bis auf ihren nackten Kern, Wände und Böden und Türen und Fenster, leer stehen: eine weiße Leinwand, die darauf wartete, dass jemand – irgendwer – sie füllte. Es war eine Hülle, eine Leiche, nachdem die Seele ausgezogen war.

Vermutlich hatte ich meinen Teil dazu beigetragen.

Doch nach ein paar Minuten verblasste meine Unruhe. Ich fühlte mich fast so, als gehörte ich dorthin. Es war, als wäre ich erneut unbesiegbar, ein Würgeengel, oder auch nicht. Durch die Haustür hörte ich das Zirpen der Grillen; ich konnte den blühenden Jasmin riechen. Mitten in der Stadt war die Dunkelheit keine richtige Dunkelheit, sondern hatte ihren eigenen, von Natrium der Lampen angereicherten Glanz. Schmale Ranken orangefarbenen Lichts verfinsterten die Schatten. Sie vermittelten mir das Gefühl, als gäbe es nichts, was ich nicht sehen konnte.

»Hallo?«, sagte ich ermutigt.

Die Stille der Wohnung antwortete mir.

Ich ging durch die Küche und das Bad. Ich ließ meine Finger über den Küchentresen gleiten. Mein Geist fühlte sich leichter an, freier. Es war, als wäre die Tulpa verschwunden. Humus, Hummus, der Unterschied eines einzigen Buchstabens. Vielleicht war es dicht genug dran gewesen. Wie dem auch sei, für diesen Moment hatte ich jedenfalls eine Art Ruhepause. Am Fenster zum Hof schaute ich hinaus. Links konnte ich meinen Bungalow sehen. Die Fenster mit ihren Vorhängen waren dunkel. Eine weitere Reihe von Räumen ohne Leben. Dies musste die Stelle gewesen sein, wo sie gestanden hatte, wenn sie schrie. Auf jeden Fall die ersten Male. Ich konnte sie mir hier vorstellen, mit ihren Stiefeletten und den engen Jeans, wie sie versuchte, so auszusehen wie alle anderen Frauen ihres Alters.

Aber das war ein Winkelzug gewesen, nicht wahr? Das war eine Lüge gewesen. Ich hatte eine gewisse Ahnung, wie es sich anfühlte, wenn zwischen dem Innersten und dem Äußeren eine Diskontinuität herrschte. Ich war mir dessen jedes Mal bewusst, wenn ich in die Welt trat. Ich war mir jetzt dessen bewusst. Es war der Grund, warum ich einen Anzug getragen hatte, als ich Sylvia auf dem Berg besucht hatte – nicht weil es mir das Gefühl gab, dort hinzugehören, sondern weil es mich daran erinnerte, dass ich nie dort hingehören würde.

Der Makel der Komplizenschaft, der Sünde, meiner *Verantwortung,* er war zu groß.

Doch nun wollte ich diese Verantwortung. Jetzt wollte ich zur Geltung bringen, wer ich war. Es gab nichts, wovor ich Angst haben musste. Es war alles aus und vorbei. Ich ging vom Fenster zum Schlafzimmer und schob die Tür auf. Auch die Wände waren sauber geschrubbt worden. Der Geruch von Ammoniak brannte mir in der Nase.

Ich ging an den Rändern des Zimmers entlang, als schritte ich dessen Größe ab. Es war wichtig, das Physische nicht aus den Augen zu verlieren. Man konnte in Schwierigkeiten geraten, wenn man aufhörte, an gewisse Prinzipien zu glauben. Man konnte sich in seiner eigenen Traumlandschaft verlieren. Das war mir auch schon passiert, als ich noch verheiratet war, und mir schwante, dass es jetzt wieder passieren könnte. Ein Schritt, zwei Schritte, drei Schritte … die ganze Wand entlang, bis ich an einer Ecke ankam, wo ich mich umdrehte und weiterzählte.

Als ich das eine ganze Weile gemacht hatte, sah ich es. Oder spürte es – das trifft es eher. Die Tür des begehbaren Kleiderschrankes war offen, und weil er weiter vom Innenhof entfernt war, war es darin dunkler. Doch ich wusste, dass dort etwas zurückgelassen worden war, damit ich es fand. Ich betrat den Kleiderschrank und versuchte, durch die treibenden Partikel der Nacht etwas zu erkennen. Zuerst sah ich nichts, dann lockte mich ein mattes Schimmern flackernd an die hintere Wand. Ich bückte mich, um es aufzuheben, und schloss meine Finger um etwas, das klein, lang und eckig war. Metall in etwas eingeschlossen, das sich wie Plastik anfühlte. Es roch bekannt, doch ich konnte es nicht einordnen.

Und dann wusste ich es.

Es war der USB-Stick, obwohl ich nicht sagen konnte, wie er hierhergekommen war. Es könnte sein, dass ich geschrien habe, als ich aus der Wohnung rannte. Wie ich nach Hause gekommen bin, weiß ich nicht mehr.

Wieder bei mir, verschloss ich Türen und Fenster, ließ das Licht ausgeschaltet. Dann klappte ich meinen Laptop auf, und im Schein des Bildschirms konnte ich es sehen: dieselben soliden Einzelteile, der geschmolzene Kunststoff vom Feuer angesengt. Die Tulpa, natürlich. Die Tulpa war immer noch hier. Und ich hatte mir etwas vorgemacht. Ich steckte zu tief drin, und es war mehr nötig als ein paar Zaubersprüche oder Beschwörungen, um mich wieder herauszukämpfen.

Ich steckte den USB-Stick in meinen Computer, doch er war zu kaputt, um noch gelesen werden zu können. Bevor ich ihn herauszog, sah ich jedoch einen kurzen Moment das Nachbild eines Gesichts. Ein Frauengesicht, streng und starr, mit grauen Augen, die ich inzwischen so gut kannte. Ihr Blick bohrte sich wie Säure in mich hinein. Ich konnte das Feuer auf meiner Haut spüren. Ich pfefferte den USB-Stick quer durchs Zimmer, als wäre er heiß und geschmolzen. Was zum Teufel? Wo hatte ich mich da reingeritten? Wie machte ich jetzt weiter?

Die offensichtliche Antwort war die Flasche, die noch auf dem Tisch stand. Ich schenkte einen gesunden Schluck in mein Glas ein. Erst als ich aufsah, bemerkte ich das Fenster in meinem Browser, auf dem noch die Nachrichtenseite über den Flächenbrand geöffnet war.

EILMELDUNG brüllte die Überschrift in Großbuchstaben. Ich konnte das Geschrei fast im Zimmer hören. In Malibu war eine Leiche entdeckt worden. Der Ort war ein Canyon, den die Ermittler als potenziellen Brandherd identifiziert hatten.

Es war das erste Opfer des Feuers, schlussfolgerte der Artikel. Doch ich wusste, dass das nicht stimmte. Wie konnte es die Schuld des Feuers sein, wenn die Leiche bereits tot gewesen war?

Ich starrte auf den Bildschirm und schenkte mir noch einen ein.

## Question Number Eleven: It'll Be Just Like Heaven?

Die Leute sagen, am nächsten Morgen sähe alles wieder anders aus. Die Leute sagen, man müsste nur die Nacht überstehen. Ich habe mal ein Interview mit jemandem gesehen, der versucht hatte, Selbstmord zu begehen; »Wenn ich mir nur hätte vorstellen können, die nächste Minute zu überstehen«, erzählte er dem Fernsehreporter, »dann hätte ich nicht versucht, mich umzubringen.« Das Problem war die Gegenwart. Sie existierte ohne eine Zukunft oder eine Vergangenheit. In diesem ewigen, fortlaufenden Moment gab es keine Hoffnung auf eine Lösung. Es gab keine Befreiung.

Ich wollte nicht auf den Computerbildschirm schauen. Doch ich konnte mich nicht abwenden. Während der ganzen langen Nacht der Finsternis tippte ich immer wieder die Refresh-Taste meines Browsers, doch er zeigte mir nichts Neues. Eine weitere Art der statischen Präsenz. Ein weiterer Moment, in dem die Zeit stehen geblieben war. Doch anders als in der Nacht, in der ich nach Malibu gefahren war, war dieses Gefühl einer ausgesetzten Zeit alles andere als beruhigend. Ich platzte fast vor Sorge. Oder war das Angst?

Nicht dass ich annahm, es würde mich jemand finden. Zumindest nicht die Behörden. Die physische Welt war mir egal; es gab zu viele zerrissene Fäden und Ungereimtheiten, zu viele falsch verbundene Enden. Niemand suchte tatsächlich nach Corrina. Es war in unser aller Interesse, dass sie nicht gefunden wurde. Nachdem das Feuer gelöscht war, würde ich wieder auf den Berg fahren, um Sylvia zu besuchen und ihr zu sagen, dass sie sich keine Sorgen zu machen brauchte. Ich würde ihr sagen, dass ich gesehen hatte, wie Corrina weggefahren sei.

Und was die Leiche anging, so gab es keine identifizierenden Informationen, nichts, was uns in Verbindung brachte. Wir hatten in derselben Bungalowanlage gewohnt, das war alles. Wir hatten uns ein paarmal getroffen, meistens direkt hier in diesem Wohnzimmer. Sollte jemand fragen, würde ich es zugeben. Was war falsch an irgendetwas, das wir getan hatten? Es bedeutete gar nichts … oder zumindest sollte es das nicht. Obwohl das nie dem entsprochen hatte, wie es dann endete.

Doch dann war da noch die Tulpa, und ich wusste nicht, was ich diesbezüglich tun sollte. Das hier war nicht körperlich, es war eine Form von Wahnsinn, eine niedrige, simmernde Hitze, die hinter meinen Augäpfeln begann und bis in meine Fingerspitzen und Zehen brutzelte. In ihrem Griff fühlte ich mich nicht wohl. In ihrem Griff konnte ich nicht stillsitzen. Alle paar Minuten stand ich auf, machte meine Runde durch die Wohnung, kontrollierte im Schutz der Dunkelheit die Zimmer und linste in sämtliche Schränke und Schubladen.

Das war das Problem mit der Tulpa, man wusste nie, wann und wo sie sich manifestierte. Ich schmierte einen weiteren Klecks Hummus um das Gesicht, das ich im Schlafzimmer gemalt hatte, doch ohne Licht war es nicht möglich, die Wirkung zu sehen. Dann holte ich mir die Flasche, setzte mich eine Weile aufs Bett, trank direkt daraus und tupfte gelegentlich ein paar Tropfen vorsichtig auf den Mund. Besser, sie bei Laune zu halten. Besser, sie ruhig zu halten. Wenn sie betrunken war, hielt sie sich vielleicht zurück und aus meinen Angelegenheiten heraus. Bei mir hatte das meistens funktioniert.

Das Trinken versetzte mich in eine Art Stupor. Oder vielleicht entschärfte es auch einfach nur die Dringlichkeit. Ich wusste nicht, wie spät es war, und wollte es auch nicht wissen. Ich musste nirgendwo sein. Ich hatte es endlich geschafft, mich von allem zu lösen; die Leiche im Canyon zeugte davon. Nun, da sie entdeckt worden war, befand ich mich dauerhaft auf der anderen Seite. Ich war Stack O'Lee, ein Mann, der außerhalb des Gesetzes stand. Aber Stack O'Lee war in einem Akt von Selbstjustiz erschossen worden. Ich wollte mich nur verstecken.

Das war auch bei meiner Frau passiert. Je länger wir zusammen waren, desto mehr zog ich mich zurück. Nachdem sie fort war, blieb ich noch ein oder zwei Wochen in unserer Stadtwohnung und ließ sie dann hinter mir. Ich war nicht der Eigentümer. Mein Name stand nicht auf der Urkunde. Alles hatte ihr gehört, und es gab keine Erbschaft. In Kalifornien gilt die Gütergemeinschaft, doch ich sah sie nie wieder.

Und es stimmt schon, dass ich gewisse … Heilmittel hatte. Doch diese Heilmittel würden mich zu sehr bloßstellen. Ich hielt mich lieber in der Dunkelheit auf, so wie heute Nacht. Ich behielt das Geld auf unseren Konten. Ich nahm die Stereoanlage mit. Besser, einen klaren Bruch zu machen und neu anzufangen, als hätte ich keine Geschichte. Besser, die Vergangenheit zu vergessen.

Wo würde ich nun hingehen?, fragte ich mich, während ich trank. Kalifornien war groß, und es gab viele Orte, an denen ich mich verlieren konnte. Ich hatte den Umschlag voller Hunderter. Es war nicht genug, doch es reichte für den Anfang. Und auf der Bank hatte ich auch noch etwas Geld.

Selbst als ich davon träumte, wusste ich, dass es nicht geschehen würde, genau wie es bei meiner Frau nicht geschehen war. Ich war verschwunden, könnte man sagen. Auf Grund gelaufen. Ich hatte mich so lange versteckt, dass ich es selbst nicht mehr merkte. Inzwischen nahm ich an, es sei eine Lebensweise. Aber es war keine Lebensweise, es war eine Art zu sterben, und selbst das, woran ich mich festhielt, wie Geld und Musik, warf mir ein Echo über das Grab hinaus zurück.

Inzwischen sickerte das graue Licht der Morgendämmerung langsam zwischen den Lücken der Vorhänge hindurch; es war blass und milchig wie Aquarellfarben. Ich rieb mir die Augen und kochte mir eine Kanne Kaffee, gewürzt mit Bourbon. Dann setzte ich mich an den Computer und rief erneut die Nachrichtenseite auf, drückte erneut auf *Refresh.* Da war nichts, doch ich klickte trotzdem weiter, als könnte ich durch reine Willenskraft eine Art Erlösung heraufbeschwören, als würde mein Glaube – oder mein Wunsch – die Information zum Leben erwecken.

Ich klickte mich durch eine weitere Internetseite, dann eine dritte und vierte. An irgendeinem Punkt musste ich eingenickt sein, denn als ich in die Welt zurückkehrte, oder zu mir selbst, war es Vormittag und das Licht auf diese südkalifornische Art diffus und suppig. Ich ging zur Tür und sah hinaus; der Himmel war klar, ohne Wolkendecke, gefurcht nur von ganz leichten Zirruswolken. Die Hitze grenzte bereits an Körperverletzung. Über mir deutete eine federförmige Wolke wie ein Finger, wie ein Erkennungszeichen auf mich hinunter.

Ich schloss die Tür und schenkte mir eine Tasse Kaffee ein. Unter der bitteren Lauge schmeckte ich den Whiskey. Dann bemerkte ich den USB-Stick in der Ecke, wo er nachts gelandet war. Bei Tageslicht konnte ich den Schaden sehen: Der Kunststoff war geschmolzen wie abgekühlte Lava, und die Metallhülle war verschmort und angesengt. Es war der USB-Stick, den ich aus Sylvias Arbeitszimmer mitgenommen hatte – das oder eine bemerkenswerte Kopie. Ich hob ihn auf und merkte, wie mein Atem schneller wurde; ich hatte keine Ahnung, wie er zu mir zurückgekehrt war. Was wusste Sylvia? Und wenn sie ihn zurückgelassen hatte, was wollte sie von mir? Mir eine Botschaft schicken, klar, oder eine Mahnung, um anzudeuten, wie viel sie wusste. Gleichzeitig hatte sie mir einen Gefallen getan und ein Beweisstück zurückgegeben, etwas, das mich belasten könnte.

*Oder auch nicht*, dachte ich und starrte den USB-Stick wieder an – nicht ich wurde dadurch belastet. Die Bilder auf diesem Stick, die verwickelten sie in die Sache. Ich klickte mich zu der Seite durch, auf die ich die Bilder hochgeladen hatte, und suchte, bis ich den Link fand. Offensichtlich hatte seit Tagen niemand die Bilder angesehen, die Zahlen waren ebenso unverändert wie Ziffern auf einer kaputten Uhr. Es war nur ein oder zwei Wochen her, seit ich zugesehen hatte, wie die Zugriffszahlen in Echtzeit anstiegen. Inzwischen waren die Zahlen stagniert wie stehendes Wasser. Ich klickte auf das erste Bild und sah zu, wie es den Bildschirm ausfüllte.

Da war es wieder. Corrinas Vater. Und Sylvia mit der Peitsche. Die Reichen sind anders als du und ich, doch was mir auffiel, war nicht der Unterschied, sondern die Gemeinsamkeit. Meine Frau und ich, wir hatten unsere eigenen Spielchen getrieben. Am Ende waren sie alles, was wir noch hatten. Jetzt war ich allein und schaute Bilder eines anderen Paares an, von dem einer tot war. In einem Moment atmete er und im nächsten hatte sein Herz aufgehört zu schlagen. Ich fragte mich, ob Sylvia bei ihm gewesen war. Ich fragte mich, ob sie gerade das hier gemacht hatten.

Schnell blätterte ich durch die Bilder. Am Ende der Reihe kam ich zu dem, auf dem sein Gesicht so rot war, als würde er gleich platzen; ich konnte seine Augen über dem Knebel hervorquellen sehen. Was, wenn das der Moment war, in dem er gestorben war? Was, wenn ich ein weiteres Beweisstück gepostet hatte? Ich vergrößerte das Bild und versuchte, hineinzuschauen, doch es war unmöglich, die Bildschirmoberfläche zu durchdringen.

Ich reduzierte die Größe wieder und kehrte zum Anfang zurück. Diesmal schaute ich nicht auf die Handlung, sondern auf die Schatten und den Winkel des Objektivs. Ja, es wurde eindeutig von Hand gehalten, die Bildeinstellung war bei jedem Foto, jeder Parallaxe anders. Ich konnte die Bewegungen des Fotografen fast nachvollziehen, immer vor dem Paar, aber in mehr als einer Situation als Schatten vor dem Licht. Ich versuchte, in diese Schatten hineinzuzoomen. Ich versuchte zu sehen, was sie verrieten. Ich hatte das Gefühl, wenn ich das herausfände, hätte ich den Schlüssel zu allem, und das Rätsel wäre gelöst.

Doch das war lächerlich, oder? Hier gab es kein Rätsel. Er war gestorben, ob nun an diesem Abend oder einem anderen, und seine Tochter hatte mich angeheuert. Ich hatte nichts mit alldem zu tun. Ich hatte keinerlei Verantwortung übernommen. Was sie taten, wenn sie unter sich waren, war ihre Sache. Ich war nur die Verbindung.

Und was war mit John? Welche Rolle spielte er? Das war eine weitere Frage, die beantwortet werden musste. Ich hatte gesehen, wie Sylvia im Hof wiederholt mit ihm gesprochen hatte, als sei er ein Dienstbote. Ihr Dienstbote … oder ihr Angestellter. Ich klickte auf die Seite der Hausverwaltung, doch sein Name stand dort als einzige Kontaktperson. Es war, als starre man eine Wand an. Dann suchte ich in den öffentlich zugänglichen Akten. Fünfundzwanzig Dollar für den Basistarif: Grundbesitz, Pfandrechte, notarielle Urkunden, Eigentumsverhältnisse. Irgendetwas war hier, ein Juckreiz, ein loses Ende, ein falsch erinnertes Detail. Wer wusste schon, ob es wichtig war? Wer wusste schon, ob es ein notwendiges loses Ende war?

Ich übersprang die ersten drei Positionen; was interessierte mich, wie viel die Bungalowanlage gekostet hatte? Doch die Eigentümer, das war etwas anderes, begriff ich, als ich sah, wer es war. Es hätte offensichtlich sein sollen, ich hätte es wissen müssen, es hatte nur einen Weg gegeben, wie das gelaufen sein konnte. Dort stand es, schwarz auf weiß, und starrte mich über die Stromkreisläufe hinweg an. Zwei Namen: Sylvia Glenn und ihr verstorbener Ehemann, Corrinas Vater. So exponiert, wie ich sie auf die Fetisch-Seite gestellt hatte.

Hier war die Erklärung, oder ein Teil davon – der Teil von Corrinas Schreien, der Teil, der besagte, dass sie nicht dafür verantwortlich gemacht wurde. *Für ihre Wohnung wird gesorgt,* hatte Sylvia mir erklärt, obwohl ich auch das, wie so vieles andere, missverstanden hatte. Sie steckte bei allem mit drin, oder umgekehrt. Sie und Sylvia waren weiterhin miteinander verstrickt gewesen. Ihr Vater hatte die Bungalowanlage gekauft. Es war eine seiner Immobilienanlagen. Und ich? Ich war jetzt verdammt. Die Details spielten keine Rolle, die waren nur ein Narrativ. Die wahre Geschichte, die diente keinem Zweck. Sie fesselte nicht und bot keine Erleuchtung. Man erfuhr gar nichts. So viele Geheimnisse. Seit dem Augenblick, an dem ich eingezogen war, saß ich in der Falle.

Ich schloss den Laptop und trank den Kaffee aus. Als ich aufstand, schwankte ich einen Augenblick, der Kopf leicht, der Körper aus dem Gleichgewicht. Es waren der Bourbon und die abgestandene Luft in der Wohnung. Es war die Anspannung der zurückliegenden Tage. Ich musste den Rahmen ändern, die Perspektive. Ich musste alles durch eine andere Brille betrachten. Im Badezimmer wusch ich mein Gesicht und besah es im Spiegel. Die Kratzer waren fast weg. Oder zumindest waren stark zurückgegangen. Man konnte sie kaum noch sehen.

Ich putzte mir die Zähne und zog frische Kleidung an. Dann zwang ich mich dazu, ein Stück Brot zu essen. Als ich mein Portemonnaie aus der Kommode im Schlafzimmer holte, erhaschte ich ein Aufflackern von Bewegung am Rande meines Blickfeldes, doch als ich mich umdrehte, war da nur die Tulpa, diese Lippen und die Umrisse eines Gesichts, verkrustet und verschmiert. Die Schale Hummus stand noch auf der Matratze, wo ich sie abgestellt hatte. Ungekühlt hatte sie angefangen zu riechen. Ich griff danach und schaufelte den Rest heraus. Der Klecks fühlte sich in meiner Hand an wie Ton.

Einen Moment starrte ich auf den Mund, als würde er gleich anfangen zu sprechen. Dann beschmierte ich das Klebeband und die umgebende Wand mit Hummus, bis die Tulpa bedeckt war.

Speiseflecken waren auf die Matratze gespritzt, andere erstarrten an der Wand. In der abgestandenen Luft des Zimmers war es, als hätten sie bereits angefangen zu verwesen, als hätte sich bereits dunkles organisches Material gebildet. Mir tränten die Augen von dem Gestank, doch es schien ein notwendiges Ritual zu sein. Wenn mir irgendein Gebet eingefallen wäre, hätte ich es gemurmelt.

Ich zog meine Schuhe an, ging aus dem Schlafzimmer und ließ die Tür hinter mir offen stehen. Es war vormittags halb elf, als ich auf den Hof trat.

Der Himmel über meinem Kopf war durchscheinend. Die Wolken waren weggebrannt worden. Die Hitze war unmittelbar und bedrängte mich wie eine physische Kraft. Ich machte einen kurzen Erkundungsgang: Corrinas Wohnung war weiterhin leer. Alles andere war ruhig, als wären die anderen Bewohner ausgezogen. Möglicherweise waren sie alle zur Arbeit gegangen, oder auch nicht. Ich wusste nicht, welcher Wochentag es war. Beobachtete mich irgendwer? Aber, welche Rolle spielte das schon? Ich zog den Kopf ein und schlich den Weg zum Bürgersteig hinunter, wo ich in Richtung Central Hollywood ging.

Los Angeles ist keine Stadt für Fußgänger. Das ist ein weiteres Klischee des Ortes. In Filmen und anspruchsvollen Zeitungsartikeln, die kein großes Denken erfordern, wird sie so dargestellt. Aber auch wenn es schwierig war, hier zu Fuß zu gehen, dann konnte man es dennoch tun – und ich tat es. Ich war nicht wie der Wanderer oder irgendein seltsamer inländischer Pilgerer, der seine Schritte durch die Seitenstraßen der Stadt zurückverfolgt, als würde ich eine Traumlandschaft durch mein Gehen in die Realität holen. Ich ging aus Notwendigkeit, um einzukaufen und den Schnapsladen aufzusuchen. Ich mochte zwar kein Auto haben, seit ich nicht mehr mit meiner Frau zusammen war, aber ich kam stets dorthin, wo ich hinwollte.

Heute musste ich nirgendwo hingehen. Ich musste nur weg. Ich wollte mich verlieren, etwas Distanz zwischen mich und alles andere bringen.

Ich wollte mich aus meiner eigenen Welt zurückziehen.

Und welchen besseren Weg gab es da, als mich aus meiner Wohnung zurückzuziehen? Welchen besseren Weg, sich zu verstecken, als sich gar nicht zu verstecken? Ich folgte der Franklin zur Highland, vorbei an der Kirche mit der roten AIDS-Schleife am Glockenturm. Ich zog in Erwägung, hineinzugehen, doch sie hatte mir nichts zu bieten. Stattdessen überquerte ich die Straße und bog nach Osten auf die Yucca ab, in das Viertel nördlich des Hollywood Boulevard. All diese Apartments aus den 1920er Jahren, die über den engen Straßen aufragten: keine Lichter, keine Sterne, kein Walk of Fame. Hollywood hatte mich überrascht, als ich zum ersten Mal herkam. Ich hatte etwas anderes erwartet. Keine Eleganz, aber vielleicht Geschichte. Einen Teil davon fand man auf dem Boulevard, Musso & Frank und das Chinese Theatre … aber es war immer noch Teil der Show.

Diese Straßen jedoch waren anders. Die Geschichte fühlte sich echt an; sie hatten Leben, Sterben und Trostlosigkeit gesehen; sie hatten Zerfall gesehen und Verzweiflung. Ich versuchte mir Hollywood vorzustellen, bevor es gebaut wurde, eine Ansammlung von Holzhäusern an einer Überlandstraße. Das Bild flackerte wie ein Stummfilm auf, bevor es zu Grau verblasste. Wer wusste, wie Hollywood damals war? In gewisser Weise musste es immer schon so wie jetzt gewesen sein. Ein Ort mit Leuten, die sich gegenseitig etwas vormachten. Ein Ort mit Leuten, die versuchten, über den Tag zu kommen.

Ein oder zwei Blocks entfernt sah ich einen weiteren Menschen auf dem Bürgersteig. Ansonsten war die Straße unter der Sonne und Hitze leer. Der Himmel war weit und offen wie das Himmelreich, doch hier unten auf der Erde fühlte es sich an wie in der

Hölle. Ich schwitzte, und mein Hals war trocken. Ich befand mich, wie schon immer, zwischen der Kruste und der Höllenflamme.

Beim Näherkommen nahm der Fußgänger Gestalt an. Es war der Wanderer in seinem braunen UCLA-Sweatshirt. Wie hielt er es bei diesem Wetter nur darunter aus? Er bewegte sich schnell, wie immer, ging am Rand des Bürgersteiges entlang, das Haar wie ein Heiligenschein oder Nimbus. Sein Mund war zusammengekniffen und verzerrt, obwohl es kein Ausdruck von Schmerz oder gar Trauer zu sein schien, sondern eher Wut.

»Du«, hörte ich ihn sagen.

Ich hatte ihn noch nie so aufgewühlt gesehen. Er führte Selbstgespräche, schüttelte den Kopf und gestikulierte, als befände er sich in einer Unterhaltung. Doch mit wem? Ich erkannte das Dilemma wieder oder dachte zumindest, dass ich es tat. Es war, als hätte sich die Weltachse verschoben, und wir beide wären haltlos zurückgelassen worden. Das Feuer hatte etwas entfesselt, oder vielleicht war es das Feuer selbst, das entfesselt worden war. Wie dem auch sei, alles hatte sich verändert.

Ich hatte ihn nie für verrückt gehalten, aber was sagte das dann über mich aus?

Der Wanderer blieb auf meinem Weg stehen und wartete. Wir starrten uns aus einer Entfernung von knapp zwei Metern an. Sein Gesicht anzuschauen war, als blicke man in einen konvexen Spiegel; er sah aus, wie ich eines Tages möglicherweise aussehen würde, wenn ich überlebte. Ich sah, wie alles dort aufgereiht war: Corrina, Sylvia, meine ganze traurige Geschichte. Es war, als stünde ich dem Teufel Auge in Auge gegenüber. Er starrte mich voll Angst und Hass an. Er starrte mich an, als begriffe er genau, was ich getan hatte. Sein Blick verengte sich, als er mich beobachtete. Er hatte nicht vor, mich vorbeizulassen.

Ich machte einen Schritt auf ihn zu, dann noch einen. Ich konnte den rasselnden Rhythmus seines Atems hören.

»Halt dich von mir fern«, sagte er. »Ich habe dich im Auge. Ich sehe, wer du bist.«

Wer war er, und was wollte er? Was konnte er überhaupt sehen? Er war nur ein verrückter alter Mann, der durch die Straßen wanderte, als wären sie eine biblische Wildnis. Vierzig Tage und vierzig Nächte. Dabei war er gar nicht Jesus. Wir waren beide zu alt dafür. Im grellen gelben Sonnenschein schien sich sein Gesicht zu verdunkeln, als würden sich nur dort Schatten bilden. Diese Nase mit dem scharfen Höcker und die hohen, harten Klippen seiner Augenbrauen. Er war nicht der Teufel, wurde mir klar. Eher ein Dark Watcher, den das Tageslicht erwischt hatte und dessen Kräfte in der Hitze nachließen.

»Ich bin der Herr, dein Gott«, deklamierte er, »der dich aus Ägypten, aus der Knechtschaft geführt hat. Du sollst keine anderen Götter neben mir haben.«

»Halt die Klappe«, erklärte ich. »Was ich tue, geht dich gar nichts an.«

Die Situation war absurd, surreal. Er zitierte Bibelverse, als wäre er ein Prophet oder eine Gottheit. Aber was, wenn? Was, wenn dies das Geheimnis des Universums wäre? Wie viel schlimmer wäre es, wenn ein Gott existierte, der jedoch ein Irrer war, und diese ganze Welt wäre eine Art distanzierter Fiebertraum? Die Leute wollten sich einen Gott oder seine Existenz als Quelle des Trostes vorstellen. Daran hatte ich nie geglaubt, aber was, wenn das Gegenteil wahr war?

Was, wenn es einen Schöpfer gab, der aber wahnsinnig war?

Das würde vieles erklären, oder könnte es, wenn man sich entschied, daran zu glauben. Es würde die bitteren und zerrissenen Muster der Welt erklären. Den Terror und die Verwüstung und die Einsamkeit, die Schönheit, die Wunder und die Liebe. Schönheit war auch irrational. So sehr, dass sie oft wehtat. Und was war die Liebe, wenn nicht das Warten auf Verzweiflung? Ich hatte meine

Frau geliebt, und was war dabei herausgekommen? Ich hatte ihr alles gegeben und hatte jetzt nichts mehr.

Ich machte einen weiteren Schritt nach vorn, und der Wanderer hob die Hand.

»Zurück«, warnte er. »Ich will mich nicht anstecken.«

Ich schwitzte wegen der Hitze oder der Konfrontation und bekam schwer Luft. Einen Moment lang fragte ich mich, ob ich tatsächlich irgendetwas ausbrütete. Dann trat ich auf die Straße. Es war, als würde ich ihn herausfordern, mir zu folgen, mitzukommen. Doch er stand nur da und sah zu, als wüsste er bereits, was ich tun würde. Ich umrundete ihn, so schnell ich konnte, obwohl ich mich immer noch so fühlte, als besäße er die Kontrolle über mich. Was wollte ich? Wie sollte ich antworten? Es war, als hätte man mir meine Handlungsfähigkeit genommen. Erst als ich die Cherokee erreicht hatte, kam ich wieder zu mir. Ich bog ab Richtung Süden und Hollywood Boulevard.

Wer wusste schon, was im Geiste des Schöpfers vor sich ging? Das war die ganze Idee, dass das Universum eine Improvisation war, eine Reihe zufälliger Begegnungen, ein Narrativ ohne Sinn. Oder nicht ohne einen Sinn, doch ohne ein Ziel, selbst wenn man sich in der Rolle Gottes wiederfand. Das war das Verstörendste an diesen Ironien, dass selbst der Schöpfer von Ebbe und Flut der Existenz ausgeliefert war, abwartend, das Risiko kalkulierend, und mit Informationsfetzen arbeitete, um aus losen Enden, Fragmenten und Halluzinationen – und den aufgezeichneten und beobachteten Momenten und halb erinnerten Gesprächsfetzen – den ausgefransten Stoff der Welt zu weben. Bevor ich außer Sichtweite war, schaute ich kurz zurück und sah den Wanderer wild auf einem Handy herumtippen, als würde er etwas aufzeichnen, was er sonst vergessen könnte. Die Geschichte unserer Interaktion vielleicht, doch wer konnte schon sagen, was das gewesen war? Selbst der Wanderer, kam mir in den Sinn, wusste nicht, was er da tippte. Selbst der Wanderer wusste nicht, wo das alles enden würde.

Der Tag dauerte bereits eine gefühlte Ewigkeit. Und es war noch nicht mal Mittag. Unten auf dem Boulevard waren überall Menschen. Die Sonne war ein Bratrost mitten am Himmel, meine Augen fühlten sich an wie aus Glas, und mein Kopf war voller Sand.

Musso & Frank schimmerte wie eine Oase im Semi-Wüstenlicht. Ich überquerte den Bürgersteig, ergriff die große grüne Tür und schlüpfte hinein. Der Laden war klimatisiert und nicht mal halb voll, als ich mich an die Bar setzte.

»Maker's auf Eis«, sagte ich, als der Barkeeper mich fragte, welches Gift es denn sein solle. Schon als ich einfach nur dort saß, fühlte ich mich besser. Ich war allein, die Luft war frisch und sauber, gereinigt und gekühlt. Das leise Gemurmel von Stimmen und das Klirren von Besteck ergab eine beruhigende akustische Untermalung. Hier war ich vor dem Tumult auf der Straße sicher.

Während ich auf mein Getränk wartete, vermied ich den Blick in den Spiegel.

Wieder zu Hause, wurde ich fast vom Gestank des Hummus erschlagen. Es stank wie verrottendes Menschenfleisch. Ich schloss die Schlafzimmertür, um ihn einzusperren, öffnete dann das erste Mal seit Tagen das Fenster und atmete den Ozongeruch des Nachmittags ein. Ich ließ die Vorhänge einen Spaltbreit offen – nicht genug, dass jemand hineinsehen konnte, sondern nur, um ein wenig Licht zu haben. Unter dem gesättigten Glanz der Sonne sah ich Staubpartikel durch den luftleeren Raum des Universums treiben wie Millionen winziger Satelliten.

*O Gott, ich könnte in eine Nussschale eingesperrt sein und mich für einen König von unermesslichen Gebieten halten.*

Ich schaltete Musik ein. Es war mitten am Tag, und ich musste mir um das Licht keine Sorgen machen. Es waren die Finsternis und all die Dinge, die sich darin bewegten, die ich fürchtete. All das, was mir meinen Schlaf und meine Träume raubte.

Aus den Lautsprechern pulsierte das sumpfige Echo eines Wurlitzers. Ein Trio von Akkorden wiederholte sich über dem tiefen Gescharre eines Schlagzeugs. Ich nickte unwillkürlich mit. Rolling Stones, *Just Wanna See His Face.* Das Gesicht gehörte natürlich zu Jesus, doch das war nicht, was der Song für mich bedeutete. Das hier war eine der Platten, durch die ich, in einer Zeit, die sich wie ein anderes Jahrhundert anfühlte, dem Blues und dem Gospel nähergekommen war. Damals wusste ich nichts über die Geschichte. Damals lauschte ich nur dem Feuer. Dreh die Geschwindigkeit runter, damit du es spüren kannst, unterbrich den Moment, dehne ihn, bis die Zeit selbst sich anfühlt, als würde sie explodieren.

Nehmt diesen Riff, diesen einen lockeren Riff, der sich eine Minute lang wiederholt, bevor die Fistelstimme des Gesangs sich erhebt. Zuerst sind es nur verknüpfte Silben. Eine Form von Urschlamm. Mick Jagger wiederholt das Geplapper wie die unsinnigen Verse, die man singt, wenn man allein ist. Musik als Intimität, als Geste, Musik als Leben, unvollständig. Ich habe den Song geliebt, weil er sich so unausgegoren anhörte. Dasselbe Muster dreier Akkorde, bis es hypnotisch wurde und mit den sich wiederholenden Zeilen des Refrains verschmolz:

*Don't want to walk or talk about Jesus,*
*just wanna see his face*

Es klang kaum nach einem Lied, eher nach dem Eindruck eines Songs. Eine Skizze, mit dem Finger auf eine Scheibe gemalt, verschmierte Aquarellfarben, so durchsichtig, dass man nicht mehr sicher war, ob man sich den Song eingebildet oder tatsächlich gehört hatte. *Wie durch einen Spiegel in einem dunklen Bild,* bis zur

Unkenntlichkeit verschwommen, wenn man es direkt ansieht. Die einzige Möglichkeit, sich dieser Musik zu nähern, war, die Stille darunter zu bewohnen, sie als Negation wie auch als Milieu zu betrachten.

Was zum Teufel dachte ich mir? Ich wusste es nicht mehr. Es war ein langer Tag nach einer noch längeren Nacht gewesen, und ich hing in der Luft, schwebte in einer Welt, die sich weigerte, kohärent zu sein. Als das Stück ausklang, lauschte ich angestrengt, was dabei heraussprang, doch da war nichts. Auf dem Couchtisch sah ich den USB-Stick liegen. Ich nahm ihn und ließ ihn auf meinem Handteller rollen. Das Lied endete und ein neues setzte ein: Ry Cooders Cover von *Thirteen Question Method,* Chuck Berry neu aufgelegt im Stil des Delta Blues. Cooder hatte auch mit den Stones gespielt. Er hatte diese Mandolinen-Licks in *Love in vain* beigetragen, da war er erst einundzwanzig.

Und Liebe war ja auch *in vain,* vergebens, nicht wahr? Das hatte Robert Johnson sogar verstanden, noch bevor er den Song geschrieben hatte. Ich hatte noch nie eine Liebe gekannt, die überdauert hatte. Weder bei meiner Frau noch bei Corrina. Das war überhaupt keine Liebe gewesen. Und was war mit der Tulpa, die immer warten würde, selbst nachdem sie ihre menschliche Gestalt verloren hatte?

Ich nahm den USB-Stick mit ins Schlafzimmer. All die Gerüche von Geburt und Tod herrschten dort drinnen, der Gestank von neuem Wachstum und Verwesung. Noch ein paar Tage und es würde sich Schimmel bilden, das Leben in seiner grundlegendsten Form. Genauso fühlte auch ich mich, embryonal, aber zur selben Zeit nur eine Minute davon entfernt, aufzugeben, hinauszugehen und in den Verkehr hinein oder von einem hohen Punkt – einem Dach oder einem Vorsprung – in die Vergessenheit zu springen.

Ich untersuchte die Wand um den Mund der Tulpa mit meiner Fingerspitze, kratzte etwas vom Hummus sauber ab. Da waren diese Lippen, die Kriegsfanfare ihrer Warnung. Sie sagten Dinge, oder versuchten es, die ich nicht hören konnte. *Nein,* dachte ich oder sagte es laut. *Nein,* hatte ich möglicherweise sogar geschrien. Dann stopfte ich den USB-Stick durch das Klebeband und die ganze andere Sauerei hindurch, drückte ihn direkt mitten in die Wand.

Im Wohnzimmer klappte ich den Laptop auf und blätterte durch die neuesten Nachrichten über das Feuer. Ich suchte nach einem Update zu der Leiche, einer Feldnotiz vom Tatort. Ich hatte keine Ahnung, wie der USB-Stick hergekommen war. Ich wollte nur noch in die Stille schlüpfen, eine weitere anonyme Seele in der Stadt der Engel sein. Ich wollte nur noch … verdunsten. War das so schwer? Das schien doch nicht zu viel verlangt zu sein. Und dennoch war ich hier. Ich klickte mich durch die Nachrichtenseiten, eine nach der anderen. Doch als ich schließlich auf Informationen stieß, war es überhaupt nicht das, was ich gern gefunden hätte.

Die Leiche, verrieten die Ermittler nun, gehörte zu einer Frau, und sie schien kein Opfer des Brandes gewesen zu sein. Sie war schon eine ganze Weile dort. Monate, vielleicht auch Jahre, das wusste niemand genau.

Lange genug, um mumifiziert zu sein.

An diesem Punkt fiel ich wieder aus der Zeit. Für wie lange, konnte ich nicht sagen. Als ich wieder zurückkehrte, befand ich mich im Schlafzimmer, vergraben unter Decken.

Und ich schrie wieder.

## Question Number Twelve: When We're By Ourselves

Die Wahrheit war, dass es nicht meine Frau gewesen war, die unsere Ehe zerstört hatte. Das hatte ich ganz allein geschafft. Es war schon lange vor unserem letzten Ausbruch an Indiskretion gewesen. Da nahmen die Dinge nur ihren Lauf. Ich wollte nicht zugeben, dass alles an mir lag. Dass ich sie schikaniert und ihr geschmeichelt hatte. Ich redete mir ein, ich sei gut. Oder zumindest eine mitfühlende Seele.

Meine Frau war zu mir gekommen wie eine Gestalt aus einer Fantasie. Wie jemand ohne Zukunft und ohne Vergangenheit. Ich hatte sie mir als mathematische null vorgestellt, als Mustervorlage für meine Sehnsüchte. Ich hatte mir vorgestellt, dass wir alles miteinander teilen würden. Doch was das bedeutete, wusste ich nicht. Dazu war auch ich zu jung. Und wir waren gestört, jeder auf seine Weise, sich gegenseitig ergänzend oder auch nicht. Es war erstaunlich, dass wir so lange aneinander festgehalten hatten.

Die Nacht mit dem anderen Mann, das war meine Idee, obwohl ich mich schäme, das zuzugeben. Ich hatte mir eingeredet, dass es das war, was sie sich wünschte. Es wurde einfacher, je mehr sie mitmachte. Wir experimentierten mit allen Arten von Rollenspielen. Und zunehmend brach alles auseinander. Es funktionierte nicht – hatte es nie getan –, und sie hielt uns über Wasser. Deswegen habe ich nichts mitgenommen, als es vorbei war, weil nichts mir gehörte. Nur das Geld auf der Bank aus den gemeinsamen Jahren. Und meine Anonymität.

Zuerst, muss ich zugeben, war meine Frau Jagdwild. Oder zumindest hat sie das behauptet. Sie ließ mich glauben, dass es ihr Spaß machte, all die Dinge, die ich selbst jetzt nicht freiwillig über die Lippen bringe. Es ist besser, sich nicht damit aufzuhalten. Es ist besser, nichts zu sagen. Das jedenfalls war die Lüge, die wir miteinander teilten, bis wir sie nicht mehr teilen konnten. Es war wie Leopold von Sacher-Masoch, der seine Frau gegen ihren Willen dazu zwang, seine Domina zu sein. Was hatte es zu bedeuten, dass der Mann, von dem der Masochismus seinen Namen hat, stets die Kontrolle über die Beziehung besaß? Vielleicht nur – oder im Wesentlichen –, dass er ein Mann war.

Das ist keine Beichte. Ich habe nichts zu beichten. Aber es ist … sagen wir mal … ein Eingeständnis – dessen, wie eine Ehe in subtilen Schritten aus der Hand gleiten kann, wie der gemeinsame Traum, oder die Träumerei von Intimität, der Ebbe und Flut einer Beziehung, gleichzeitig einvernehmlich und zwingend sein kann. Es war ein zweischneidiges Schwert; sie beherrschte mich über das Geld, über meine Erfolglosigkeit und meinen Lapsus diesbezüglich. Wenn sie nicht falschlag, wer weiß dann schon, was hinterher noch alles passierte?

Wer weiß schon, wo der Bruchpunkt liegt?

An dem letzten Abend, als wir auf dem Weg nach Malibu waren, hatten wir schließlich verstanden, was auf dem Spiel stand. Wir verstanden beide, wo das Problem lag und dass es nicht zu lösen war. Ich weiß noch, wie sie still neben mir saß, während ich fuhr, über dieselben Straßen, die ich nahm, wenn ich mich aus dem Haus geschlichen hatte und über die Betonflüsse der Freeways geflohen war, meine Grenzen verschob, bevor etwas wie ein Spannseil mich zurückriss. Jene Nächte hatte ich meist schweigend verbracht, doch auf dieser Fahrt hatte ich Huddie Ledbetter aufgelegt, diese Walking-Bass-Lines und der tiefe Tenor, der sich anhörte wie die Stimme Gottes.

*My girl, my girl, don't lie to me*
*Tell me where did you sleep last night*
*In the pines, in the pines*
*Where the sun don't ever shine*
*I would shiver the whole night through*

Wir saßen auf mein Betreiben hin im Wagen. Alles andere war durch. Man könnte es das Ende nennen, die Abschlusszeremonie. Nennt es alles andere als das, was es war. Ich war nicht so gut im Warten, obwohl ich geduldig genug gewesen war. Wir fuhren auf der 10 in Richtung Westen und dann nördlich auf den Pacific Coast Highway, bis wir die Abzweigung fanden, uns den Canyon hochschlängelten und alles hinter uns ließen, was wir je wussten oder zu wissen gemeint hatten.

Auch in jener Nacht hatte ich das Zeitgefühl verloren. Oder vielleicht sollte ich sagen, ich verlor mich selbst. Ich erinnere mich nicht mehr an das, was passiert ist, nachdem wir dort angekommen waren. Ich weiß nicht mehr, was passiert ist, als ich ging. Ich weiß, dass wir eine Stelle auf der Lichtung fanden, uns dort beide hingelegt und aus einer Flasche getrunken hatten, die ich mitgebracht hatte. Zu dem Zeitpunkt war der Ort bereits zu meinem Refugium geworden.

Meinem Refugium und meiner Erlösung.

Ich wünschte, es wäre so einfach wie dieser Leadbelly-Songtext. Doch ich wusste, wo sie schlief, nicht unter Pinien, sondern im Schlafzimmer, hinter der Tür, die ich mit der Schulter aufbrach und womit ich dafür sorgte, dass sie nie mehr voll geschlossen oder zugemacht werden konnte. Ich weiß noch, wie sie mich damals ansah. Zumindest dachte ich das. Ein resigniertes Kopfschütteln, und dann wandte sie ihr Gesicht langsam zur Wand hinter ihren Kissen. Ich zog mich ins Wohnzimmer zurück, während die Beschämung in meinem Hals aufstieg wie Galle.

Ich möchte kein falsches Bild vermitteln. Ich habe in all den Jahren, in denen wir zusammen waren, selbst nachdem alles den Bach runtergegangen war, nie die Hand gegen sie erhoben. Sie hielt sich nicht zurück, obwohl es nicht oft passierte, zwei- oder vielleicht dreimal, oder war das die Anzahl der Schläge? Einmal, weiß ich noch, waren wir im Urlaub, in einem Motel mit dünnen Wänden; wir stritten uns, und als ich meine Stimme nicht dämpfte, worum sie gebeten hatte, schlug sie mich dreimal mitten auf die Brust. Es war wie einen Hahnenschrei zu hören, ein Omen oder einen Weckruf. *Heute Nacht, noch ehe der Hahn kräht, wirst du dreimal geleugnet haben, mich zu kennen.* Am Morgen entschuldigte sie sich, und ich ließ es dabei bewenden.

Aber tat ich das? Ließ ich es dabei bewenden, oder quälte ich sie, schob sie in all die Richtungen, von denen ich wusste, dass sie ihr Unbehagen und Gewissensbisse bereiteten? Und ich war es gewesen, der auf den Fantasien bestanden hatte, und ich war es, der sie dreidimensional gemacht hatte, die Grenze zwischen Vorstellung und Wirklichkeit verwischt hatte. Ich war es gewesen, der sie gedrängt hatte, nach Malibu zu fahren, und ich war es, der unseren Wagen oben auf dem breiten Seitenstreifen parkte, und sie auf die Lichtung lockte. Es war dieselbe Lichtung, auf der ich später Corrina mitten unter Erde und Gestrüpp liegen gelassen hatte, während das Feuer sich ausbreitete. Dieselbe Lichtung, an der ich später mich selbst zurücklassen sollte.

Und hatte ich auch meine Frau dort zurückgelassen? Alles, was ich sagen kann, ist, dass ich sie nie wiedergesehen habe. Und was den Rest angeht, daran kann ich mich nicht erinnern. Er löst sich von mir ab wie Teile eines Traums. Hatte sie überhaupt existiert? Oder hatte ich sie erfunden? Ich war gut darin, Illusionen heraufzubeschwören und die Lücken zu füllen. Vielleicht war sie nur eine weitere Seele in zweieinhalb Dimensionen, ein Geist, ein Dark

Watcher, irgendein Gespenst. Eine Tulpa, die auf die Welt losgelassen worden war.

Aber was war dann mit der Leiche? Nicht die, die man noch nicht entdeckt hatte, sondern die andere, die mumifiziert war? Es sei die Leiche einer Frau, stand in den Nachrichten, doch ansonsten waren die Details eher spärlich. Keine Angaben, wie lange sie schon dort liegen könnte. Keine Angaben, wann sie dort zurückgelassen worden war. Oder, was das anging, was überhaupt passiert war. Die Todesursache blieb offen.

Hatte ich etwas getan? Was könnte ich getan haben?

*Ich vertraue dir mein Leben an,* hatte meine Frau mal gesagt, *aber nicht meinen Körper.*

Oder war es andersherum gewesen?

Ich mietete bei Craigslist ein Auto und fuhr nach Malibu. Zweihundert Dollar in bar, die ich mit Sylvias Geld bezahlte. So viel zu Beweisstücken, mutmaße ich jetzt mal.

Ich holte das Fahrzeug in Hollywood ab. Ein angestaubter, verbeulter kleiner Honda. Ob mich das nun mehr oder weniger verdächtig machte, konnte ich nicht sagen. Im Grunde hatte ich keine Wahl. Der Wagen roch abgestanden, als würde er nicht häufig benutzt. Aber er funktionierte, und er war sauber. Es war nah genug an dem Ort, wo ich Corrinas Auto abgestellt hatte, und mir kam der Gedanke, kurz dort vorbeizufahren. Doch ich war bereits an einen Tatort zurückgekehrt. Jetzt kehrte ich zu einem weiteren zurück. Ein dritter wäre zu viel, wieder der Hahnenschrei. Unter dem weiten Sommerhimmel fühlte ich mich bereits bloßgestellt.

Es war Samstag, zumindest hatte das der Wagenbesitzer gesagt. Sonst hätte ich es nicht gewusst. Die Zeit war zu einem flachen Kreis geworden, unbeweglich und statisch, in dem jeder Moment dem anderen glich. Auf den Straßen war viel los – Cabrios mit offenem Verdeck, SUVs voller Eltern mit ihren Kindern. Alle auf dem Weg zum Strand in Point Dume, Zuma oder Leo Carrillo. Es war das dunkle Herz des kalifornischen Traums.

In der ganzen Zeit, in der ich hier lebte, hatte ich den Strand noch nie leiden können. Ich war kein einziges Mal ohne Zwang hingegangen. Ich hasste den Sand und all die Leute. Hinterher war ich stets gereizt. Der einzige Zeitpunkt, an dem ich den Strand tolerieren konnte, war am Abend, wenn die Schatten länger wurden und die Badegäste gegangen waren. Wie bei Ebbe, bei ablaufenden Menschen statt Meerwasser. Es war, als sähe man zu, wie die Lichter der Welt verloschen. Eines Tages würde das uns alle ereilen. Es würde undramatisch sein, und niemand würde es bemerken. Es wäre eine mechanische Angelegenheit, eine Notwendigkeit der Gezeiten.

Bei dem vielen Verkehr musste ich mich konzentrieren, konnte es mir nicht erlauben, abzuschweifen. Es fühlte sich nicht wie Freiheit an, sondern eher wie eine Verpflichtung. Die Verpflichtung, nicht aus der Reihe zu tanzen. Manchmal, hinter dem Steuer, fantasierte ich, was passieren könnte. Ich stellte mir vor, plötzlich auf eine andere Spur zu wechseln. Am nächsten dran war ich, als ich die Spur wechselte, ohne genau hinzusehen, doch selbst da hatte ich ein bisschen hingeschaut. Ich wollte nicht sterben, zumindest nahm ich das an. Ich wollte nur, dass alles stillstand. Nicht für immer, aber von diesem Augenblick auf der Zeitachse an. Ich wollte einschlafen und in einem anderen Moment aufwachen, ohne eine Vergangenheit oder zumindest ohne eine Erinnerung.

Der Verkehr wurde dichter, als ich weiterfuhr. Am McClure-Tunnel kam man nur schrittweise voran, wie im Feierabendverkehr. Meine Fenster waren geschlossen, und die Klimaanlage lief auf Hochtouren. Dennoch begann ich zu schwitzen. Ich fühlte mich gefangen in dieser kleinen bewegten Blechschachtel, so nah an allen anderen Blechschachteln.

Alle schauten mich an.

Der Pacific Coast Highway war nicht besser. Lange Autoschlangen warteten darauf, links auf die Parkplätze abzubiegen, die in Sackgassen vor der Weite des Ozeans und des Himmels endeten. Der Himmel war wieder blau, der Brand weitgehend gelöscht, mit nur noch einer Handvoll Stellen hier und dort. Als ich weiter Richtung Norden nach Malibu hineinfuhr, konnte ich den Schaden sehen, der angerichtet worden war. Das Feuer war nicht auf die andere Straßenseite übergesprungen, das war das eine. Das zwei Stockwerke hohe Gestrüpp entlang der Küste war geblieben, wie es war. Auf der Seite landeinwärts jedoch waren die Hügel verkohlt und kahl. Hier hatte Cal Fire Widerstand geleistet. Die Feuerwehrleute hatten Brandstreifen angelegt, wo immer es möglich war. Entlang dieses Asphaltstreifens hatten sie angefangen, alles abzubrennen, um den Flammen die Nahrung zu nehmen. Als ich das jetzt so ansah, empfand ich eine Woge des … Stolzes? Ein bisschen war es so. Das war mein Werk, oder nicht? Mir kamen diese Autobrände in den Sinn, und ich versuchte, eine Linie von dort hierher nachzuziehen. Feuer war das Handwerkzeug des Teufels, doch es war auch der Weg, wie wir uns läuterten. Läuterten und reinigten und auf das vorbereiteten, was kam. Die Reinigung durch das Feuer war der Weg, die Vergangenheit hinter uns zu lassen. Das hier war die Geschichte Südkaliforniens, die eine Wildfeuer-Ökologie war. Das diente gleichermaßen als Fakt und Metapher – wie Phoenix, der aus der Asche aufsteigt, ein Symbol und eine Feuerprobe.

Ich kurbelte das Fenster herunter und schaltete die Klimaanlage aus. Ich roch Salz und auch Wasser, und unter beiden einen Unterton von Rauch. Die Strände waren voll, als ich vorbeifuhr. Nur die verkohlten Hügel schienen weiter zu mahnen, wie empfindlich unser Platz in einer solchen Landschaft war.

An der Canyon-Straße bog ich rechts ab und schlängelte mich durch die Berge. Ich war überrascht, weder Cops noch Checkpoints zu sehen, selbst als der Brandgeruch immer strenger wurde. Ich merkte ihn als Kratzen hinten im Hals. Ich atmete ein und hielt die Luft an, bis ich dachte, gleich ohnmächtig zu werden. Ich wollte den Rauch nicht nur in meine Lungen saugen, sondern in jede einzelne Zelle. Ich wollte, dass er ein Teil von mir würde. Überall, wo ich hinsah, war das Gestrüpp abgebrannt: Strandroggen, Baccharis, Weißblättriger Salbei und Schafgarbe. Hartnäckig, ja, aber nicht genug. Nichts hielt den Flammen stand. In unregelmäßigen Abständen ragten skelettartige Stämme von Platanen und Eukalyptusbäumen wie Grabsteine empor. Ich wusste noch, dass hier Häuser gestanden hatten. Ich erinnerte mich an die Lichter. Doch in der strahlenden Nachmittagssonne war nichts mehr von ihnen übrig. In den Nachrichten stand, der Schaden läge bei hundert Millionen Dollar. Angesichts dieser Zahl wirkte das Vermögen von Corrinas Vater klein. Wie nannte man das noch? *Economies of scale*, Skaleneffekte. Wenn schon sonst nichts, so hatte das Feuer den Einsatz erhöht.

Weiter oben sah ich das rhythmische Flackern von Polizeilichtern, ein gleichmäßiger Beat aus Rot und Blau. Das bedeutete, dass ich mich der Stelle näherte, wo die Leiche gefunden worden war. Ich konnte es vor meinem inneren Auge sehen, der breite Seitenstreifen und der Abhang, der dorthin führte, wo ich Corrina hingebracht hatte. Doch das hier war nicht Corrina, das war etwas anderes, und ich verstand immer noch nicht, was es bedeutete.

Ich wusste, dass mich diese Straße am anderen Ende hinaus auf den Mulholland Drive oder den Topanga Canyon Boulevard führen würde. Ich wusste, dass ich alles Recht hatte, diese Straße zu benutzen. Aber gleichzeitig fühlte es sich gefährlich an, als würde ich das Schicksal herausfordern. Bevor ich die Polizeilichter erreichte, hielt ich auf dem Seitenstreifen und wendete in drei Zügen. Einen Moment lang dachte ich darüber nach, auszusteigen und meinen Platz in der Mitte der Verwüstung, in der Mitte von allem einzunehmen, was ich verursacht hatte. Aber dafür war ich zu clever, nicht wahr? Es reichte, dass ich hergekommen war. Ich hatte weiterhin keine Antworten. Doch es waren die Fragen, denen ich mich nicht stellen mochte. Was machen Sie hier? Ist eine merkwürdige Wahl für einen Wochenendausflug. Während also diese Lichter still über die entweihte Landschaft blitzten, beendete ich meine Wende und fuhr in die Gegenrichtung davon, wobei das Heck ein klein wenig schlingerte und leichte Reifenspuren in der geschwärzten Erde hinterließ.

Ich mochte nicht nach Hause fahren, aber hier konnte ich auch nicht bleiben. Der Wagen war meiner für den Nachmittag. Der Tag war eine offene Frage oder ein Pesthauch. Am Fuße des Canyons bog ich rechts ab und folgte der Küstenstraße nach Norden. Ich fuhr durchs Malibu Civic Center und bergauf, vorbei an Pepperdine mit seinen terrassierten Gärten und dem aufragenden zurückgesetzten Kreuz, das aussah wie eine Gussform, in der das echte Kreuz gesteckt hatte. Es war unmöglich, sich vorzustellen, dass hier irgendwer gekreuzigt worden war.

Nachdem ich die Strände hinter mir gelassen hatte, wurde der Verkehr weniger. Ich hatte keine Ahnung, wohin ich fuhr, doch durch die Bewegung fühlte ich mich frei. Frei, ja … und noch etwas anderes, als würde ich davonkommen. Mit jeder Meile, die ich mich von Los Angeles entfernte, entfernte ich mich weiter von ihrem Strudel, ihrem Sog. Wenn ich einfach weiterfuhr, vielleicht käme dann alles in Ordnung. Den ganzen Weg, an San Francisco vorbei bis zur Lost Coast. Wir hatten ein paar Fahrten wie diese gemacht, meine Frau und ich, hatten eine Hütte in Big Sur gemietet und waren weitergefahren, um die Redwoods anzusehen, wo wir die Fenster öffneten und durchatmeten, bis wir berauscht vom Sauerstoff waren. Es war die sauberste Luft, die ich je eingeatmet hatte, und als sie meine Lungen füllte, fühlte ich mich nicht nur verändert, sondern mir wurde bewusst, dass dies die Art war, wie wir eigentlich leben sollten. Man konnte es auf zwei Arten angehen, stellte ich fest. Man konnte den Augenblick genießen, oder man konnte klagen, dass er vorbei war. Ich neigte zu Letzterem, doch der Sauerstoff in den Redwoods machte mir deutlich, dass ich ein Körper war, in Betrieb und mit einem Bewusstsein. Es war wundervoll, am Leben zu sein und es zu spüren. Nach diesem Gefühl hatte ich überall gesucht.

Ich starrte auf die felsige Küstenlinie, deren Ufer gezackt ins Meer abfiel. Der Pazifik war blau mit weißen Schaumkronen, und Surfer in Neoprenanzügen hüpften auf dem Wasser auf und ab. Auf der anderen Straßenseite sah man braune Hügel und versteckte Canyons, als hätte es nie gebrannt.

Ich musste doch gar nicht zurückfahren, oder? Aber, doch, der Wagen gehörte mir ja nicht.

Ungefähr eine Meile nördlich von Ventura County kam ich an einer Fischbude am Straßenrand vorbei. Verwittertes Holz, eine ziemliche Bruchbude, der Parkplatz halb voll mit Pick-ups und Motorrädern, meistens Einheimische auf dem Weg zum oder vom Strand. Draußen auf einem Podest saß ein Schwarm von Stammkunden an einer Reihe kurzer Sperrholz-Tresen, trank Bier und aß Fish and Chips von Papptellern.

Mir war nicht aufgefallen, wie hungrig ich war. Es fühlte sich so an, als hätte ich seit Tagen nichts gegessen. Ich bremste ab und fuhr auf den Parkplatz. Niemand schenkte mir Beachtung, als ich ausstieg. Über uns ein Schwarm Möwen. Ihr Kreischen klang wie gedämpfte Schreie. Ich nickte grundlos vor mich hin und vermied jeden Blickkontakt. Als ich einatmete, spürte ich, wie meine Brust sich lockerte.

An der Theke bestellte ich eine Schale Clam Chowder und eine Flasche Bier. Als ich mein Tablett erhielt, nahm ich es mit zum letzten Sperrholztresen auf dem Podest, wo ich ungestört essen und trinken konnte. Drinnen zockte ein Jugendlicher bei einem uralten Videospiel, dessen Summen und Surren vergangene Zeiten wachrief. Eine Stunde nordwestlich der Stadt war es, als hätte ich Los Angeles hinter mir gelassen.

Ich saß, nippte an meinem Bier und wartete darauf, dass die Muschelsuppe abkühlte. Vom Meer her war Wind aufgekommen und die Luft wurde dunstig, mit der Aussicht auf heraufziehenden Nebel. Ich konnte ihn schmecken, als ich begann, die Clam Chowder zu löffeln. Die Würzmischung war überwältigend: die Muscheln, der volle, salzige Duft des Ozeans, doch auch Knoblauch, Paprika und Kartoffeln. Ich hatte vergessen, dass Speisen so … sinnlich sein konnten. Ich hatte die Dimensionalität des Geschmacks vergessen. Ich hatte vergessen, dass eine so kleine Sache so großen Genuss bereiten konnte. Oder vielleicht war es der Genuss selbst – die Möglichkeit des Genusses –, die ich übersehen hatte.

Ich verputzte die Muschelsuppe beinahe ohne zu atmen. Ich aß, als wäre ich ein Tier am Trog. Dann trank ich mein Bier aus, stand auf und bestellte mir ein weiteres. Ich spürte die gewohnte Lockerung durch den Alkohol – eine Befreiung, kein Kontrollverlust. Mir war nicht klar gewesen, welchen Mordshunger ich gehabt hatte. Mein Körper hatte gezittert, doch das stellte ich erst fest, nachdem ich fertig war. Nun, da ich am Tresen saß und das Bier austrank, fühlte ich mich mehr als gesättigt.

Ich fühlte mich, als sei ich wieder ins Leben zurückgekehrt.

In der Abenddämmerung, während der Himmel an den Rändern der Küste violett wurde, fuhr ich in die Stadt zurück. Als ich Richtung Süden fuhr, wurde der Verkehr wieder dichter, und der Rauchgeruch kehrte zurück. Es war wieder einmal eine Träumerei gewesen: diese Idee, wegzulaufen. Nicht nur wegen des Wagens – mit einem gestohlenen Auto angehalten zu werden fehlte gerade noch –, vielmehr war es die Vorstellung gewesen, nach Mendocino oder Yreka zu entkommen, eventuell nach Oregon rein. Und wenn ich immer nur geradeaus fahren würde, den ganzen Weg, würde ich in Alaska enden. Doch in Alaska wollte ich nun wirklich nicht sein.

Nein, ich hatte hier einen besseren Ort gefunden. Auf Gedeih und Verderb. Und es gab immer noch unerledigte Angelegenheiten, Dinge, um die ich mich kümmern musste.

Ich gab den Wagen zurück und ging dann durch die nächtlichen Straßen Hollywoods nach Hause. Es war Wochenende. Aus den offenen Fenstern drifteten Stimmen in einem Chor von Kakophonien. Ich vermied jeden Boulevard und jede Kreuzung, wo ich auf größere Menschenmengen treffen könnte. Es war eine andere Form der Anonymität, doch wenn sie funktionierte, gab sie mir Deckung. Die Frage war, wie lange das andauern würde. Ich würde irgendwie mit Sylvia abrechnen müssen. Ich wusste, dass sie mich nicht vom Haken lassen würde.

Das hatte ich mir selbst eingebrockt, begriff ich, als ich den Innenhof erreicht hatte und meine Haustür aufschloss. Es gab keinen Ort, an den ich flüchten konnte, weil ich nicht wusste, wovor ich flüchtete. Oder, nein – natürlich wusste ich das. Ich flüchtete vor mir selbst. Ich war zu meinem eigenen Ziel in einem Schwindel geworden, von dem ich nicht mal wusste, dass ich daran beteiligt war.

Ich hatte keine andere Wahl, als es durchzuziehen.

Drinnen waren die Räume dunkel und still. Keine Geister, keine Tulpa, keine Erinnerungen. Es war, als hätte ich meine eigene Existenz gelöscht. Ich hatte das Gefühl, kein Spiegelbild zu sehen, wenn ich in den Spiegel schaute. Und wieder einmal konnte ich meine eigenen Schritte nicht hören, als ich das Zimmer durchquerte. Ich ließ die Lampen aus und stellte die Stereoanlage an, und Musik erfüllte den Raum. Es war Jelly Roll Mortons Platte *Don't You Leave Me Here.* Er hatte es in den Anfangsjahren des letzten Jahrhunderts geschrieben, zumindest behauptete er das, obwohl es gar nicht sicher war, dass er es überhaupt geschrieben hatte. Das war noch etwas, das ich am Blues liebte: In so vielen Fällen konnte man nicht genau sagen, woher der Song tatsächlich stammte. Man konnte die Geschichte der Form oder des Künstlers nachverfolgen, doch was einzelne Stücke anging, war vieles apokryph. Selbst *Where Did You Sleep Last Night?* – hatte Leadbelly das komponiert? Ja, natürlich, in gewisser Weise hatte er das. Zumindest hatte er es zusammengesammelt. Doch der Song besaß andere Wurzeln, andere Versionen. Und der Verfasser war unbekannt.

Ich schenkte mir gerade ein Glas Whiskey ein, als sich Jelly Rolls Barrelhouse-Piano aus den Lautsprechern erhob. Dann seine Stimme, voll und strukturiert, aber dennoch distanziert durch die Druckpunkte der Zeit. Er bat jemanden – Wer war es? Ein lang verstorbenes Trugbild, ein Geist oder ein Gespenst? –, nicht zu verschwinden, ohne dafür zu sorgen, dass man sich um ihn kümmern würde, ohne ihm auch nur einen *Dime* für ein Bier zu geben.

Einen *Dime*, genau. Ein Zehncentstück. Oder die Reihe von Hundertdollarscheinen, die ich zusammengesammelt hatte. Ich nippte am Bourbon, während ich mir das Geld noch mal ansah. Da war es, minus dem, was ich für den Mietwagen bei Craigslist ausgegeben hatte. Da lag das 5150-Formular für den Maßregelvollzug. Ich kontrollierte, dass die Vorhänge zugezogen waren, bevor ich das Licht einschaltete. Dann breitete ich alles auf dem Couchtisch aus und öffnete den Laptop, der eine Weile mit seinem leeren Leuchten dort stand.

Die Nachrichtenseiten boten keine zusätzlichen Informationen. Sie berichteten nur fortlaufend über die Schäden und die weiterführenden Ermittlungen wegen der Leiche, die nach wie vor nicht identifiziert worden war. Ich wollte Details, vielleicht eine Beschreibung. Wie alt sie war, und wie lange sie schon dort gelegen hatte. Ich wollte die Details, um auszuschließen, woran ich mich nicht mehr erinnern konnte. Ich wollte, dass sie mich freiließen. Doch noch vor ein paar Stunden war ich doch frei gewesen, oder? Ich war so lange frei gewesen, bis ich zurückgekehrt war. Das sagte mir, dass Freiheit eine Lüge war, ein falsches Versprechen, obwohl das etwas war, das ich bereits begriffen hatte. Wie konnte man frei sein, wenn die Uhr tickte? Wie konnte man frei sein, wenn die Zeit immer ihren Tribut forderte?

Ich nahm das Formular wieder in die Hand: ein Streit, ein Kampf, die Androhung von Gewalt. Das war Corrinas Art. Sie hatte mich requiriert, vom ersten Abend an, als sie hergekommen war, war das die einzige Beschreibung, die einen Sinn ergab. Dennoch gab es da etwas, das ich übersah, etwas, das die Verbindung zwischen ihr und Sylvia betraf. Das Geld, die Sequenz der Scheine, das war mehr als nur Zufall. Da war mehr am Werk als nur, dass Sylvia sie bar bezahlt hatte.

Was hatte sie gesagt? Ich versuchte, mich an unsere Gespräche zu erinnern. Ich versuchte, in alldem einen Sinn zu finden. Sie hatte sich über Corrina lustig gemacht, das war das eine, obwohl auch ich mir ihren Spott zugezogen hatte. Doch darum ging es nicht. Nein, es war eher, dass sie Corrina verstand, sie gut genug kannte, um vorherzusagen, was sie möglicherweise tun würde. *Sind Sie nach Hause gekommen und sie lag in Ihrem Bett?,* hatte sie mich gefragt. Und dann war ich nach Hause gekommen und hatte genau das festgestellt. Es war, als hätten sie all das hier gemeinsam durchgemacht. Es war, als wäre es etwas, das sie geteilt hatten. Wie konnte sie das so genau beschreiben? Genau da spürte ich es, die kalte Woge von … nicht genau Adrenalin, sondern Ekel, ein Schock, der dem Grauen verdammt nahekam.

Ich trank meinen Whiskey aus und schenkte mir noch einen ein. Sylvias Stimme war in meinem Kopf. Sie hatte mir von dem 5150 erzählt. Sie hatte mir von den beiden Rehas erzählt. Sie hatte das Bargeld erklärt, die Zahlungen aus dem Nachlass. Ich hatte das über den Bungalow herausgefunden, doch das war kaum eine Überraschung. Reiches Gör, deren Vater sie immer wieder freigekauft hatte. Ich konnte mir vorstellen, wie er so tat, als sei er ein harter Kerl und ihr jedes Mal drohte, dass das jetzt aber das letzte Mal gewesen sei, obwohl sie beide die ganze Zeit wussten, dass es nicht stimmte. Er hatte die Bungalowanlage gekauft, Himmel noch mal, damit sie sich keine Gedanken darüber machen musste, vielleicht rausgeworfen zu werden, und immer ein Dach über dem Kopf hatte. War das die Art ihrer Beziehung? Ein Quidproquo, eine käufliche Dynamik. Was hatte er im Gegenzug von ihr verlangt? Corrina hatte gesagt, da sei noch mehr gewesen, aber Corrina hatte viel gesagt. Sylvia auch. *Gelegentlich erledigt sie einen kleinen Job für mich.* Es war schwer vorstellbar, was das für Aufträge gewesen sein könnten. Eine Internetseite, ein Portfolio, ein Familienfoto …

Doch plötzlich meinte ich es zu wissen.

Ich öffnete den Browser und ging auf die Fetisch-Seite. Als ich nach den Bildern suchte, fiel mein Blick auf andere, deutlich grausamere Bilder: Richträder und Bondage, blutig gepeitschte Rücken und Hinterteile. Beim Anblick dieser Bilder wunderte ich mich einmal mehr über das Verlangen, gesehen zu werden. Vielleicht war es keine Scham, sondern Selbstverwirklichung. Viele dieser Menschen waren stolz darauf, wer sie waren. Wenn ich eher so wie sie gewesen wäre, wäre vielleicht alles besser gelaufen. Vielleicht hätte ich dann nicht so viel verstecken müssen. Aber die Entscheidung … die war vor so langer Zeit gefällt worden, dass sie sich nicht mehr wie eine Entscheidung anfühlte. Es fühlte sich wie ein Teil dessen an, wer ich war.

Ich fand die Bilder und blätterte sie durch. Ich suchte nach dem Schatten des Fotografen, das war alles. Die geschwungene Linie eines Fußgelenks oder einer Schulter. Irgendetwas, das enthüllen würde, wer sie war. Sie? Ja, weil ich mir inzwischen ziemlich sicher war, weil ich schließlich anfing, zu begreifen. Irgendwo im Mittelgrund lag die Antwort. Irgendwo dort lag der Schlüssel. Irgendwo zwischen dem Schatten und dem Licht, der Vergangenheit und der Gegenwart, lag das letzte Stück des Puzzles. Irgendwo würde sich alles offenbaren.

Dennoch war ich einen Moment lang abgelenkt. Einen Moment lang ließ ich mich von etwas beirren. Zum ersten Mal bemerkte ich Sylvias Gesicht – oder dachte das zumindest –, als sie die Peitsche schwang. Hinter der Maske nahm ich ein Gefühl von Traurigkeit wahr. Oder womöglich war Zwang der passendere Ausdruck. Wie dem auch sei, es war, als sähe man eine Fassade bröckeln, als sähe man eine Situation im hellen Licht. Ich hatte sie für den Antrieb gehalten. Ich hatte sie für die Unbarmherzige gehalten. Doch als ich sie jetzt sah, wirkte sie nicht grausam, sondern eher zögerlich.

Nicht zum ersten Mal wurde ich an meine Frau erinnert.

Ich weiß nicht, wie lange es dauerte, bis ich es schließlich sah, aber ich war schon eine ganze Weile über den Bildschirm gebeugt. Die Nacht war dunkel, und die Musik war verstummt. Ich hatte keine Ahnung, wie spät es war. Dann, mitten in der Fotoreihe, bemerkte ich etwas, oder dachte es zumindest, ein Detail, von dem ich annahm, dass ich es übersehen hatte. Der Vater gefesselt und geknebelt, Sylvia hinter ihm. Und in der Ecke des Bildes kein Schatten, nicht genau. Eher etwas wie ein Fehler. Da war es, oder schien es zu sein: eine Stiefelspitze, die zum Fuß der Person gehören musste, die die Fotos geschossen hatte. Es war eine braune Stiefelette, nicht unähnlich der, die Corrina an dem Abend getragen hatte, an dem ich sie kennengelernt hatte, und an den meisten Abenden danach.

Ich merkte, dass mir mulmig wurde. Ich fühlte mich, als müsse ich mich gleich übergeben. Ich wollte das Fenster schon schließen, überlegte es mir dann aber anders. Was, wenn ich derjenige war, der sich irrte? Was würde ich sehen, wenn ich den Link erneut anklickte? Doch ich konnte es mir nicht erneut ansehen. Alles von dort führte zu diesem hier, und was hatte das alles zu bedeuten? Ich trank meinen Bourbon aus und stakste ins Schlafzimmer, wobei meine Brust sich anfühlte, als würde sie gleich explodieren. Drinnen stank es nach vergammelten Lebensmitteln und Körperflüssigkeiten, nach allem, was ich immer gewollt hatte und nie haben konnte. Die Tulpa blieb die meiste Zeit hinter dem Hummus verborgen, der von Schimmel und Kruste überzogen war. Der USB-Stick sah mich anzüglich an wie eine feuchte Zunge aus diesem Gipsputz-Mund mit den kaputten Zähnen.

»Was zum Teufel?«, sagte ich mit zittriger Stimme. »Und du glaubst, ich sei hier der Verrückte?«

Dann rammte ich meine Faust gegen die Wand, einmal, zweimal, dreimal, wie meine Frau es vor langer, langer Zeit bei mir gemacht hatte. Ich spürte, wie das Plastik des USB-Sticks splitterte und ein Bruchstück – war das Metall? – meine Haut durchbohrte. Als ich meine Hand wegzog, sah ich einen Streifen Blut auf meinen Knöcheln. Ein weiterer leuchtete rot auf der Wand.

Man hatte mich manipuliert. Von Anfang an. Es war alles ein abgekartetes Spiel gewesen.

Jetzt lag es an mir, die Sache richtigzustellen.

## Question Number Thirteen:
## How Can I Be Certain?

Meine Fingerknöchel verschorften nicht. Ich hatte sie aufgeschrammt. Sie schauten mich böse von der Rückseite meiner Hand an wie ein blutig geschlagenes, aufgeplatztes Gesicht. Ich ging ins Bad und hielt sie unter den Wasserhahn. Das kalte Wasser brannte wie eine eisige Klinge. Es war nicht erfrischend, sondern ein weiterer tätlicher Angriff. In welche Richtung ich mich auch wandte, es gab Angriffe auf meine Vernunft, Angriffe auf meinen Anstand. Und alles nur, weil ich nicht gesehen hatte, was sich direkt vor meiner Nase befand. Weil ich erlaubt hatte, dass man mich an der Nase herumführte.

Das Foto zum Beispiel. Wie viele Male hatte ich es angestarrt? Doch offensichtlich war mir der größere Zusammenhang entgangen. Ich hatte über das Zentrum des Bildes gegrübelt statt über den Rand. Das war immer schon mein Problem gewesen, den Wald vor lauter Bäumen nicht zu sehen. Und wie üblich war ich Opfer meiner eigenen Wünsche geworden.

Und was war es, das ich mir wünschte? Selbst jetzt konnte ich das nicht sagen. Dazugehören? Ich hatte nie dazugehört, obwohl das für mich keinen Unterschied machte. Gesehen zu werden? Wenn überhaupt, dann das Gegenteil. Ich hatte mich schon so lange bemüht, *ungesehen* zu bleiben. So war es einfacher, oder sicherer. Ich hatte einen notwendigen Puffer an Freiraum geschaffen. Ich wollte nicht *gesehen werden,* ich wollte sehen, die Bedingungen als das erkennen, was sie waren. *Die Welt ist ein Eimer voller Scheiße,* hatte mir mal jemand gesagt. Obwohl ich mich nicht mehr an die Umstände erinnerte, hatte ich es als fundamentale Wahrheit erkannt.

Und doch hatte ich nichts gesehen, oder? Ich hatte nichts gesehen, verdammt. All diese Sachen, die direkt vor meiner Nase passierten, und es war, als befände ich mich in einem Roman oder einem Theaterstück. So tun, als ob, so tun, als hätte ich alles unter Kontrolle, wenn ich im Grunde nur Sylvia, Corrina oder sonst wem als Marionette diente. Die Tulpa, eine heimtückische Schöpferin des Drehbuchs dieses Dramas. Diese Vorstellung regte mich auf. Ich rammte meine Faust gegen das Waschbecken.

Als ich sie wieder öffnete, pulsierten die roten Schnitte über meinen Knöcheln so sehr wie meine Wut.

Im Wohnzimmer stürzte ich ein Glas Maker's hinunter. Dann stellte ich mich unter die Dusche. Ich spürte, wie meine Muskeln sich unter dem heißen Wasser lockerten, das sich rosa verfärbte, als es über meine Hand lief und dann trudelnd den Abfluss hinuntergespült wurde. Ich würde dort hochgehen müssen. Ich würde Radau machen müssen. Ich malte mir bereits die Konfrontation aus, Sylvia, in diesem großen, leeren Haus, die mitten in der Nacht an die Tür kam und mich dort vorfand, voller gerechtem Zorn. Es fühlte sich so an, als hätte ich mich mein ganzes Leben dafür gerüstet.

Wenn ich den Berg hochging, musste ich präsentabel aussehen. Musste mich auftakeln. Ich stieg aus der Dusche, rasierte mich und kämmte mein Haar. Dann zog ich meinen blauen Anzug und die rote Krawatte an. Ich band mir vor dem Badezimmerspiegel sorgfältig einen Krawattenknoten, der, so gut es ging, einem Windsor-Knoten glich. Das Gesicht, das ich über der Krawatte sah, war mir unbekannt, bleich und mager. Meine Augen waren wässrig und von kleinen roten Adern durchzogen. Sie sahen aus wie rohe Eier. Corrinas Kratzer waren weitgehend verblasst, nur ein Nachbild war geblieben. Ich hob den Finger und fuhr damit über eine der Linien. Unter meiner Berührung fühlte sich die Haut neu an, zart und dünn wie Papier.

Im Wohnzimmer schaltete ich Musik ein. Ich brauchte etwas Abstand, wenn das hier funktionieren sollte. Aus den Lautsprechern erklang wieder Elmore James, diesmal mit *Dust My Broom.* Ich lauschte seiner Slide-Gitarre, diesem süßen, durchdringenden Klang, einem Klang, von dem ich nicht wusste, dass ich ihn wieder hören würde. Das, und das leise, ruppige Flüstern seiner Stimme.

*I believe my time ain't long*

Als die Musik hinter mir lauter wurde, sammelte ich die Beweise zusammen: das 5150-Formular für den Maßregelvollzug, den Haufen Hundertdollarscheine. Ich holte den zerstörten USB-Stick aus dem Schlafzimmer, der dort noch in der Wand steckte. Als ich ihn herauszog, meinte ich einen Schmerzschrei zu hören.

»Sei jetzt still«, sagte ich.

Ich war nicht ganz sicher, ob ich mit der Tulpa sprach oder mit mir selbst.

Ich trank noch einen und ging in die Küche. In der Schublade mit Krimskrams fand ich das Feuerzeug, das ich gekauft hatte, als ich eingezogen war. Ich wog es einen Moment in der Hand und konnte drinnen die Flüssigkeit schwappen hören. Dann steckte ich es in die Tasche, nahm das Geld und die anderen Sachen und trat nach draußen.

Der Innenhof war dunkel und mitternachtsdüster. Ich nahm den Duft des Jasmins wahr und darunter einen leichten Anflug von Müll und Beton. Sommer in Hollywood, wo alles anschwillt wie eine Infektion, bis sie reif ist, aufplatzt und die Krankheit verbreitet.

Corrinas Bungalow stand weiterhin offen. Ich ging die Stufen hoch, hob den Holzkohlegrill auf und trug ihn nach drinnen. Ich musste vorsichtig sein, wollte keine Asche oder Kohle auf meinem Anzug haben. In der Dunkelheit des Wohnzimmers hob ich den

Deckel des Holzkohlegrills an. Die Briketts lagen immer noch drin. Ich fragte mich, ob sie sich noch anzünden ließen oder ob das schon vorbei sei. Aber jetzt war es sowieso zu spät, um daran noch etwas zu ändern. Ich stellte den Holzkohlegrill in die Mitte des Wohnzimmers und schichtete das Maßregelvollzugs-Formular und die Geldscheine darauf. Hoffentlich würde das Feuer so eine Weile brennen oder jedenfalls nicht ausgehen. Ich wollte Corrinas Bungalow nicht abbrennen, ich versuchte nur, ein Statement abzugeben. Wie diese Autobrände … ich wollte niemanden verletzen.

Und, hatte ich das? Hatte ich irgendwen verletzt, selbst jetzt? Das war unmöglich zu sagen. Wo verlief die Linie zwischen Corrina und Sylvia? Hatte Corrina überhaupt je wirklich gelebt? Vielleicht war sie ein Bruchstück meiner Fantasie gewesen. Meiner, oder Sylvias. Oder unser beider. Der Malibu-Brand war gelöscht, und es gab keine Leiche … zumindest keine Leiche, die zu ihr gehört hatte. Wenn es keine Leiche gab, wie konnte jemand sie dann umgebracht haben? Ohne Leiche konnte niemand etwas sagen. Und nun gab es keine Beweise mehr, und es würde auch keine mehr geben.

Ich zog den USB-Stick aus der Tasche und warf ihn auf den Grill.

Das Feuerzeug loderte auf, als ich den Zündstein anriss. Ich berührte damit das Formular. Auf der anderen Seite des Holzkohlegrills entzündete ich einen Hundertdollarschein. Das Papier fing an der Kante Feuer und begann zu schwelen, bevor es aufflammte. Ich zündete einen zweiten an, dann einen dritten.

Langsam kam der Brand in Gang. Eine weitere Sache überraschte mich. Die Kohlen hatten lange dort gestanden, doch ich konnte zusehen, wie sie zu brennen anfingen.

Dies war das Barbecue, das Corrina sich gewünscht hatte. Dies war ihre zum Leben erweckte Fantasie. Bei dem Gedanken daran, was ich ihr nun bieten konnte, selbst wenn sie fort war, musste ich schluchzen. Die Flammen stiegen in der Mitte des Grills auf. Das flackernde Licht erhellte die Wände. Ich konnte Schatten erkennen und etwas, das wie Gesichter aussah: Corrina, Sylvia, meine Frau. Sie tanzten in den Flammen, als wäre es eine heilige Geisterbeschwörung, ein dionysischer Ritus.

Ich hütete mich davor, in der Wohnung zu bleiben. Ich konnte das brennende Papier und das geschmolzene Plastik des USB-Sticks riechen. Diese Gerüche würden an mir haften, wenn ich hier wegging. Ihrer Spur konnte ich nicht entkommen. Und sonst konnte ich nichts mehr hier wegtragen, denn es war nichts mehr übrig, und der Grill war zu heiß. Es wurde Zeit, dass ich ging.

Ich warf das Feuerzeug auf den brennenden Scheiterhaufen und ging durch die Tür hinaus in die Dunkelheit. Ich war schon fast in meiner Wohnung, als ich hörte, wie das Feuerzeug explodierte.

Drinnen schenkte ich mir einen Whiskey ein und pulte an dem Schorf auf meiner Hand. Im Badezimmerspiegel sah ich noch bleicher aus, wenn das überhaupt möglich war. Es war, als sei meine Seele herausgesaugt worden. Hinter mir stiegen die Flammen in Corrinas Fenster immer höher. Ich konnte nicht sagen, ob sie sich ausgebreitet hatten. Manche Menschen wollen die Welt einfach nur brennen sehen. Ich berührte mein Kinn, meine Wangen und drückte auf die frische Haut. Dann grub ich meine Nägel hinein und riss.

Der Schmerz war ein weiterer Ritus auf dem Weg. Der Schmerz erinnerte mich daran, was es bedeutete, am Leben zu sein. Nachdem ich fertig war, hatte ich alle Wunden wieder aufgerissen. Mein Gesicht war mit Blut gereinigt. Ich warf einen kurzen Blick auf meine Fingerknöchel, mein Wundmal. Es sah aus, als wäre ich offenbar geworden.

Im Wohnzimmer spielte die Stereoanlage wieder *Dust My Broom*, ich musste auf *Wiederholen* gestellt haben. *My time ain't long*, meine Zeit läuft ab … nun, jetzt war es Zeit, nicht wahr? Die Uhr tickte, wie man so sagte. Ich nahm die Flasche Maker's, trank noch einen Schluck und kippte den Rest auf den Boden. Ein weiteres Ritual, ein weiterer Abschiedsritus, ein Weg, der Toten zu gedenken. Aber wen betrauerte ich? Meine Frau, Corrina, uns alle. Oder vielleicht nur mich selbst. Ich fühlte mich schwerelos, als hätte mein Körper sich aufgelöst.

Draußen warf ich einen Blick auf Corrinas Bungalow. Niemand schien das Feuer bemerkt zu haben. Ich verweilte kurz auf meinen Stufen und holte tief Luft. Dann schloss ich die Tür ein letztes Mal hinter mir zu und kehrte allem den Rücken.

Von Hollywood zum Benedict Canyon ging es nur geradeaus. Ich musste lediglich nach Westen laufen. Erst auf der Franklin und später dann den Sunset hinunter. Nur ein weiterer verlorener Engel in der Stadt der Nacht.

Das Magic Castle über mir auf dem Hügel war beleuchtet. Es glitzerte in der Dunkelheit wie eine Schimäre. Es war spät, doch der Club hatte bis zwei Uhr geöffnet. Das wusste ich, weil ich mal dort gewesen war. In diesem Anzug – es gab einen Dresscode –, um meine Frau zu einem Firmentermin zu begleiten. Irgendein Kunde von außerhalb hatte es sehen wollen, also wurde die Einladung eines Clubmitglieds beschafft. Normalerweise begleitete ich meine Frau nicht auf Firmenveranstaltungen; es war, als wollte sie nicht, dass ihre Geschäftspartner mich kennenlernten. Das war das einzige Mal: *Das wird lustig,* hatte sie gesagt, in einem Ton, der sehr nach Flehen klang. Erst als wir dort ankamen und ich die anderen Ehepartner und Partnerinnen kennenlernte, begriff ich.

So hatte unsere Ehe funktioniert, jeder von uns nutzte den anderen aus oder trieb mit ihm ein abgekartetes Spiel. Es war keine Beziehung oder gab keine Unterhaltung, wenn sie nicht von gegenseitigem Nutzen war. Es war eine Frage dessen, was wir wollten, wie viel wir aushielten. Ich machte Small Talk und lächelte freundlich. Wir aßen mit ihren Kollegen in einem der Speiseräume des Clubs. Dann sahen wir eine Show an und besuchten den Musiksaal, wo ein geisterhafter Pianist Wünsche annahm. Ich hatte gerade meinen Rückzug in die Flasche begonnen; ich weiß noch, dass ich an diesem Abend darauf geachtet hatte, nicht zu viel zu trinken. Ich hatte keine Ahnung, dass ich eines Tages hier enden würde.

Jetzt wirkte die Burg auf mich wie eine Mahnung … oder eher noch wie ein Geisterhaus. Es war nicht so, dass es uns etwas bedeutet hätte, aber wir waren hier gewesen, hatten uns gemeinsam durch das Labyrinth von Korridoren bewegt, oder waren zumindest zur selben Zeit am selben Ort gewesen. Jetzt lebte ich in seinem Schatten und hatte fast nie mehr daran gedacht. Das Castle war meist nur Teil der Kulisse. Doch heute Nacht konnte ich es spüren. Ich nahm das flackernde Echo dieses anderen Lebens wahr. Es war nichts, was ich noch haben wollte, oder etwas, von dem ich dachte, ich könnte es haben. Es war nur ein weiteres gebrochenes Versprechen, ein weiterer Spuk. Eine weitere Lüge.

Ich folgte der Franklin, bis sie an der Sierra Bonita in einer Sackgasse endete. Dann kürzte ich südlich nach Hollywood ab. Hier war der Boulevard so still wie die Seitenstraßen, zwei Spuren in jede Richtung und eine Reihe von niedrigen Mehrfamilienhäusern, drei oder vier Stockwerke hoch. Der Bürgersteig war schmal, verlassen und verlief unter einer Reihe mexikanischer Dattelpalmen. Dies waren die Bäume, an die jeder dachte, wenn er an Los Angeles dachte, mit ihren lächerlich dünnen Stämmen und den gewaltigen Kronen. Sie gehörten zum Stadtbild, doch die Ironie war, dass sie verpflanzt worden waren, wie so viele von uns. Das war die Bürde von Los Angeles, oder möglicherweise ihr größtes Geschenk. In einer Stadt, die so ausufernd und ohne jedes Zentrum war, benötigte man gewisse Bilder, gewisse Klischees, um den

Menschen den Glauben zu ermöglichen, sie könnten sie erfassen. Doch das Geheimnis von Los Angeles war, dass man das aufgeben musste, um die Stadt zu begreifen oder sie zumindest gemäß ihrer eigenen Bedingungen zu verstehen. Es war eine Stadt wie alle anderen, weil es eine Stadt war, die anders war als alle anderen. Ihre Bedeutung *war* ihr Chaos. Das, hatte ich festgestellt, war der Sinn der Sache.

Diese Gegend von Hollywood war ein Beispiel dafür. Sie hatte nichts mit Touristen zu tun. Es gab keine Sehenswürdigkeiten, keinen Walk of Fame, keine Doubles von Prominenten. Es war nur ein weiteres, unscheinbares Wohnviertel, von der Art, wie man sie überall findet. Und diese Palmen? Geschwärzte Wedel, verschmutzt vom Kohlenmonoxid, verkrustete Stämme, die in Sand und Staub erstickten. Städtische Bäume, die nicht mal hierhergehörten, die von woanders hergebracht und eingepflanzt worden waren. Als ich unter ihnen hindurchging, spürte ich eine gewisse Verbundenheit. Genau wie mich sah auch sie niemand mehr. Und was mich anging, war es, als wären sie nicht länger hier.

Und war ich das? War ich überhaupt anwesend? Ich war ganz allein. Ging nach Mitternacht durch die Straßen, die trotz ihrer Bürgersteige und Bordkanten nicht für Fußgänger gedacht waren. Nachts herumzulaufen war ein Weg, sich selbst aus der Stadt zu entfernen. Es war ein Weg, der Leere dieser unbelebten Durchgangsstraßen Auge in Auge gegenüberzustehen. Es war eine Stadt als Apokalypse. Es war, als würde einem nach einer Pandemie klar, dass man der einzig verbliebene Mensch war. Oder, nein, nicht einmal der einzige, weil man ja selbst verschwunden war.

Normalerweise wäre ich gereizt gewesen, wenn ich mich allein in der Nacht durch diese Gegend bewegt hätte, ohne dort hinzugehören. Normalerweise hätte mich die Möglichkeit beunruhigt, wegen meines Anzugs und der Krawatte mit jemandem aneinanderzugeraten. Aber das berührte mich nicht mehr. Was sollte mir schon irgendwer antun? Mit meinem Gesicht sah ich vermutlich furchterregend aus. Ich malte mir aus, eine Gestalt zu sein, ausgestattet mit außergewöhnlichen Kräften, die man besser mied.

Auf der Crescent Heights bog ich auf den Sunset ab und kam am östlichen Ende des Strips heraus. Hier waren Leute, Touristen, die aus den Comedy-Clubs kamen oder zum Chateau Marmont gingen. Ich hielt Abstand und versuchte, mögliche Menschenansammlungen zu umgehen. Doch es gab zu viele Lichter. Ich hörte Keuchen, manchmal Gelächter. Die Abgestumpfteren oder Betroffeneren versuchten, sich lässig zu geben.

»Hey, Mann«, rief eine Stimme vor dem Comedy Store. »Was ist mit deinem Gesicht passiert?« Es war eine männliche Stimme, jung, und sie löste einen Chor von Antworten derer aus, die vermutlich seine Freunde waren. Ich ging vorbei. Vor einer Tür stand eine Gruppe von Teenagern. Ich spürte, wie sie erschauerten, als ich näherkam.

Ich sagte: »Passt bloß auf, dass ich nicht dasselbe mit euch mache.«

Die Macht dahinter, die Kraft. Ich spürte, wie sie durch meine Glieder zirkulierte. All diese Jahre, in denen ich zugelassen hatte, dass Dinge passierten, und nun geschah es zu meinen Bedingungen. Die Gruppe Jungs vor mir hielt eine halbe Sekunde die Stellung, dann drehten sie sich um und hasteten davon. Ich sah mich um, als suchte ich nach einer weiteren Herausforderung. Aber niemand war bereit, mich anzusehen.

Ich ging am Whisky und am Roxy vorbei. Mir fiel alles auf, als sähe ich es zum letzten Mal. Auf der anderen Seite der Doheny verließ ich den Glanz des Strips und betrat den langen, ausladenden Teil des Sunsets, den Boulevard der Mythen und Erinnerungen. Hinter hohen Wällen aus Gebüsch befanden sich riesige Anwesen und Tore zu beiden Seiten der breiten, gewundenen Avenue. Die Stille war so dicht, dass es sich anfühlte, als existiere kein Geräusch mehr. Die Straße war menschenleer. In einem dieser Häuser hatte *Boulevard der Dämmerung* gespielt, der Film, der von einem Toten erzählt wird, alles in Rückblende. Es fühlte sich so nah an, als könne ich es beinahe berühren, als wäre ich an seiner Stelle. Ich erinnere mich an das Ende des Films, nachdem der Erzähler ermordet worden war und Norma Desmond, ein großer, vergangener Star der Stummfilmära, kurz davorstand, weggebracht zu werden. Sie hatte ihre Bodenhaftung verloren und entschieden, dass alles nur ein Drehbuch sei. *Gut, Mr. DeMille, ich bin bereit für die Nahaufnahme*, verkündete sie, als die Polizei wartete. Bis zu diesem Moment war sie vollkommen vergessen gewesen. Es war, als wäre sie bereits tot gewesen.

Ich war nicht vergessen. Wie auch, wenn ich nie bekannt gewesen war? Doch bald schon würde alles anders sein. Das würde sich bald ändern.

Die Luft fühlte sich kühl und weich an. Das war es, was ich an den südkalifornischen Sommernächten mochte. Nach Einbruch der Dunkelheit in der Halbwüste verdichtete sich alles, alles duftete, und die Hitze des Tages war kaum mehr als Erinnerung. Ich war inzwischen seit gut einer Stunde unterwegs; vor mir sah ich die Lichter des Beverly Hills Hotels. Entlang der großen, kreisförmigen Einfahrt parkten Wagen, und im Hintergrund war das leise summende Gemurmel von Musik und Unterhaltung zu vernehmen. Das bedeutete, dass es noch keine zwei Uhr nachts war. Mir fiel das letzte Mal ein, dass ich hier stehengeblieben war, um auf meinen Lyft zu warten, nachdem ich bei Sylvia gewesen war. Ich hatte in der Polo Lounge gesessen und einen Maker's bestellt. Nun war ich wieder da. Mein Hals war trocken, und ich hatte Kopfschmerzen. Ich hätte noch einen Drink gebrauchen können. Vielleicht wenn ich bei Sylvia war. Vielleicht könnte ich mir durch Reden Zutritt verschaffen und mit einem vollen Glas in diesem Arbeitszimmer sitzen, während wir uns stritten.

Ich ließ das Hotel hinter mir, bog nach Norden in den Benedict Canyon ein und wappnete mich für den Aufstieg. Es war eine steile, gewundene Straße, und obwohl es für viel Verkehr schon zu spät war, wusste ich, dass ich auf dem Seitenstreifen bleiben musste, wenn ich nicht überfahren werden wollte. Ich spürte zunehmenden Druck, als ich mit dem Aufstieg begann. In meiner Lunge und hinten in den Waden. Jeder Schritt war wie das Treten bei einem Fahrrad, als wollte ich meinen Körper dazu verführen, etwas zu tun, was er ablehnte.

Und dann, auf der terrassierten Straße, die sich oberhalb des Sunset schlängelte, erhaschte ich einen Blick auf etwas Unumstößliches. Die Nacht war dunkel und ruhig. Die Häuser, die sich zu beiden Seiten der Schotterstraße erhoben, lagen verrammelt und still da. Als ich das letzte Mal hier gewesen war, wütete noch das Feuer. Alle hatten Panik und waren verzweifelt. Doch jetzt, da die Realität wieder Platz gegriffen hatte, waren die Illusion der Unverletzlichkeit und der Eindruck, alles um einen herum sei geschützt und abgegrenzt, wiederhergestellt.

Und doch behielt die Stadt ihre eigene Konstruktion bei, die sie der Natur aufzwang. Das war auch etwas, das ich immer an Los Angeles gemocht hatte, diese Einbrüche der Elemente, in Form von Bränden, Fluten und Erdbeben, oder auch in der Tierwelt, die sich an den Rändern und in den Ecken, wo die Wildnis noch nahe war, einquartierte. Selbst in Hollywood konnte man es sehen: Skorpione oder Spinnen, die Klapperschlangen im Griffith Park. Es war eine Mahnung, dass das Universum einen beißen konnte. Die Leute kamen mit dem Traum von Leichtigkeit nach Südkalifornien, doch es war die ungezähmte Natur der Gegend, die mir die meiste Freude bereitete.

Und genau das sah ich jetzt: die Stadt, oder die Landschaft, wie sie wirklich war, und wie sie sein würde, wenn sämtliche Menschen fort wären. Genau in der Mitte, hintereinander in einer Reihe und sich offenbar an der gelben Fahrbahnmarkierung orientierend, kam ein Rudel Kojoten die Canyon-Straße herunter, sieben oder acht Tiere, die Nasen lang und wölfisch, das Fell eine Mischung aus Grau und Braun. Alles ausgewachsene Tiere, außer vielleicht dem Letzen, der etwas kleiner wirkte als der Rest. Ich blieb stehen und zog mich ins Gebüsch zurück. Nicht dass ich Angst hatte. Ich wollte mich nur nicht zeigen. Die Kojoten sahen mich nicht an, obwohl sie bestimmt wussten, dass ich da war. Stattdessen gingen sie im selben Tempo und in der gleichen Formation weiter, wie eine Militäreinheit auf Patrouille.

Während ich sie beobachtete, atmete ich flach. Ich wollte kein Geräusch von mir geben. Zum ersten Mal wurde ich mir des leichten Nebels bewusst, der in der Nachtluft hing. Als das Rudel sich weiter den Berg hinunterbewegte, verringerte sich die Bildschärfe. Die Kojoten wurden undeutlich und verschwanden allmählich im Nebel. Das war auch keine Illusion. So war einfach die Welt. Es war Nacht in Kalifornien, und die wilden Kreaturen kamen heraus. Und niemand beobachtete sie außer den Dark Watchers, die in der nächtlichen Stille die Berge durchquerten.

Ich stand da, bis ich sie nicht mehr sehen konnte. Ich stand da, bis sie außer Sichtweite waren. Dann ging ich wieder los, weiter bergauf. Die Kojoten waren leise gewesen, jedoch nicht im außerweltlichen Sinne. Eher in dem Sinn, dass ein Beutejäger immer leise ist, wenn er sich heranpirscht. Das verlieh ihnen solche Macht. Das verlieh ihnen solche Anmut. Daran war nichts Geisterhaftes oder Ätherisches. Nur die Essenz des Realen.

Nun, ich war jetzt auch real. Und ich rückte näher.

Durch den Nebel und die Dunkelheit konnte ich vor mir den Eingang zu Sylvias Zufahrt erkennen. Im Geiste sah ich die kreisförmige Einfahrt. Den Brunnen in der Mitte, den Hof, den Kies und den Schiefer. Ich blieb stehen, um mich zu sammeln, bevor ich das Grundstück betrat, hielt an, um Luft zu schnappen. Es musste inzwischen nach zwei Uhr sein. Es war, als würde die ganze Stadt schlafen.

Als Erstes sah ich mir den Laden mal an. Ich checkte die Fenster und Türen. Alles war fest verschlossen. Das hatte ich erwartet. Kein Spalt, der das Eindringen der Außenwelt ermöglichte.

Nun, da ich hier war, hatte ich alle Zeit der Welt. Doch Zeit war für mich nicht mehr von Nutzen. Alles davon, jede Sekunde, jede Minute, führte zu diesem Moment. Ich erklomm die Eingangsstufen und klopfte an die Tür.

Ich weiß nicht, was ich erwartet hatte. Bei Sylvia war es schwierig zu wissen, was sie wollte, was zu geben sie bereit oder nicht bereit war. In der Vergangenheit hatte sie mich hängen lassen, hatte mich warten lassen. Diesmal jedoch nicht. Möglicherweise war es die späte Stunde oder auch die Dringlichkeit meiner Faust an diesem Portal. Es dauerte nicht länger als ein paar Sekunden, bevor drinnen überall das Licht anging.

All diese Lichter, sie waren verwirrend. Sie kamen gleichzeitig aus so vielen Quellen. Oben, unten, verschiedene Fenster. Wie konnte das sein, wenn sie allein war? Ich vernahm drinnen Schritte. Sie schienen in mehr als nur eine Richtung zu gehen, nach vorne und nach hinten.

*Was zum Teufel?,* dachte ich.

Und dann öffnete sich die Haustür, und ein junger Mann mit raspelkurzem Haar in schwarzen Jeans und schwarzem T-Shirt füllte den Raum vor mir aus.

»Kann ich Ihnen helfen?«, sagte er nur. Sein Körper war gewaltig.

»Ich bin hier, um Sylvia zu sprechen«, erklärte ich ihm mit kratziger, verstaubter Stimme.

»Es ist halb drei nachts. Was könnten Sie da mit ihr zu besprechen haben?«

»Wer sind Sie?«, fragte ich.

Bevor er antworten konnte, spürte ich die Anwesenheit von jemand anderem hinter mir, und jemand packte meine Handgelenke.

»Hören Sie«, sagte ich, aber er wollte es nicht hören.

»Sie haben unerlaubt das Grundstück betreten«, sagte er.

Im Haus hörte ich Sylvias Stimme, leise und eindringlich, als würde sie telefonieren. Ich konnte die Worte nicht verstehen, konnte mir aber vorstellen, was sie tat und mit wem sie sprach. Ich konnte sie mir in dem Arbeitszimmer vorstellen, wo sie mit der Polizei sprach.

»Ist schon okay«, sagte ich. »Mein Fehler.«

Der Druck auf meine Handgelenke erhöhte sich.

»Dafür ist es zu spät«, sagte der junge Mann und versetzte mir einen Schlag, seine solide Faust traf auf meinen Solarplexus. Eine Weile wusste ich gar nichts mehr.

Als die Welt wieder zurückkehrte, lag ich mit dem Gesicht nach unten auf dem Kies. Die kleinen Steine schnitten neue Gräben in mein Gesicht. Meine Handgelenke waren hinter mir mit etwas gefesselt, das sich wie ein Kabelbinder anfühlte, und jeder Atemzug schmerzte. Ich reckte den Hals und sah Sylvia im Türrahmen, in einen Kimono gekleidet. Sie sprach mit zwei Männern. Der eine war der Kerl, der mich geschlagen hatte. Der andere musste der gewesen sein, der mich für den Schlag festgehalten hatte.

»Was sollen wir jetzt mit ihm machen, Mrs. Glenn?«, fragte der erste. Ich konnte nicht hören, was sie antwortete. Dann kamen die Männer zu mir herüber und zogen mich grob hoch. Das Stehen tat zu weh, also sackte ich auf die Knie. Und erst dann kam Sylvia die Stufen herunter, um mich zu begrüßen, einen Bittsteller in Anzug und Krawatte. Samstagnacht, Sonntagmorgen. Ich kniete, als befände ich mich in der Kirche. Dies alles hatte doch an einem Samstag angefangen, nicht wahr? Ich wusste es kaum noch. Es fühlte sich an, als wäre es ewig her.

Von weiter unten im Canyon hörte ich den Klang von Sirenen.

Gab es einen Zweifel daran, wer sie waren? Es würde nicht lange dauern, bis sie da waren. Nicht mehr lange, dann wäre meine Zeit abgelaufen.

»Sylvia«, sagte ich, meine Stimme ein kratziges Flehen.

Sie sah auf mich hinab, als wären wir uns nie begegnet.

»Tut mir leid«, sagte sie. »Kann ich Ihnen helfen?«

»Ich weiß alles«, sagte ich.

Ihre Miene war verschlossen wie ein Buch und gab nichts preis.

»Ich weiß von diesen Fotos«, fuhr ich fort. Ich spürte, wie ich zum Wasserfall wurde und meine Worte wie ein Schwall herauskamen. Die Sirenen im Canyon wurden lauter. Es hörte sich an, als wären es mehr als eine. »Ich weiß von dem Gebäude, und von Corrina und ihrem Vater. Ich weiß von dem Geld ...«

Sie schnitt mir mit einem harschen Lachen das Wort ab. »Ich weiß nicht, wer Sie sind, oder was Sie hier überhaupt tun. Aber ich kann Ihnen versichern, dass Sie einen Scheiß wissen.«

*Ich weiß nicht, wer Sie sind?* Die Worte waren wie ein weiterer Fausthieb. Wie war das möglich, außer ... ich wollte nicht darüber nachdenken, wollte es nicht wissen. Sylvia beugte sich zu mir vor, mit diesen sauberen weißen Zähnen, so scharf wie Stücke Gipsputz in einer kaputten Wand.

»Aber hier kommt etwas, das Sie gleich wissen werden«, fuhr sie fort. »Ich gehe jetzt hinein, und meine Hausdiener werden Sie im Auge behalten, bis die Polizei eintrifft.«

Ich wusste nicht, was ich mir dabei gedacht hatte. Ich wusste nicht, was ich tun sollte. Ich wusste nicht, wie ich alles so falsch hatte einschätzen können. Natürlich hatte Sylvia Hausdiener. Wie sollte sie auch in einem Haus, in einer Nachbarschaft wie dieser leben und keine haben? Vielleicht waren sie die ganze Zeit hier gewesen, wie ich es mir vorgestellt hatte, und hatten darauf gewartet, gebraucht zu werden. Vielleicht hatten sie schon seit Anbeginn der Zeit auf mich gewartet.

Aber das hier war doch meine Zeit, oder nicht? Zumindest hatte ich das angenommen. Mein ganzes Leben hatte ich im Schatten gelebt, um in diesem einen Moment gesehen zu werden. Die Sirenen wurden lauter. Es hörte sich an, als wären sie fast da. An den Rändern der Nacht konnte ich das Aufblitzen roter und blauer Lichter sehen. Sie kamen meinetwegen.

Wegen mir, ja, die Blitzlichter kamen meinetwegen. Es war letztendlich doch mein Moment.

Ich kniete in der Dunkelheit und wartete.

Da waren nur die Sirenen, und ich strahlte.

# Über Eisberge und Auslöschung

## Ein Nachwort von Chris Harding Thornton

Als ich kürzlich mit David L. Ulin über *Die Frau, die schrie* sprach, erwähnte er, dass er sich zu Figuren hingezogen fühle, die ein echtes Leben haben – Menschen, die außerhalb der Geschichten, in denen sie auftreten, zu existieren scheinen. Er sagte: »Diese Figuren sind nicht einfach nur Geschöpfe, um das Buch mit Leben zu erfüllen. Sie sind Individuen. Menschen. Dreidimensionale Menschen, die in einer Art imaginärem Raum existieren. Ich komme sie für einen bestimmten Zeitraum besuchen, aber sie existieren außerhalb dieses Zeitraums.«

Seine Feststellung lässt das sechzehnte Kapitel von Hemingways *Tod am Nachmittag* (1932) anklingen, wo es heißt: »Beim Verfassen eines Romans sollte der Schriftsteller lebendige Menschen erschaffen; Menschen, nicht Figuren. Eine *Figur* ist eine Karikatur.«

Ich weiß – auch auf die Gefahr hin, dass so der Eindruck entsteht, ich hätte ein photographisches Gedächtnis –, dass Hemingway dies im sechzehnten Kapitel von *Tod am Nachmittag* gesagt hat, weil dort einer seiner unverändert gültigen Ratschläge zum Schreiben zu lesen steht: »Wenn ein Prosaschriftsteller genug über das weiß, worüber er schreibt, darf er Dinge auslassen, die er kennt, und der Leser wird, falls der Schriftsteller wahrhaftig genug schreibt, ein ebenso starkes Empfinden für diese Dinge verspüren, als hätte der Schriftsteller selbst es bekundet. Die Erhabenheit der Bewegung eines Eisbergs verdankt sich lediglich dem einen Achtel über Wasser.«

Vorausgesetzt, Hemingway wusste nicht allzu viel über Eisberge, hätte er vielleicht seinen eigenen Rat befolgen und die Metapher weglassen sollen. Aber der Grundgedanke scheint zutreffend zu sein, auch wenn es mit den naturwissenschaftlichen Kenntnissen hapert. Je mehr wir über die Menschen und die Gegebenheiten wissen, über die wir schreiben, desto überzeugender und realer erscheint die Geschichte, und desto mehr Freiheit haben wir, Einzelheiten wegzulassen, die der Geschichte nicht dienlich sind. Den meisten Schriftstellern, die ich kenne, ist dieser Eisberg viele, viele Male eingetrichtert worden.

Hemingway beschließt seinen Ratschlag, indem er eine deutliche Warnung ausspricht: »Ein Schriftsteller, der Dinge auslässt, weil er nichts von ihnen weiß, erzeugt durch sein Schreiben lediglich Hohlräume.«

»Hohl« – das klingt geradezu fatal.

Was fängt man also mit einer Figur wie dem namenlosen Erzähler von *Die Frau, die schrie* an? Einem Mann, dessen Geschichte nicht erzählt wird, der willentlich sein Gedächtnis auslöscht, der trinkt, um das Bewusstsein auszuschalten, der nicht »in die Vergangenheit zurückfallen will«. Nach eigener Aussage ist er ein metaphysischer Solipsist. Für ihn gibt es keine objektive Realität, nur Wahrnehmungen, und diese Wahrnehmung ist, soweit irgend möglich, auf das Richtige im Hier und Jetzt beschränkt.

Natürlich musste ich, weil ich diesen Eisberg im Sinn hatte, Ulin zu seinem Eisberg befragen. Was befand sich unter Wasser bei seinem Erzähler? Welche Geschichte *hatte* er? Seine Antwort schockierte mich: »Ich wollte es nicht wissen. (…) Weil ich eine Erzählung in der Ich-Form schrieb, wollte ich in der Lage sein, ihn aus seiner eigenen Ungewissheit und seinem eigenen Vergessen heraus zu entwickeln. Wüsste ich zu viel über ihn, wäre ich dazu nicht in der Lage.«

*Natürlich*, dachte ich. Was wie ein radikaler Abschied von

Hemingways Eisberg geklungen hatte, war es in Wirklichkeit nicht. Diese »Hohlräume« sind notwendig beim Schreiben. Und ihre Ergebnisse wirken weit über das Buch hinaus.

Ulin ist kein umständlicher Schriftsteller. Er sagte mir, dass er das Buch weder doktrinär noch themengetrieben gestalten wollte. (Obwohl ich nicht umhin konnte, gewisse Ähnlichkeiten der Hauptfigur mit ihrem schlecht sitzenden blauen Anzug einschließlich der zu langen roten Krawatte und einem Kerl aus dem richtigen Leben zu erkennen, der sich, obschon nicht unbedingt metaphysischer Solipsist, dennoch mit Beratern umgibt, die kein Problem damit haben, »alternative Fakten in die Welt zu setzen«.)

Ulins Erzähler erinnerte mich allerdings noch mehr an das, was die Pop-Psychiatrie, die alle Ecken und Winkel der amerikanischen Kultur durchdrungen hat, fast jeden Tag so von sich gibt, nämlich »ganz in der Gegenwart zu leben«, »für den Augenblick«.

Sicherlich hat eine solche Geisteshaltung ihre Zeit und ihren Ort. Und sicherlich hat sie auch ihren Nutzen – vor allem dann, wenn ich in den Schlaf finden möchte, mich dann aber Ängste wegen der Expansion des Weltalls oder eines tropfenden Wasserhahns umtreiben, den ich reparieren muss.

Ich bin mir jedoch nicht sicher, ob der Rat, doch »ganz in der Gegenwart zu leben«, »für den Augenblick«, so verschieden ist von der Umgangsweise des Erzählers in *Die Frau, die schrie* mit den Gräueltaten, die er begangen hat: »Man musste alles bremsen, jede Handlung Schritt für Schritt vornehmen, sich nur auf das konzentrieren, was vor einem lag, musste aufhören, zu denken und dort zu sein, wo man war.« Wenn der Erzähler sagt: »Es spielt keine Rolle, wer wir waren oder wer wir sein werden, nur, wer wir sind«, kann ich mir diese Worte unschwer als fröhlichen Schriftzug auf einem Kaffeebecher prangend vorstellen.

Vor etlichen Jahren durchlief ich eine obsessive Phase, in der ich wieder und wieder die englische Übersetzung von Marguerite

Duras' Novelle *Hiroshima mon amour* (1960) las und das Drehbuch mit den englischen Untertiteln verglich. In einem von ihnen wurde das Wort »vergessen« verwendet, in einem anderen das Wort »ausgelöscht«. (Ich bin schnell fasziniert.) Schließlich gelangte ich zu dem Schluss, dass die einzige Möglichkeit für ein Ding, eine Person oder ein Ereignis, wahrhaft ausgelöscht zu sein – verschwunden, als hätte dies alles nie existiert –, darin bestand, vollkommen vergessen zu sein.

Wenn unsere Geschichten aufhören, erzählt zu werden, wenn sie zum Schweigen gebracht und schlussendlich verloren sind, gleichen sie den Kojoten, die der Erzähler von *Die Frau, die schrie* beobachtet: »Ein Beutejäger ist immer leise, wenn er sich heranpirscht. Das verlieh ihnen solche Macht.«